# 関ヶ原連判状

下巻

安部龍太郎



朝日文庫

本書は二〇一一年三月、集英社文庫より刊行されたものです。

# 関ヶ原連判状　下巻　目次

# 関ヶ原連判状　下巻

# 第十四章　前田家、西へ

新丸は家康《いえやす》の加賀《かが》征伐にそなえて、利長《としなが》が高山右近《たかやまうこん》に作らせた新しい曲輪《くるわ》だった。築城の名手であった右近は、わずか一月で三の丸の北側に新丸を作り、尾坂《おさか》門を大手口としたのである。

尾坂門を入ると右手に作事所があり、左手には富田越後守重政《とだえちごのかみしげまさ》の屋敷と剣術道場があった。そのとなりが高畠石見守《たかばたけいわみのかみ》の屋敷である。

新丸が完成してまだ半年なので、どの屋敷も真新しい。作事所からは、柱に切り込みを入れるらしい鑿《のみ》の音が聞こえてきた。

夏の終わりを惜しむように、かなかな蟬《ぜみ》が甲高《かんだか》い声を張り上げている。太陽は激しく照りつけていたが、すき通った青空の高さに秋の気配が感じられた。

石見守に面会を求めると、広大な庭に案内された。庭といっても池があるばかりで、周りはただの空地である。どうやら馬場として利用しているらしく、所々に馬の糞《ふん》がほこりをかぶってひからびていた。

屋敷は一町四方ほどの広さがあり、頑丈な築地塀《ついじべい》を巡らしてあったが、建物は主殿らしい檜皮《ひわだ》ぶきの建物が一棟だけ。あとは松や竹の植込みと、空地と池があるばかりだった。

戦の費用をたくわえるべき時に、屋敷の普請《ふしん》などは無用である。主殿のほかに何ひとつ建物がないのは、そんな信念からである。

高畠石見守定吉《さだよし》は池につかっていた。頭に白い布を巻き、風呂《ふろ》にでも入るように石によりかかっている。骨と皮ばかりにやせた六十半ばの老人で、褌《ふんどし》もしていない。どうやら頭に巻いているのが、それのようだ。

「石見守どの、少々お智恵《ちえ》を拝借したき儀があって参上いたしました」

横山大膳《よこやまだいぜん》は池の端の地べたに正座をした。

「そなた、名は何と申す」

石見守が多門《たもん》をじろりと見やった。鷲鼻《わしばな》でかなつぼ眼《まなこ》の、やせたふくろうのような顔立ちである。

「石堂《いしどう》多門でござる」

「すまんが、腰のものを恵んではくれぬか」

腰に下げた朱色のふくべを渡すと、寝そべるようにして酒を飲みほした。股間《こかん》のものが水面ちかくでゆらめいているが、一向におかまいなしである。細川《ほそかわ》屋敷の河北石見守《かわきたいわみのかみ》といいこの老人といい、石見守を名乗る者には偏屈な変わり者が多いらしい。

多門はそんなことを考えたが、この高畠石見守は先代利家《としいえ》の股肱《ここう》の臣で、一万七千石を食《は》む重臣である。利長の伯母婿《おばむこ》にあたるので、一門同然のあつかいを受けていた。

「馳走《ちそう》になった。その方らも入らぬか。涼しくていい心持ちだぞ」

石見守が空になったふくべを投げ返した。

「いえ、ここで結構でございます」

大膳がかしこまって辞退した。

「相談とは、明日の評定のことか」

「この石堂どのは、田辺《たなべ》城の細川幽斎《ゆうさい》どのの使者としてまいられたのでございます」

大膳が幽斎の計略と、大谷吉継《おおたによしつぐ》を牽制《けんせい》するために軍勢を西に向けてもらいたいという依頼を語った。青空の下での話だが、周りは広々とした空地なので盗み聞きされるおそれはなかった。

「大いに結構」

話を聞き終えるなり、高畠石見守は青空に向かって高らかに笑った。

「武士たる者、それくらいの山っ気がのうては面白うない。利長どのは手堅すぎて覇気に欠けると見ておったが、どうしてどうして、天下三分の計略をめぐらしておられたとは見上げたものではないか。そのような大事の企て、何ゆえ今日までわしの耳に入れなんだのじゃ」

「申しわけございませぬ。あまりに突拍子もない話で、それがしにも事実かどうか見極めがつかなかったものですから」

大膳はとぼけた。利長や幽斎に口止めされたとは言えないからである。

「それで、幽斎どののもとにはどれくらいの大名が集まっておるのじゃ」

「当家を除いても、石高にして百万石、軍勢にして三万は下らぬと申しておられます」

「前田《まえだ》家のほかに百万石となると、木下《きのした》兄弟、京極《きょうごく》、朽木《くつき》……、それでもまだ足りぬな」

石見守が水の中で指を折って考え込んだ。

「うむ……、して、幽斎どのはいかにして朝廷を後ろ楯《だて》になさるつもりかの」

「古今《こきん》伝授であろうと存じます」

「古今……、何じゃと？」

「古今和歌集の解釈についての秘伝で、これを受けた者でなければ歌道の正統をつぐことは出来ませぬ。歌道の本家としての権威をたもつためにも、朝廷には古今伝授が必要なのでございます」

「朝廷と幽斎どのと前田家か……。なるほど読めたわ」

「………」

「幽斎どのはやがては越中守《えつちゆうのかみ》を廃嫡《はいちやく》し、忠隆《ただたか》どのに細川家を継がせるつもりのようじゃ。あるいは忠隆どのと千世《ちよ》姫さまの間に生まれた子に、新家を立てさせるのかもしれぬ」

忠隆は越中守忠興《ただおき》の嫡男で、千世姫は利長の妹である。二人の子が新家を立てれば、細川、前田両家と固い絆《きずな》でむすばれた新しい家が生まれることになる。

「盟約を交わした諸大名がその家を中心にして朝廷のもとに結集すれば、たとえ家康どのの天下となってもむざむざと軍門に下ることはあるまい。いや、やがては徳川家の力をしのぐかもしれぬ」

「その計略が成るかどうかは、当家の軍勢を西に動かせるかどうかにかかっております。どうか策をお授け下され」

大膳が身を乗り出して迫った。

石見守は素っ裸で池から上がると、頭に巻いた褌を手際よく腰にしめた。

「策はない」

「会津《あいづ》征伐中止の沙汰《さた》があれば別じゃが、それ以前に軍勢を西に動かす大義名分はない。名分のないまま動けば、将兵たちは能登守《のとのかみ》どのの名分に付く」

「それは重々承知しておりますが」

「明日の評定までに会津征伐中止の沙汰があるか、能登守どのを討ち果たすか。手があるとすればこの二つじゃ」

「石見守どのは……」

「わしか？　わしは家康どのに従って津川口《つがわ》に向かうべきだと前々から申しておる。利長どのに天下を狙《ねら》う器量がないのなら、前田家を保つことを考えるしかあるまい」

自嘲《じちょう》気味に吐き捨てると、石見守は大股《おおまた》で主殿に向かって歩き始めた。

「お聞きの通りです」

大膳が多門をうながして立ち上がった。

「頼みの石見守どのにあのように言われては、他に手の打ちようがございません」

「能登守どのを何とかすればということでござったが」

多門は能登守利政《としまさ》を討つことが可能なら、自分が刺客になろうと思った。

「能登守どのも充分に用心しておられましょう。近付くことさえ出来ますまい」

二人は新丸と三の丸の間の河北門を通り、重い足取りで横山大膳の屋敷へと向かった。

出迎えたのは旅装束のお千代《ちよ》だった。

「お待ち申しておりました」

「あなたは……」

先に門を入った多門は、仙太郎《せんたろう》の母が姿を変えているのではないかと思った。

「天下《てんか》さま、お懐《なつか》しゅうございます」

「どうして、ここへ」

「芳春院《ほうしゅんいん》さまから大膳どのへの書状を渡すようにと申し付けられ、先ほど着いたばかりでございます」

大膳が留守と聞いて、玄関先で待っていたのだという。江戸からの長旅に頰《ほお》はやつれ、陽焼《ひや》けして海女《あま》のように黒くなっているが、顔には生気がみなぎっていた。

「そうですか。これ、湯を早く」

大膳が端女《はしため》にすすぎを運ぶように命じた。

奥の居間で芳春院の文《ふみ》に目を通すと、大膳の丸い顔に喜色が浮かんだ。濃い眉《まゆ》の間にただよっていたうれいが消え、何度も小さくうなずいている。

「多門どの、神仏のご加護がありましたぞ」

「何の知らせでござるか」

「家康どのは会津征伐を中止なされる。芳春院さまが殿にそう伝えるようにと記しておられるのです」

「内府さまは七月二十一日に江戸を発《た》ち、会津征伐に向かわれるとのことでございました」

お千代が書状を補足するための口上をのべた。

「ところが上方で石田治部《いしだじぶ》どのが挙兵なされたという報は、十九日には江戸城にとどいていたのでございます」

家康に三成《みつなり》らの挙兵を知らせたのは、五奉行の一人増田長盛《ましたながもり》だった。

家康の侍医であった板坂卜斎《いたざかぼくさい》は、長盛が永井直勝《ながいなおかつ》に送った書状を『慶長年中卜斎記《けいちょうねんちゅうぼくさいき》』に書き写している。

〈一筆申入候《そうろう》、今度樽《たる》（垂）井《い》において大刑少（大谷刑部）両日相煩《わずら》い、両日滞留。石治少（石田治部）出陣の申し分候て、ここ元雑説申候。なお追々申し入るべく候。恐々謹言〉

日付は七月十二日で、江戸にとどいたのはお千代が言うように十九日のことだった。

「内府さまはお身方の大名衆の心底を見極めるために会津に向かわれましたが、上杉《うえすぎ》征伐を中止するご意向であることは、十九日のうちに芳春院さまにお洩《も》らしなされました。そこで芳春院さまは、急ぎ国許《くにもと》に戻ってこのことを伝えるよう、わたくしに申し付けられたのでございます」

七月二十日の早朝に江戸を発ったお千代は、馬と駕籠《かご》を乗り継ぎ、中山道《なかせんどう》を通ってわずか五日で金沢《かなざわ》までたどりついたのである。

「かたじけない。この書状さえあれば何とかなりまする」

大膳が江戸の方角に向き直って書状をおしいただいた。

前田家の命運を決する戦評定は、七月二十五日の巳《み》の刻（午前十時）から金沢城本丸御殿で行われた。

出席したのは前田利長、利政をはじめとする一門と、高畠石見守、太田《おおた》但馬守《たじまのかみ》、横山大膳、山崎長門守《やまざきながとのかみ》らの重臣たちである。

利長が上段の間につき、一門、重臣たちは次の間に席をしめた。

「ではこれより戦評定を始める。おのおの存念を申しのべていただきたい」

中立派と見なされている山崎長門守が進行役を務めた。朝倉義景《あさくらよしかげ》につかえた後に明《あけ》智光秀《ちみつひで》に属し、山崎《やまざき》の合戦には光秀方として戦ったという経歴の持ち主である。

「ただし充分の論議の後には、殿のご決断に従っていただく。ご異存はございますまいな」

長門守が意向を確かめるように次の間の者たちを見わたしたが、誰《だれ》も異存があると名乗りを上げる者はいなかった。

「それでは、まずはそれがしから」

大膳が右手の扇子を上げてわずかに膝《ひざ》をすすめた。

「家中には、徳川《とくがわ》どのの命に従って会津征伐に向かうべしとの意見と、秀頼《ひでより》公の守《も》り役として大坂城に駆けつけるべきとの意見があるようでございますが、それがしはどちらにも与《くみ》することは出来ませぬ」

大膳はいったん言葉を切って、利政や太田但馬守の反応をうかがった。

会津征伐中止の報は利長や徳川派の重臣には伝えてあったが、評定を有利に運ぶために利政らには伏せていた。

「なぜならば、毛利輝元《もうりてるもと》どのが大坂方の総大将として陣取っておられる以上、今大坂城に入ることは大坂方に加担すると表明するも同然でございます。かといって徳川どのに申し付けられるままに津川口に向かっては、前田家の武士の一分《いちぶん》が立ちませぬ」

「では、どうすると申すか」

利政が二重瞼《ふたえまぶた》の大きな目でにらんだ。丸顔で額の秀でた頭をしている。兜《かぶと》をかぶる邪魔になるので、月代《さかやき》をこめかみのきわまで剃《そ》り落としていた。

「当家は独自に大坂方と戦うべきと存じます。会津征伐に乗じて石田治部どのが挙兵されたからには、遠く津川口まで出向くより、身近の敵を叩《たた》くことこそ兵法の常道でございましょう」

「身近の敵とは誰のことじゃ」

「小松《こまつ》城の丹羽長重《にわながしげ》どの、大聖寺《だいしょうじ》城の山口宗永《やまぐちむねなが》どのは、石田どのと同心しておられる由にございます。まずこの両城を攻め落とし、越前府中《えちぜんふちゅう》から敦賀《つるが》まで進んで大谷刑部どのを葬り、しかる後に木ノ芽《きめ》峠を越えて佐和山《さわやま》城を攻め落とせば、勲功第一となることは疑いありますまい」

利政は不快そうに黙り込んだ。あまりに意外な意見に、どう対処していいか迷っているらしい。

「大坂方の軍勢は八万は下らぬと聞く。当家だけでは、とても佐和山城を落とすことはできまい」

太田但馬守が助け舟を出した。馬のように長い顔に、相変わらず大たぶさを結っている。

「八万とはいえ、その多くは伏見《ふしみ》城攻めにかかっております。また小早川《こばやかわ》どのや島津《しまづ》どのは城方に内通しておられるとのことゆえ、当家が軍勢を進めれば身方に参じられましょう」

「そのような当て推量で兵を進めることは出来ぬ。ここは能登守どのの申される通り、大坂城に入って秀頼公の守り役としての務めを果たすべきじゃ。そちは城に入れば大坂方となるも同じだと申すが、毛利どのがおられるのは西の丸じゃ。守り役は本丸に詰めるゆえに、毛利どのとは一線を画することになる」

「ならば、道中はいかがなされますか」

「秀頼公の守り役として登るのじゃ。大坂方の大名とて行手をはばむことは出来ぬ」

「石田治部どのに加担している大名の領国を、素通りされるかどうかとお訊《たず》ねしているのでございます」

「なに？」

「家康どのは秀頼公の命に従って会津征伐に出ておられます。その隙《すき》に乗じて挙兵された治部どのは、秀頼公に背いたも同じでございましょう」

「家康どのは大坂城に残るようにという秀頼公のご意向を無視して、会津に向かわれたのじゃ。非は家康どのにある」

「それこそ奸佞《かんねい》の用いる詭弁《きべん》というものでございます」

「奸佞じゃと」

但馬守が気色ばんだ。三月前の争いが尾を引いているだけに、いまだに犬猿の憎しみがとけないのである。

「会津征伐が秀頼公のご命令であれば、大老筆頭であられる家康どのが出陣なされたとて、何の不都合がございましょうや。それを、出陣なされた後に秀頼公を見捨てたように言いふらすのは、上役の留守にお家乗っ取りをたくらむ奸佞のやり口でございましょう」

石田三成の意を受けた奉行らは、七月十七日に発した「内府ちがいの条々」の中で、

〈今度景勝《かげかつ》へ発向の儀、内府公上巻の誓紙《せいし》ならびに太閤《たいこう》様御置目に背かれ、秀頼様を見捨られ出馬候間、各申談じ鉾楯《ほこたて》に及び候〉

と記していたが、会津征伐が秀頼の命令で行われたものである以上、これは詭弁としか言いようがなかった。

「しかし、それは……」

但馬守はぐっと言葉に詰った。

戦場では鬼神のごとき働きをする前田家一の猛将も、議論となると十歳以上も年下の大膳に太刀《たち》打ち出来ないのである。

「たとえ守り役の務めを果たすために大坂に上るとしても、奸佞と通じた大名たちを放置するわけにはまいりますまい。まして使者を送って領国を通してもらうなど言語道断でございます」

「治部どのと通じた大名さえ攻め落とせば、大坂に向かうことに異存はないと申すのだな」

利政が鋭く付け入ってきた。軍勢を西へ向ければ後は何とかなる。大坂方の大名に事情を知らせ、偽りの降伏をさせて大坂城に入ってしまうことも出来ると考えてのことだ。

「無論、異存はございませぬ」

大膳は素早く応じた。利政がこう出ることを見越して、論をここまで導いて来たのである。

「拙者は大いに異存がござる」

高畠石見守がやせて骨張った右肩をぐいと突き出した。

「それがしは今日まで家康どのに従うことこそ当家安泰の道と信じ、殿にもそのように進言してまいった。だが能登守どのといい大膳どのといい、家康どのに従うのは余程の恥辱と考えておられるようじゃ。また家中にもそう申す者が多いと聞く。ならばこの際守り役だの独自の戦だのと申さずに、意を決して大坂方に身方したならいかがであろうか」

「奸佞に付くと申されるか」

大膳が語気荒く問い返した。

「奸佞などと申すが、当家に濡《ぬ》れ衣《ぎぬ》を着せて加賀征伐を企てたり、無理難題を通して会津征伐に出た腹黒さでは、家康どのも似たり寄ったりではないか。もともと戦に大義名分など無用じゃ。勝ちさえすれば、理屈の膏薬《こうやく》などどこにでも貼《は》りつけることが出来る」

「言葉が過ぎよう。石見守」

利政が鋭く制した。守り役という大義名分をとなえている彼としては、聞き捨てに出来ない暴言だった。

「あえて申し上げまする。当家と豊臣家とは、もともと同格でござった。柴田《しばた》勝家《かついえ》公と秀吉どのが戦われた時には、先代さまは勝家公に身方なされたほどでござる。ところが力量において及ばなかったために、秀吉どのの軍門に下られたのでござる。以後は豊臣家の恩をこうむったとはいえ、先代さまも忠節をつくして恩に報いておられる。殿までが恩義を感じられる筋合いは毛頭ござらん。これは家康どのに対しても同様じゃ。ならば利のある方につくのが、武士の習いでござろう」

石見守は熱中するあまり膝立ちになってあたりを見回した。

「幸いに秀頼公からは、勝利の後には北国七ヵ国を与えるというお墨付きがまいっております。七ヵ国とは加賀、越中、能登の三ヵ国に、若狭《わかさ》、越前、越後、佐渡《さど》を加えるということでござろう。石高にして三百万石の大大名となり、佐渡の金山までも手に入れる絶好の機会でござる。また当家が身方をすれば、大坂方の勝利は疑いござらぬ。まず会津の上杉家と手を結び、越後の堀秀治《ほりひではる》どのを東西から攻めてこれを下し、上野《こうずけ》の真田《さなだ》信幸《のぶゆき》どのを身方にして関東に攻め入ったなら、いかに家康どのとて手のほどこし様がござるまい。のう但馬守どの。一万ばかりの兵を預けていただき、それがしとお手前で江戸城までも攻め上ろうではないか」

「越後には上杉家の旧臣が数多くござる。大坂方となって攻め込むなら、堀家を踏みつぶすことなどたやすいことじゃ」

太田但馬守が勇んで本音を吐いた。

「しかし、芳春院さまが証人として江戸におられます。大坂方となったなら、お命にかかわりましょう」

大膳が扇子の先で畳の縁を叩きながら迫った。

「芳春院さまの文には、家のためには我を捨てよと記されていたではないか。人質となったなら、家のためには自害さえするのが戦国の世の習いじゃ。芳春院さまはそのことを誰よりもよく存じておられる。前田家隆盛のためとあらば、泰然と死につかれよう。お捨て申すことに何の遠慮がいろうぞ」

「黙れ、石見守」

評定のはじめから沈黙を守りつづけていた利長が、脇息《きょうそく》をはね飛ばして怒鳴りつけた。公家《くげ》のようにおっとりとした瓜実顔《うりざねがお》が朱に染っている。

「余は七ヵ国が十ヵ国と言われても、母上を捨てるようなことはいたさぬ。もとはと言えば母上を証人としたのも、奉行どもが秀頼公のために事を穏便に納めてくれと頼み込んだゆえじゃ。それを今になって見捨てて身方せよとは、言語道断の申し様《の》じゃ。余は断じて奉行どもには身方をせぬ。異議ある者は早急にこの場から立ち退くがよい」

利長の剣幕の激しさに、誰一人席を立つ者はいなかった。

横山大膳は屋敷に戻ると、軍勢を西に向けることになった顚末《てんまつ》の一部始終を多門に語った。

「そうでござるか。これで田辺城も幽斎どのも、生き延びることが出来まする」

多門が深々と頭を下げた。前田家の軍勢二万五千が越前に迫れば、大谷刑部も容易には敦賀を動けないはずだった。

「これも石見守どのの大芝居のお陰でござる」

石見守が芳春院を捨てよと言ったのは、利長や大膳としめし合わせての芝居だった。

利長は幽斎を救うために軍勢を西に向ける決断をしたが、利政らがこれに乗じて前田家を大坂方に引きずり込むおそれがある。これを未然に防ぐために、石見守はあえて芳春院を捨てよと言って利長の怒りを買うふりをしたのだ。

利長が大坂方には絶対につかないと宣言した以上、利政らもこれをくつがえすことは出来なくなるからである。

「石見守どののご協力がなければ、こうもうまく評定を乗り切ることは出来なかったでしょうが、一番の手柄はお千代どのでござる。お千代どのが芳春院さまの文を届けて下さらなければ、石見守どのを身方にすることは出来なかったのですから」

「かたじけない。何とお礼を申し上げてよいやら」

多門が改まってお千代に向き直った。

「わたくしは芳春院さまのお申し付けに従ったばかりでございますが」

お千代は陽にやけた顔にはにかんだ笑みをうかべて多門を見やった。

「お礼をと申していただけるのなら、ひとつだけ願いをかなえていただけないでしょうか」

「無論、喜んで」

「わたくしを、田辺城までお連れ下さいませ」

体をわずかに傾けて肩越しに見やった。

多門には思いも寄らない申し出だった。


空は晴れわたっていた。

比叡山《ひえいざん》から比良《ひら》山地へとつづく山の稜線《りようせん》が澄みきった空を背景にしてくっきりと浮き立っている。眼下に横たわる琵琶湖《びわこ》は、空の色を映して不気味なほどに青かった。

琵琶湖は川である。湖にそそぎ込む何本もの川が満々たる大河を作り、大津《おおつ》に向かって流れていく。大津から瀬田《せた》川を通った流れは、宇治《うじ》川となって淀《よど》川と合流し、大坂の海へとそそぎ込む。

真っ青な湖面には、帆を一杯に張った荷船が、船団を組んで大津へと向かっていた。湖北の大浦《おおうら》や今津《いまづ》から出た船が、伏見に米や野菜、薪《まき》を運んでいるのだ。

七月十九日から始まった西軍の伏見城攻撃は、すでに八日目をむかえている。総勢四万にものぼる軍勢の食糧を日々供給するので、琵琶湖周辺の村々は戦争景気にわき立っていた。

佐和山城の天守閣に立った石田三成は、沈んだ目で琵琶湖をながめていた。真っ青な湖面は、際限のない深さを感じさせる。こうして見つめていると、奈落《ならく》の底まで引きずり込まれるような不安を覚えた。

戦況は想像した以上にもたついていた。

伏見城には宇喜多秀家《うきたひでいえ》をはじめとして大坂方の錚々《そうそう》たる武将たちが、四万の大軍を動員して攻めかかっている。これに対して鳥居元忠《とりいもとただ》がひきいる城兵はわずかに千八百である。それでも城は一向に落ちる様子はない。

田辺城にいたってはわずか五、六百の城兵を一万五千の軍勢で攻めながら、細川幽斎の変幻自在の戦法に翻弄《ほんろう》されている始末である。

なぜこんなことが起こるのか、三成は理由をつかみかねていた。城攻めは十倍の兵力をもってするのが鉄則だと言われる。城を楯にした敵とは、それほどの兵力差があって互角の戦いとなる。

その教えを叩き込まれただけに、三成は両城へ二十倍以上の兵を派遣したのだ。机上の計算では、三、四日で落とすことが出来るはずだった。

(身方の士気が低いのか、それとも……)

三成は天を眺めた。澄みきった空には涯《はて》がない。こうして山上の天守閣に立っていると、足元が失われて宙に浮いたような覚束《おぼつか》なさを覚えた。

「殿、よろしゅうござるか」

背後で低い声がした。

ふり返ると、敷居ぎわに島左近勝猛《しまさこんかつたけ》がひかえていた。身の丈六尺二寸ちかい大男で、戦場で鍛え上げた体は五十歳を過ぎても少しも衰えていない。

「ただ今、太田但馬守どのからの使者がまいりました。前田家の軍勢二万五千は、今日か明日には西に向けて発つとのことでござる」

三成は越前や加賀との連絡を密にするために、北国《ほっこく》街道の要所に早馬をおいている。昨日金沢を発った但馬守の使者は、この馬を乗りついで駆けつけたのだ。

「肥前守《ひぜんのかみ》どのが、身方になられたか」

勢い込んでたずねた。北国七ヵ国を与えるという豊臣秀頼の墨付きが、功を奏したと思ったのである。

「そうではござらぬ」

左近が太田但馬守の書状を差し出した。

無愛想なばかりに寡黙な男で、必要なこと以外には口にしない。だがいったん戦場に立つと、吠《ほ》えるがごとき大音声《だいおんじょう》を発し、常に陣頭に立って戦った。

大和《やまと》の筒井順慶《つついじゅんけい》の家中にあって勇猛をうたわれたが、順慶の後をついだ定次《さだつぐ》と対立して致仕し、数年の牢人《ろうにん》暮らしの末に石田三成に招かれたのである。

当時四万石の大名でしかなかった三成が、左近を一万五千石の高禄《こうろく》で召し抱えたほどの逸材だった。

「前田家は徳川方とは別に、大坂方と戦うとのことでござる」

「ねらいは田辺城じゃ」

但馬守の書状を読んだ三成は、すぐに前田利長らの計略を察した。

「大谷刑部《ぎょうぶ》を田辺城に向かわせぬために、越前に迫るのであろう」

「何ゆえ、そう思われまするか」

「前田家は国境の守りを固め、領国にたてこもる構えを取っておるという。会津征伐に出よとの申し付けに背いてまで西に向かうのは、幽斎どのの計略に従っておるからなのだ」

すでに二日前の小山《おやま》会議において家康は会津征伐中止の決定を下し、尾張《おわり》、美濃《みの》に向かうように配下の諸将に命じていたが、その知らせはまだ佐和山城には届いていなかった。

「小松、大聖寺、北ノ庄《きたのしょう》か」

三成は北国街道の要衝にある城を数え上げた。いずれの大名も十万石前後で、前田勢二万五千を支えきれるとは思えない。

「はたして近江《おうみ》にまで攻め込むつもりがあるかどうかじゃ」

「刑部どのに一万ばかりの援軍をつけて、敦賀にもどっていただく他はございますまい」

大谷吉継は三成の依頼を受けて大坂城を発ったものの、体調をこわしていまだに伏見の屋敷に逗留《とうりゅう》していた。

「かくなる上は一刻も早く伏見城と田辺城を落とし、西国の結束を固めねばなるまい。そちは三千の兵をひきいて伏見城に向かってくれ」

「殿は？」

「ひと足先に刑部の屋敷へ行ってみる。体の具合も気にかかるのでな」

三成は五騎の供をつれただけで伏見へと向かった。

赤い桶側胴《おけがわどう》の当世具足《とうせいぐそく》に陣羽織を着て陣笠《じんがさ》をかぶったばかりなので、誰もこれが大坂方の大立て者だとは気付かないほどだ。

三成は何事も自分の目で確かめ、自分で指示をしなければ気が済まない質《たち》で、どこへでも気軽に出かけていく。

大名の間には、大将らしい重々しさがないとか、配下を信頼して任せきるだけの度量がないからだとの批判もあったが、三成は一向に気にしていなかった。

どうせ何もしないで報告を待っているほどなら、自分でやってしまったほうがいいと思うのである。四十一歳という働きざかりで、一時もじっとしていられないほど活力に満ちていた。

醍醐《だいご》を過ぎて伏見城下が近くなると、大筒《おおづつ》と鉄砲を撃ちかける音が間断なく聞こえてきた。城を取りまいた西軍四万が、四方から攻めかかっているのだ。

西軍は決して手を抜いているわけではなかった。

七月十九日から猛然と鉄砲を撃ちかけて攻めたてたが、城中からの応戦も激烈で、なかなか陥落させることが出来なかったのである。

両軍の撃ち合う鉄砲の音は遠く洛中《らくちゅう》にまで聞こえたという。西洞院時慶《にしのとういんときよし》は、当時の様子を日記（『時慶卿記《ときよしきょうき》』）に次のように記している。

〈十九日、天晴、残暑甚《はなはだ》シ。伏見城二ノ丸内ヨリ焼払騒動。（中略）終夜伏見焼鉄砲数声。

廿日《はつか》、天晴。（中略）伏見今日モ焼由候。（中略）伏見未《いまだ》焼、鉄砲ノ音暇無シ〉

伏見城の城兵がこれほど頑強に抵抗することが出来たのは、事前に万全の準備を整えていたからだ。三成の領国である近江の国友村《くにとも》の鉄砲鍛冶《かじ》に大筒を作らせ、ひそかに城中に運び込ませたほどの周到さだった。

山科《やましな》川の向こうには桃山《ももやま》丘陵が北から南へと連なっていた。丘陵の先端にある木幡《こはた》山《やま》の山頂には伏見城の天守閣がそびえている。本丸の西に二の丸、東に名護屋《なごや》丸、北に松の丸、南に三の丸が配され、丘陵全体を要塞《ようさい》と化している。

鳥居元忠を大将とする城兵はわずか千八百に過ぎなかったが、豊臣秀吉が英知を傾けて築いた城に拠《よ》っているだけに、四万の軍勢に攻められながらも頑強に抵抗をつづけていた。

東の名護屋丸には小早川秀秋《ひであき》の軍勢一万が、南の三の丸には宇喜多秀家の軍勢八千が攻めかかっている。

白地に二挺《ちょう》の鎌《かま》を描いた小早川家の旗と、紺の地に兒（「児」の旧字）の字を白く染め抜いた宇喜多家の旗が、山のふもとをぐるりと取り巻いているが、城の堅固さに攻めあぐねているようだった。

山科川にかかる六地蔵《ろくじぞう》橋の手前に、宇喜多家の番所があった。川向こうの陣所に不審な者がまぎれ込まないように、道に柵門《さくもん》を建てて警戒に当たっている。

三成は門前まで進むと、番頭《ばんがしら》を呼んでちらりと陣笠の庇《ひさし》を上げた。

「これは、治部少輔《じぶしょう》さま」

三成を見知っている番頭は、緊張に上ずった声を上げて柵門を開けた。

このような場合に名を呼ぶとは、戦陣の作法も知らぬ振舞いである。三成は内心不快を覚えたが、とがめ立てすればかえって正体を明かすことになるだけに、無言のまま馬を進めた。

伝令でも命じられたのか、一人の足軽が番所から足早に駆け出していく。三成はかすかな不審を覚えたが、六地蔵橋に馬を乗り入れた。

幅三間《けん》ばかりの古い橋で、欄干の柱には銅の擬宝珠《ぎぼし》がかぶせてある。それが歳月に洗われて青い緑青《ろくしょう》をふいていた。

橋の中ほどまで進んだ時、三成は真近で火薬の匂《にお》いをかいだ。反射的に体を倒して馬の横腹に身を伏せた瞬間、三発の銃弾が頭上をかすめ、供の侍の胴丸を撃ち抜いた。

正面に宇喜多家の足軽三人が、片膝立ちになって筒先を並べている。

「曲者《くせもの》じゃ。狼藉者《ろうぜきもの》じゃ」

供の四騎が前に出て三成を庇《かば》おうとしたが、それより早く三成は猛然と馬を駆った。相手に弾《たま》込めの間を与えず、刀を抜き放って馬上から斬《き》り付けた。

三人の足軽は刀を抜いて応戦したが、三成は名人越後が絶賛したほどの小太刀《こだち》の名手である。馬を左手一本で巧みにあやつりながら、またたく間に三人の手首を打ち落とした。逃げようとする三人を、供の者たちが馬上から飛びかかって取り押さえた。

「舌をかむぞ。轡《くつわ》をかませよ」

そう命じた時には遅かった。三人はそろって舌をかみ切り、苦悶《くもん》の表情を浮かべて息絶えた。

「治部少輔さま、大事ございませぬか」

番頭が血相を変えて駆け寄ってきた。

「徳川方の忍びがまぎれ込んでおったのじゃ。かような事もある。以後はむやみに人の名を呼ばぬことだ」

三成は番頭に厳しく釘《くぎ》を刺すと、落命した供の者を手厚く葬るように命じて立ち去った。

伏見の大谷吉継の館《やかた》についた三成は、井戸をかりて水をあび、用意の小袖《こそで》に着替えて居間へ行った。病気の吉継が汗やほこりの臭《にお》いを嫌うからである。

庭の木にとまった何百羽とも知れぬ蟬が、耳を圧するほどの鳴き声をあげている。庭には丹念に打ち水がされ、涼しい風が吹き抜けていく。

居間には麻の蚊帳《かや》が吊《つ》られ、中に夜具が敷かれている。白い覆面をして白小袖を着た大谷吉継が、夜具の上に横たわっていた。

「さきほど寝入られたばかりでございます」

扇子を手にした近習が告げた。

三成は蚊帳の中に入ると、近習にかわって扇子で風を送りつづけた。白小袖の合わせからのぞく胸元は、薄い紫色に変わっていた。

三成が佐吉《さきち》、吉継が紀之介《きのすけ》といった頃《ころ》、二人は秀吉の小姓として競い合ったものである。

吉継は利発さと陽気さを満面から発散させた、輝くばかりに美しい少年だった。機転の速さでも人望でも武芸の腕でも、三成は吉継におよばなかった。ただ計数の才と記憶の確かさ、生真面目《きまじめ》さにおいてわずかに勝っていたばかりである。

「刑部に百万の兵の指揮を取らせてみたい」

生前秀吉はそう言ったが、三成に対しては次のようにさとしたものだ。

「その時には、治部は補給の任に当たれ。武器、弾薬、兵糧《ひょうろう》を遅滞なく送りつづけられるのは、そちをおいて他にはあるまい」

この言葉ほど二人の特質を正確に見抜いた言葉はないと、三成は今でも思っている。吉継がこのような病にさえ冒されなければ、今頃は五奉行の筆頭として腕をふるっているはずだ。

吉継が陣頭に立って指揮を取り、自分が大坂城にあって後方の取りまとめに当たっていたら、家康ごときにこれほど苦しめられることは絶対になかったはずである。

（紀之介……）

三成は吉継の胸をゆさぶって泣きたいような衝動に駆られた。

「佐吉か」

驚いたことに吉継が口を開いた。目が見えないにもかかわらず、三成が枕辺《まくらべ》にいることを察している。

「ああ、私だ。具合はどうだ」

「夢をみていた。懐しい夢だ」

「殿下の前で競い合っていた頃のことであろう」

「なぜ分る」

「そうでなければ、佐吉などと呼んだりはするまい」

吉継は薄く笑うと、閉じたままの目で遠くを見やった。

「わしにはもはや昔の夢を懐しむことしか出来ぬ。それゆえそなたの夢にかけたい。そのための捨て石になれるのなら、わしは喜んで死ぬ」

「刑部、情けないことを申すな」

三成は叱《しか》りつけようとしたが、その声は意に反して湿っていた。

「前田が西に向かうそうだな」

「ああ」

「田辺城は蒲生源兵衛《がもうげんべえ》に任せればよい。わしは敦賀にもどって、前田の輩《やから》を金沢に追い返すことにしよう」

「そうしてくれるか」

「そのかわり、治部は伏見を落とせ。これ以上長引いては、全軍の士気にかかわる」

「すでに手は打ってある。四、五日うちには必ず落とす」

三成は扇子で風を送りつづけた。蟬しぐれが急に下火になり、にわか雨がふり始めた。

前田家が西進を決めた七月二十五日の夜、丹後《たんご》の田辺城は殺伐たる空気に包まれていた。

西軍の本格的な攻撃がはじまってから五日が過ぎている。二十倍以上もの敵を相手にしつづけた将兵たちは、傷付き疲れ果て、籠城《ろうじよう》当初の覇気を失っていた。人間というものは不思議なもので、環境の激変に体と心がなれるまでに時間がかかる。

将兵たちも戦の初日二日目は気持が高ぶっているので勇猛果敢な働きをするが、三日目から五日目になると不安定な精神状態におちいる。特に籠城戦は、いつ終わるという目処《めど》も立たないために、将来への不安と死の恐れに打ちのめされる者が多い。

このまま苦しい戦いをつづけて死ぬほどなら、いっそ今のうちに華々しく討ち死にしたいと願ったり、城を逃げ出して家族のもとに帰りたいという誘惑に駆られるのもこんな時だ。

攻める側もそうした動揺は知り抜いていて、城を落ちる者は自由に落とし、使者を送って降伏をすすめる。城内に入れた間諜《かんちよう》に偽《にせ》の噂《うわさ》を流させたり、有力な武将が内通していると見せかける文を流して攪乱《かくらん》したりする。

今夜何々の刻、手はず通り搦手《からめて》門より攻め入る。万事よろしく取り計らわれたあかつきには、約束通り二万石の所領を進呈する。

城内の武将にあてたそんな文を、巧妙な方法で敵にわたるように仕向けるのである。

むろん城方もそんな策があることは知り抜いているが、気持が不安定な時期だけにあっけないほどたやすく罠《わな》に落ちる。

こうした計略に引っかかって重臣を誅殺《ちゅうさつ》したために、敗《ま》けるはずのない戦を無残に敗けた例は枚挙にいとまがないほどだ。

細川幽斎は百戦練磨の武将だけに、このことを知り抜いていた。魔が忍び込むこの時期を乗り切るために、三日目からは常に陣頭に立ち、夜は老骨に鞭打《むちう》ってかならず一度は城内を見て回った。

ことさら励ますわけではない。ただ緋《ひ》おどしの鎧《よろい》をまとった姿を見せるだけだ。それだけで将兵たちは安心し、勇気づけられ、改めて戦意をふるい起こすのである。

二十五日の夜も幽斎は夢丸《ゆめまる》らを供にし、二の丸の見回りに出た。

城中のいたる所にかがり火がたかれ、多聞櫓《たもんやぐら》の石垣に黒木をかけて作った粗末な小屋には、雑兵《ぞうひょう》たちがごろ寝している。

「大殿、一大事でございます」

一如院《いちによいん》の側《そば》まで出た時、大手口の見張りの兵が血相を変えて駆け寄った。

「どうした。何かあったか」

幽斎はいたってのんびりと構えている。

「柳の池のあたりに、かがり火がおびただしく見えまする。夜襲の仕度ではないでしょうか」

「どれどれ」

大手門脇《わき》の櫓にのぼった。

確かに城の南四町ばかりの所に数百のかがり火が立ち、闇《やみ》の中でうごめいている。見張りの兵たちは突っ立ったままそれをながめ、何事かを不安そうにささやき合っていた。

「いつから火が立った」

「四半刻《しはんとき》（三十分）ほど前からで、次第に増えていきまする」

「近付く気配は？」

「それがあのように横になったまま、動こうとはいたしませぬ。兵の手分けでもしているのでしょうか」

かがり火は三段に分れ、横に長くつらなっている。二千人ちかい人数がいることは気配で分るが、何をしているのかは闇に閉ざされてまったく分らなかった。

「あれは仕寄り道を作っておるのじゃ。夜襲ではない」

仕寄り道とは、城中からの銃撃をさけるための塹壕《ざんごう》である。この道を少しずつ延ばして、大手門まで攻め寄せるつもりなのだ。

「では何ゆえあのようにかがり火を」

「夜襲と見せかけて、我らを眠らせぬつもりであろう。戦は明朝じゃ。今夜は酒でも飲んでぐっすりと眠るように全員に伝えよ」

幽斎は酒を配る手配をするように夢丸に命じた。

「それにしても愚かよの。あれだけのかがり火があれば、虎落《もがり》や逆茂木《さかもぎ》に投げ込んで焼き立てればよいものを、敵はよほど当家の鉄砲をおそれておるようじゃ」

翌朝、幽斎の見立てが正しいことが分った。

敵は柳の池から大手門前の杉の馬場口まで、二町あまりの仕寄り道を掘り、道の片側には弾よけの板壁まで立てていた。

太陽が東の山のかなたから昇り、伊佐津《いさづ》川と高野《たかの》川を金色に輝かせ、地にたちこめた朝霧を消し去っていく。

卯《う》の刻（午前六時）を過ぎると、遠巻きに構えた本陣から敵がぞくぞくと迫ってきた。

西方の桂林寺《けいりんじ》や円浄寺《えんじようじ》からは総大将の小野木縫殿助《おのぎぬいのすけ》や谷出羽守《たにでわのかみ》、藤懸三河守《ふじかけみかわのかみ》らの軍勢四千ばかり。南方の九文明《くぶんめい》の村からは、斎村左兵衛尉《さいむらさひようえのじよう》や別所豊後守《べつしよぶんごのかみ》、前田玄以《まえだげんい》の二男茂勝《しげかつ》ら三千。

東南の大内からは豊臣《とよとみ》家の家老である小出秀政《こいでひでまさ》の嫡男吉政《よしまさ》を大将として、杉原伯耆守《すぎはらほうきのかみ》や中川修理大夫《なかがわしゆりのたいふ》らの軍勢三千。

総勢一万ちかくが家ごとに備え（隊列）を組み、お家重代の幟《のぼり》や旗を押し立てて迫ってくる。どの備えも先頭は鉄砲隊、次が弓隊、その後ろが長槍《ながやり》で、最後列に騎馬隊がいる。

槍の穂先や兜《かぶと》の前立てが朝陽にきらめいて、目を見張るばかりの美しさだった。

「武士というものは哀れなものじゃ」

也足《やそく》櫓に立った幽斎は誰にともなくつぶやいた。

「何ゆえでございますか」

夢丸がたずねた。

「頭が固いからよ。あれはみな野戦の備えじゃ。城攻めにはそれなりの工夫もあろうに、互いに見栄《みえ》を張り合って威容を競っておる。哀れとしか言いようがあるまい」

「ご隠居さまなら、どのような工夫をなされますか」

「こけおどしの人数を出す銭を切りつめて大筒を買う。二十門ばかりの大筒を昼となく夜となく雨あられと撃ちかければ、城兵は打って出るしかあるまい。そこを押し包んで討ち取れば、こんな城など容易に落ちる」

「敵は何ゆえそうしないのでしょうか」

「馬鹿《ばか》な上にけちだからじゃ。古いしきたりに縛られて、大筒や鉄砲を買う銭をおしんでおる」

各大名家にはそれぞれ弓一筋、槍一筋で奉公してきた者たちがいる。家中の重職を占めているのは、むしろそうした家柄の者たちである。

限られた収入の中から高価な大筒や鉄砲を買うとなると、当然弓組、槍組の者たちの扶持《ふち》は削らざるを得ないが、これに対して既得権を持つ者たちが猛然と反対する。だから必要とは分っていても、装備の改革が遅れてしまうのだ。

また鉄砲に対するいわく言い難い反感が、武士の間にあるのも事実だった。

武士はこの世に生まれ落ちたときから家の武芸を叩き込まれ、鍛練に鍛練を重ねて戦の職人となる。それだからこそ高い扶持をあてがわれ、農民や町人の上に立つ者としてあがめられるのだ。

ところが鉄砲はこの鍛練を不用に近いものとする。農民や町人でも短期間の訓練で鉄砲を撃てるようになり、弓や槍、刀以上の力を発揮する。これは戦の職人である武士にとって、自己否定を迫られるほどの耐え難い屈辱なのだ。

だから持ち運びには不便だの、雨の日は使えないだの、飛び道具とは卑怯《ひきよう》なりだの、何だかんだと理屈をつけて鉄砲を否定する。

一般には鉄砲を駆使した織田信長《おだのぶなが》が長篠《ながしの》の戦いで武田《たけだ》軍を打ち破った時から、こうした認識は変わったと見られがちだが、地方の小領主たちは旧態依然のままだった。織田信長のようにいち早く時代を先取りし得た者だけが、時の覇者となり、歴史を変えていくことが出来るのである。

細川幽斎もそうした少数者の一人だった。

細川家では早くから稲富伊賀守《いなとみいがのかみ》を砲術師範として招き、鉄砲隊の養成に力をそそいできた。また鉄砲や大筒の装備も、他家にさきがけて充実させていた。

田辺城の籠城戦のときにも、城内には三百挺ちかい鉄砲があった。大坂方の兵力は一万五千とはいえ、鉄砲の装備率は一割にも満たない。だから鉄砲の数からいえば、一対四、あるいは一対五の勝負ということになる。

二十数倍の敵に包囲されながら、幽斎が悠然と構えていられる理由はここにあった。

「例の風は、流したろうな」

幽斎が夢丸をふり返ってたずねた。

今日が敵との総力戦になるとにらんだ幽斎は、二、三日中に朝廷から和睦《わぼく》を命じる勅使が来るという噂を城内に流すように命じた。

まだ智仁《としひと》親王からの使者が来るという知らせはなかったが、今日さえ戦い抜けば助かるという希望と気力を、将兵たちに持たせようとしたのである。

「昨夜のうちに、お申し付けの通りに」

夢丸は配下の鳥見役に命じて、それとなく噂が広がるように仕向けていた。

「そなたはいくつになった」

「十……六でございます」

答えるのに少しの間があった。十六歳は弟の夢丸の年で、本当は十八である。

「近頃美しゅうなった。思いを寄せる殿方でも出来たか」

「私は……、私は衆道《しゅどう》になど興味はございません」

いつものように男を装ったが、耳たぶまで赤くなるのを抑えることは出来なかった。

二の丸の中庭では、白い鎧直垂《よろいひたたれ》に赤の胴丸を着込んだ麝香《じゃこう》が、四十人ばかりの女房衆を前に訓辞をたれていた。女たちも皆同じ出《い》で立ちで、垂髪を元結で固くしめて背中にたらしている。

麝香が編成した女房部隊で、戦死者の収容、負傷者の手当てにあたる。また幽斎の命令で軍目付《いくさめつけ》も兼ねていた。

軍目付とは後の論功行賞のために身方の戦いぶりを記録する役目だが、何しろ人手不足で武士を当てる余裕がない。そこで女房衆を目付としたのだが、この策は見事に当たった。

女に見られているとあれば、男どもは常にも増して発奮する。しかも女の観察力たるや、端倪《たんげい》すべからざるもので、その力は身方ばかりか敵方にまで及んだのである。

田辺城の籠城戦を記録した書物に、麝香が寄せ手の旗印をすべて書き留め、どの大名がどこでどんな攻め方をしたかを詳細に記録したために、戦後の賞罰に大いに役立ったと記されているが、これは彼女一人の働きではない。白直垂に赤胴丸をつけた女房部隊の輝かしい戦果だった。

辰《たつ》の刻（午前八時）過ぎ、敵は合図の太鼓を打ち鳴らし、ほら貝を勇ましく吹き立てて三方からいっせいに攻めかかった。

西の搦手口では、小野木勢が竹束を押し立てて高野川をわたり、川浪因幡守《かわなみいなばのかみ》の鉄砲隊が激しく鉄砲を撃ちかけてきた。

外濠《そとぼり》の際に小野木家の中黒山道の幟と、川浪因幡守の赤の吹流しの旗差し物が充満したが、細川勢は濠の橋を落とし、大草櫓や多聞櫓から鉄砲を撃ちかけて防戦した。東の也足櫓には小出大和守、杉原伯耆守らの軍勢が攻めかかってきたが、ここも松《まつ》山権兵衛《やまごんべえ》、小林勘右衛門《こばやしかんえもん》ら名うての戦上手が指揮をとり、也足櫓の大筒と鉄砲、弓を駆使して迎え討った。

大手口には小野木縫殿助の一隊と、前田茂勝、別所豊後守、谷出羽守らの軍勢が攻め寄せてきた。

昨夜掘った仕寄り道に兵を入れ、杉の馬場に接近して虎落や逆茂木、馬防柵に火を放った。幽斎の悪口が聞こえたのか、昨夜使ったかがり火の松明《たいまつ》を一本残らず投げ込んだのである。

火は激しく燃えつづけ、杉の馬場の周囲には杉の切り株が残るだけとなった。高さ三尺ばかりの切り株が、焼けこげた黒い墓標となって立っている。

未《ひつじ》の刻（午後二時）になると、敵は無防備になった大手口に太鼓を打ち鳴らして攻めかかった。東西二百三十間（約四百二十メートル）の外濠一杯に散開し、鉄砲を放ち、矢を射かけてくる。

城兵の守りが手薄なところを狙って、幅八間の外濠に長梯子《ながばしご》をかけ、城内に突入しようとする。細川勢は一瞬も休むことなく鉄砲を放ち、弓を射し、長梯子を渡ろうとする敵を長槍で突き落とした。

幽斎は大手門脇の櫓に上り、格子窓の側に立って戦況を見つめていた。ときおり敵の鉄砲弾が飛んでくるが、斜めに傾けて並べたぶ厚い板にはね返されるばかりである。弾の当たる音がするたびに夢丸や近習たちは首をすくめるが、幽斎は少しも動じない。

爰《ここ》をさしてうつ鉄炮《てつぱう》の玉きはる
　命にむかふ道ぞこのみち

歌ともつかぬ歌を即興で作り、紙に書いて櫓の壁に貼り出させたりした。

激戦が一刻ばかりもつづき申《さる》の刻（午後四時）近くなると、敵に変化が見えはじめた。五百挺あまりもあった鉄砲隊が沈黙したのだ。手持ちの早合《はやごう》を撃ちつくし、補給がつづかなくなったのである。

これに対して城中には弾薬は充分に貯《たくわ》えられ、雑兵たちが早合を目籠《めご》に入れて配り歩いている。

「銭を惜しんで命を失うとはこのことじゃ。馬鹿とけちの末路はこうなる」

幽斎は鉄砲狭間《はざま》から銃を引くように命じた。

敵は城内でも弾薬が切れたかと、勢い込んで濠のきわまで攻め寄せてきた。声をかければ聞こえるほど間近に敵の顔がある。近隣の者たちだけに顔見知りも多い。

幽斎は十二分に敵を引きつけ、いっせい射撃を命じた。櫓の狭間から突き出された銃口が火をふくたびに、敵はなす術《すべ》もなく倒れ伏し、我先にと逃げ出した。

気の毒なのは大きな幟を持った幟差したちである。幟を捨てて走り出すことも出来ず、我先にと昨夜掘った仕寄り道に飛び込んだ。

「あの幟を奪え」

勝ち戦に上気した北村甚太郎《きたむらじんたろう》が、八十人ほどの配下を率いて大手門から突撃した。そうはさせじと数人の騎馬武者と長槍隊が引き返してくる。

「後備《あとぞな》えを出せ」

幽斎は百人ほどの鉄砲隊を出して、甚太郎らの後詰《ごづめ》をさせた。

つるべ撃ちの銃声があがり、敵の槍ぶすまは櫛《くし》の歯が抜けるように数を減らしていった。

# 第十五章　和議の使者

田辺城で激戦がつづいている頃《ころ》、石堂多門とお千代は宮腰《みやのこし》から商人船にのって若狭の小浜《おばま》へと向かっていた。

百石積みほどの中型の船で、舵《かじ》取り一人と水夫《かこ》二人が乗り組んでいる。宮腰まで米を運んだ帰りで、途中三国湊《みくにみなと》に寄って炭を積み込んで小浜へ向かうということだった。

多門は船の後方にある艫館《ともやかた》にいた。波のうねりが大きく、船は前後左右にゆれる。

多門は壁に寄りかかって目をつぶったまま、悪い夢のなかにいるのだと思おうとした。顔が青ざめているのだろう。お千代も出港以来気づかわしげで、館から出ようとはしなかった。

「外に出て、景色でもながめてきたらいかがかな」

多門はお千代が側《そば》にいることが苦痛だった。船酔いにまいっている所を見られたくないのだ。

「景色と申しましても、海と空ばかりでございますもの」

お千代はいつの間にか針と糸を取り出して繕い物などをはじめている。

「海と空も、また結構ではないか」

「わたくしがお邪魔でございますか」

「そうではない。そうではないが……」

急に胃からすっぱいものがこみ上げてきた。船酔いにそなえて今朝《けさ》から何も食べていなかったが、空になった腹から胃液がこみ上げてくる。

多門はのど元までこみ上げてきたものを、奥歯をかみしめて飲み下した。

「大丈夫でございますか」

「何がじゃ」

「お加減が悪いようでございますが」

そう思うなら出て行ってくれ。多門はそう怒鳴りたかったが、お千代は糸切り歯で糸など切っている。

「済まぬが」

多門は再び突き上げてきた胃液を飲み下した。堤防は決壊寸前である。気分の悪さに寒気がして、全身が鳥肌立っている。

「済まぬが……」

「何か？」

「そのふくべをほうってはくれぬか。何やら口が寂しゅうてならぬ」

武士は食わねど高楊枝《たかようじ》である。多門はほとんど自己破壊的な気分にかられてふくべの酒を飲み下した。少しは気分がよくなるのではないかという期待もあったが、慣れぬ船酔いというものはそれほど甘くはない。

火に油をそそぐとはこのことで、胃の中では悪魔の炎が燃えさかり、状況はますます絶望的となった。

多門はふらりと立ち上がった。船のゆれに目まいがして、足元はつかまり立ちの子供のようにおぼつかない。

やっとの思いで外に出て船縁《ふなべり》につかまると、眼下には灰色の波がすさまじい速さで流れている。多門の我慢の緒はついにぷっつりと切れ、胃の中の反逆者は海へと飛び出していった。

柔らかい手が背中をさすった。

胃のむかつきが取れて、多門は一瞬心地よさにうっとりとなった。

「大事ございませぬか」

お千代が背中をさすりながら顔をのぞき込んだ。

「なあに、魚どもに餌《えさ》をまいてやったのじゃ」

自分でもわけの分らないことを言って船縁を離れた。流れる波を見ていると、地獄にでも落ちてしまいそうである。

何とか自力で艫館にもどると、壁を背にして目をつぶった。意地でも横になるわけにはいかないのである。

海が荒れてきたらしい。船の揺れはますます激しさを増し、館の板屋根を叩《たた》く雨の音が聞こえた。戸口からさす光も夕方の暗さである。

「芳春院どのの文《ふみ》を渡すと申されたが」

多門は気をまぎらわすために話しかけた。芳春院の文を幽斎に渡すために、お千代は田辺城へ行きたいと言ったのである。

「何か口上がお有りかな？」

「何ゆえでございますか」

「芳春院どのが幽斎どのに何の用があるかと思ってな」

「申し上げるわけにはまいりませぬ」

お千代はあっさりとはねつけて再び繕い物にとりかかった。

「田辺城は一万五千の軍勢に囲まれておる。一度入れば、生きては出られぬかもしれぬぞ」

「天下さまと一緒にいれば、怖いものなどございませぬ」

「………」

「それに田辺城が落ちることはございますまい」

「何ゆえじゃ」

「芳春院さまがそのように申しておられました。幽斎さまには遠大なご計略があるゆえ、むざとお果てになることはないと」

「芳春院どのは、ご存知なのじゃな」

「何をでございますか」

「幽斎どのがどのような計略を巡らしておられるか」

「詳しいことは存じませぬ。ですが前田家と幽斎さまを結びつけられたのは、芳春院さまでございます」

金沢郊外の吊鐘《つりがね》屋で、横山大膳が芳春院の文を前田利長に届けたときのことを、多門ははっきりと覚えていた。

大坂方につく決心をしていた利長は、芳春院の文を読むなり蒼白《そうはく》になり、大膳を斬《き》れと命じた。あの文には利長に分別を失わせるほど重要なことが記されていたのだ。その場に幽斎がお千代をともなって現われ、利長は大坂方につくことを断念した。幽斎と芳春院はそれほど密接な連絡をとりあって行動していたのである。

「わたくしは芳春院さまのためとあらば、いつでもこの身を捨てる覚悟でございます。それが武家に生まれた者のつとめでございますから」

お千代がぽつりと呟《つぶや》いた。

「申しわけねえですが」

戸口にずぶ濡《ぬ》れの水夫が現われた。ひげ面《づら》の屈強の男である。

「後ろに下がった麻縄を取らせて下さいまし。海が荒れて舵取りに命綱を取らせねえと危ねえもんですから」

艫館の板壁に、束ねた麻縄がつり下げてある。多門は好きにしろという風に顎《あご》をしゃくった。船酔いで気分が悪いので、立ち上がって取ってやるのが面倒だった。

「へえ、ご免下さいまし」

三十ばかりの男は片手拝みに拝みながら館に入ると、伸び上がって麻縄を鉤《かぎ》からはずした。と同時に多門の背後に置いた鉈正宗《なたまさむね》をつかみ、脱兎《だっと》のごとく逃げ出した。

「貴様、何をする」

多門は反射的に奪い返そうと手を伸ばしたが、つかんだのは梨地《なしじ》銀覆輪《ぎんぷくりん》の鞘《さや》ばかりだった。

「へっへ、悪く思わねえで下さいよ」

水夫がそう言って表に飛び出した。

どこにひそんでいたのか、外には裁《た》っ付《つ》け袴《ばかま》をはいた武士が二人、横なぐりの雨に打たれながら立ちつくしている。

「貴様ら太田但馬守の配下だな」

男たちの顔に見覚えがある。金沢の吊鐘屋で襲いかかってきた富田《とだ》道場の剣客たちだ。

「あいにく田辺城に返すわけにはいかぬのでな。魚の餌になってもらおうか」

「そうか、あの馬方か」

宮腰で馬を借りた馬方が、銭目当てに密告したのにちがいない。銭一貫文もせしめた上に密告するとは、何とも欲の深い男だった。

「その女まで道連れにすることはあるまい。出て来い」

長身の武士が水夫から鉈正宗を受け取り、右手で軽々と素振りをくれた。

「やめてくれないか。俺の相棒は汚ない手で触られるのを嫌がるんでね」

船酔いの多門は、鞘を杖《つえ》にしてよろめき出た。

雨は風に乗って吹き付けてくる。船は荒波にもてあそばれて木の葉のように揺らめき、船縁を越えて波しぶきが打ち寄せてきた。

「こんないびつな出来そこないの刀が、それほど大事とはな」

「あんたの目は節穴か」

「ならば冥土《めいど》のみやげに、この刀の斬れ味をその体で確かめていくがよい」

長身の男が据え物斬りでもするように、鈍正宗を上段に構えた。船は激しく揺れ動くが、構えに少しの乱れもない。もう一人の小柄な武士は刀は抜いているものの、自分の出番はないものと高をくっている。

「そりゃあ」

男が怪鳥《けちょう》のような気合いを発して真っ向から斬りつけた。

その寸前、多門は鞘にさした夢丸ゆずりの棒手裏剣を目に打ち込み、のけぞる相手の脇差《わきざ》しを抜いて腹に突き立てた。

「どうだね。自分の刀の斬れ味など、そう旨《うま》いものではあるまい」

鈍正宗の柄《つか》をおさえ、苦痛にゆがむ顔を見やった。

「おのれ」

小柄な武士が背中から斬りつけた。

多門は男の手から鈍正宗をうばい、小柄な武士めがけて突き飛ばした。ぶつかってもつれあう二人を、ふり向きざまに斬り伏せた。

「刀を捨てろ」

ひげ面の水夫《かこ》がお千代の首を片手でしめ上げ、短刀を脇腹に突きつけた。

「捨てねえと、この女の命はねえぞ」

「やめておけ」

「なにっ」

「悪いことは言わん。やめたほうが身のためだぞ」

「てめえ、この女が殺されてもいいのか」

水夫が陽《ひ》にやけた丸太のような腕で首をしめ上げようとしたとき、お千代が体をねじってひじ打ちを入れ、短刀を持った右腕を取った。と思う間に腰をひねり、水夫を軽々と投げ飛ばした。

あざやかな中条《ちゆうじよう》流の体術である。水夫は二間《けん》ばかりも宙に舞い、船縁をこえて荒れ狂う海に真っさかさまに落ちていった。

「素直に人の忠告を聞かぬからだ。せめて魚たちには気に入られるんだな」

さかまく波を見やった途端、忘れていた船酔いが一気に突き上げてきた。

「助けてくれ、俺《おれ》は何も知らねえ」

残った水夫が甲板にひざまずき、両手を合わせて許しを乞《こ》うた。船縁をこえて打ち寄せた波が、男の頭上からふりそそいだ。

「助かりたければ、船を沈めるな」

雨と波しぶきにずぶ濡れになった多門は、鈍正宗を杖にしてようやく艫館に転がりこんだ。お千代がその後から入り、水びたしになるのをさけるために戸をしっかりと閉ざして閂《かんぬき》をさした。

戸を閉めると館の中は真っ暗になったが、暗さに目がなれるとあたりがうっすらと見えるようになった。戸口は水びたしになっていたが、甲板より一尺ほど床を高くしてあるので海水が流れ込んでくる心配はない。

多門は意地も見栄《みえ》もかなぐり捨てて横になった。全身ずぶ濡れで、寒気と吐き気を抑えられなかった。

「しっかりなされませ」

お千代が膝《ひざ》を折り、おおいかぶさって顔をのぞき込んだ。

「わしだってそうしたいさ」

多門は笑おうとしたが、寒気に顎が震えて歯の根が合わなかった。

「もう四、五人、刺客を呼んできてくれぬか」

「ざれ言を申されますな」

「命の瀬戸際には船酔いなど忘れる。この苦しみより刺客の方がありがたい」

「悪寒《おかん》が……、寒気がするのでございますか」

「ああ、海の中に投げ込まれたようだ」

「ならば」

お千代が多門の袴の紐《ひも》を解き、ずぶ濡れになった小袖《こそで》と袴をはぎ取った。

だが乾いた着物も、身を包む夜着もない。お千代はわずかにためらってから、髷《まげ》をはらりと解いてぬれた髪をしぼり上げ、思い切りよく小袖も腰のものもぬぎ捨てた。

「ほかに暖を取る手立てがございませぬ。お許し下さいませ」

お千代は多門の下帯をはぎ取ると、上からぴたりと体を重ねた。

なめらかで柔らかい肌である。雨に濡れているにもかかわらず、体は内側から火《ほ》照《て》っていた。

「重うございましょう」

お千代が多門の頬《ほお》に顔をすり寄せた。愛撫《あいぶ》でもするように、右と左に交互に顔をすり寄せる。

「今後は漬物は残さず食べることにする」

「何ゆえでございますか」

「漬物石の重みに耐える苦労が分ったからさ」

「まあ憎らしい」

お千代が多門を横抱きにして背中をさすった。

「でも震えも少しおさまったようでございます。もう少し辛抱なされませ」

「寒気と吐き気はどうにかなりそうだが、我慢出来ぬものがひとつある」

多門はお千代の体を強く抱いた。気分がよくなるにつれて、股間《こかん》のものが次第に本性を現わしてくる。お千代の乳房は豊かで柔らかく、下腹は鋭敏なところに直《じか》に触れていた。

「なりませぬ。わたくしは汚《けが》れた女子《おなご》でございますもの」

「わしも汚れておる。たった今二人も人を殺《あや》めてきた」

「わたくしも一人……」

お千代がたえきれなくなったように多門の唇を吸った。肉の厚い唇をかさね、熱い舌をさし入れてくる。

多門は体を入れかえ、腕の下に組み敷いた。いつの間にか体は回復しきっている。

「これも命の瀬戸際らしい。船酔いなど忘れてしもうた」

多門は濡れた髪をなでさすり、お千代の顔を心ゆくまで見つめた。

雨が激しく館の屋根を叩き、うつろな船は前後左右に揺れつづけている。


黒谷《くろたに》の峠をこえて伊佐津川ぞいに一里ほど下ると、朝もやの中に九文明の村が見えてきた。

京街道《きょう》ぞいに広がる百戸ばかりの小さな集落で、周囲は田畑に囲まれている。稲がそろそろ実りの秋をむかえる頃だが、今年の収穫はあきらめざるを得なかった。

七月二十日に進駐した大坂方の軍勢が青田刈りをし、稲はすべて馬の飼い葉としたからだ。田には陣小屋が建ち並び、足軽や雑兵《ぞうひょう》たちの宿所、兵糧《ひょうろう》や弾薬の倉庫として使用されていた。

伏見から百騎ばかりの馬廻衆《うままわり》をひきつれて九文明の村に入った蒲生源兵衛は、陣小屋のかけ方を見ただけで将兵の士気の低さを見て取った。

城攻めで布陣する場合でも、陣営は守るにやすく攻めるに難き場所に築くのが常識である。大将の本陣を城の本丸に見立て、いつ敵が攻め寄せて来ても充分に対応出来る備えをしておかなければならない。

陣小屋はすべて敵方に向けて建て、小屋の形は鉤型にする。前方と側面からの攻撃に対応出来るようにするためで、本陣の右なら右曲がり、左なら左曲がりの鉤型の小屋を建てる。

また小屋と小屋の間には幕を張り巡らして中の様子が敵から見えないようにし、幟《のぼり》や旗を多く立てて勢力のさかんな所を見せつける。

陣所の周囲には空濠《からぼり》と柵《さく》を巡らし、敵の攻撃にそなえると同時に、柵には門を築いて人の出入りを厳重に取り締らなければならない。

敵か身方かを判別するために合言葉や合印を定めておき、陣所の柵の周囲には騎馬を数騎、右回りと左回りに巡回させて監視をつづけさせる。

これらは武将たる者の心得の初歩の初歩である。にも拘《かか》わらず、九文明の陣所はほとんどこうした備えを怠っていた。

村の民家をそのまま使用しているために、本陣と陣小屋の位置がちぐはぐで統制がとれていない。鉤型の陣小屋を築くどころか、中には田辺城に背を向けて建っているものもある。陣幕も切れ切れで、陣中の様子が容易に見て取れる。

周囲に木の柵はめぐらしているものの、空濠は掘っていない。この柵もどうやら敵の夜襲を受けてからあわてて築いたものらしく、京街道ぞいには数軒の民家が焼き払われた跡があった。

要するに敵が田辺城から討って出ることはないと高をくくっているのだ。

「このような有様では、いつまでたっても城が落ちぬはずじゃ。古狐《ふるぎつね》にいいようにあしらわれていることであろう」

源兵衛は側で馬を進める家臣に声をかけた。

一行百人あまりは全員黒ずくめの鎧《よろい》を着て、大柄の黒駒《くろこま》に乗っている。腰には赤鞘の刀をさし、鞍《くら》につけた皮筒には銃身が五尺ちかくもある長鉄砲をさしていた。

先頭の源兵衛をはじめ恐ろしげな面魂《つらだましい》をした者ばかりで、全身から狂暴なばかりの闘気を発している。

大坂方が進駐して以来軍勢を見なれたはずの九文明の村人たちも、野伏《のぶせ》りか山賊でも来たかと物陰から様子をうかがっていた。

源兵衛は京街道ぞいにある前田茂勝の本陣へ行った。

茂勝は豊臣家五奉行の一人前田玄以の二男で、田辺城包囲軍の中では小野木縫殿助、小出吉政につぐ要職にあった。

「これは蒲生どの、遠路大儀でござった」

前田茂勝が直垂《ひたたれ》姿で出迎えた。

石田三成から軍監を派遣するという知らせを受けているだけに緊張しきっている。

コンスタンチノの洗礼名を持つキリシタンで、城の勘定方でもやっていた方が似合いそうなやさ男だった。

「少し早すぎましたかな」

源兵衛は茂勝の烏帽子《えぼし》から素足の爪先《つまさき》まで見やった。

「いいえ。皆お待ち申していたところでござる」

「さようか。鎧もつけておられぬゆえ、まだ朝飯の最中かと存じましてな」

本陣は土豪の屋敷を点じたものである。松の植込みのある庭に面した座敷には、小野木や小出ら大坂方の主立った大名が顔をならべていた。

源兵衛が昨夜のうちに使者を送り、集めておくように頼んだものだ。さすがに茂勝のように鎧を着ていない不心得者はいなかったが、一万五千の軍勢を動かすほどの器量の持ち主は一人もいない。

「それがしがこのたび軍監を申しつけられた蒲生源兵衛でござる」

源兵衛は立ったまま名乗ると、何のためらいもなく総大将の小野木の横に席を占めた。

「敵に二十倍する軍勢で田辺城を攻めながらいまだに何の戦果もあげられぬことに、奉行衆は不審を持っておられる。そこでそれがしに軍監として当地におもむき、小野木どの小出どのとともに指揮に当たれとのご下命がござった」

「待たれい」

小野木縫殿助公郷《きみさと》が口をはさんだ。丹波《たんば》福知山《ふくちやま》城主で、豊臣秀吉《ひでよし》の親衛隊である黄《き》母衣《ほろ》衆だった男である。

「奉行衆からの書状には、軍監をつかわすとだけしか記されてはおらぬ」

「それが何か」

「軍監とは軍勢の監視に当たるもので、指揮に当たるものではないはずじゃ」

他の大名たちもうなずいて同意を現わしている。新参の源兵衛に対する反感が、かすかな殺気となって座敷に充満していた。

「ならばうけたまわるが」

源兵衛は落ち着き払っている。

「二十一日に城攻めにかかられてから今日まで、いかような戦果をあげられましたかな」

「我らとて日夜攻撃をくり返し、敵に甚大な痛手を与えておる。今一歩で城を落とすまでに迫っておるのじゃ」

「それは結構なことでござる。監視しているだけで城を落としていただけるなら、これほど楽なことはござらぬ」

「心配はご無用。我らとて太閤《たいこう》殿下にお仕えし、いくたの合戦を勝ち抜いてきた。戦の仕方は心得ておる」

縫殿助は確たる勝算があるらしく、いたって強気だった。

「ならばお手並みを拝見させていただくとしよう。ただし三日のうちに城を落とせなければ、それがしの指揮に従っていただくがよろしいかな」

「ああ、結構じゃ」

縫殿助が勢い込んで応じたとき、庭先に小野木家の使番《つかいばん》が走り込んできた。

「ただいま、大手口に攻めかかった一手が敵の待ち伏せにあい、苦戦しております」

「どうしたわけじゃ」

「城に付け入った者たちが、どうやら敵に見破られたようでございます」

昨夜小野木勢は、大手門の外側に城攻めのための井楼《せいろう》を築きはじめた。城壁よりも高い櫓《やぐら》を組み、城中の様子をのぞいたり、頭上から大筒《おおづつ》や鉄砲を撃ちかけるためのものだ。

そうはさせじと細川勢は、夜襲をかけて井楼を焼き払おうとした。だが小野木勢も敵がこう出ることを予測し、城中に付け入るための伏兵を用意していた。

細川家の兵と同じ胴丸と合印をつけた伏兵たちは、井楼を焼き払って意気揚々と引き上げる敵の中にまぎれ込み、まんまと城内に付け入った。

夜襲のときは互いの顔形が分らないために、合印と合言葉だけで身方かどうかを判別する。そのために間諜《かんちょう》を入れてこの二つをさぐり出せば、敵の中にまぎれ込むのは容易なのだ。

城に付け入った伏兵は、敵になりすまして城中にひそみ、日の出とともに城門を開ける手はずだった。その時には城に攻め込もうと、一千の兵が大手門の外に身をひそめていた。

日の出とともに城門は開いたが、これは細川勢の罠《わな》だった。幽斎は城内に付け入られることを防ぐために、夜襲に出る兵には通常とは別の合言葉を使用させていた。普通は月に花だが、この夜は月に雲である。

これを知らない伏兵たちは、月という呼びかけに花と応じて、城内に入るなり一網打尽にされたのである。

しかも細川勢は伏兵を責めにかけて日の出とともに城門を開ける手筈《てはず》を聞き出し、小野木勢をおびき寄せて狙《ねら》い撃ちにしたのだった。

「大手門の真近まで迫った身方は、敵の銃撃にさらされて引きかねております」

「川浪因幡守はどうした。援護射撃をして引かせればよかろう」

小野木縫殿助は源兵衛や諸大名に動揺をさとられまいと、ことさら鷹揚《おうよう》に応じた。

「それが……」

「どうした」

「弾薬の補給が間に合わず、手を出しかねておられまする」

「それゆえ、昨日のうちに手配しておけと申したではないか」

縫殿助は真っ赤になって怒鳴りつけた。そうとでも言わなければ体面が保てないからである。どうやら城を落とす見通しとは、この作戦のことだったらしい。

「何やら当てがはずれたようでござるな」

源兵衛が立ち上がった。脇においた兜《かぶと》をかぶると、大きな体がふた回りほども大きく見えた。

「手みやげがわりに、蒲生仕込みの戦ぶりをご覧に入れようか」

馬廻衆に戦仕度を命じると、京街道を真一文字に田辺城へと向かった。

大手門の両側には、高さ三尺ほどの焼けこげた杉の切り株が何十本となく立っている。敵の計略にかかった小野木勢は、切り株を楯《たて》にしてかろうじて敵の銃撃をかわしていた。

城壁の真下にへばりついている者もいる。鉄砲狭間《はざま》の死角に入って撃たれるのを避けているのだが、これでは攻めることはおろか引くことさえ出来なかった。

大手門の前には四、五十人の兵がこちらを向いて倒れている。待ち伏せに気付いてあわてて逃げようとしたところを、背後から撃たれたのだ。

細川勢は大手門脇の櫓や多聞《たもん》櫓に陣取り、退却しようとする者に銃撃をあびせるだけである。

まるで鼠《ねずみ》をいたぶる猫のやり方だが、頼みの川浪因幡守の鉄砲隊が弾《たま》切れでは、小野木勢には手も足も出ない。弾の射程の外からなす術《すべ》もなく見守るばかりだった。

源兵衛は小野木勢の背後に近付くと、鞍につけた長鉄砲を抜き出し、馬上から大手門に向けて放った。

常の鉄砲より射程が長い。銃弾は三町ばかりを飛び、櫓の白壁に当たって土ぼこりを上げた。

小野木勢は思わぬ身方の出現に、左右に引き分れて道を開けた。黒ずくめの鎧を着た源兵衛以下百騎ばかりは、敵の銃撃に恐れる気色もなく散開した。

「棒火矢を用いよ」

源兵衛が命じると、全員馬を下りて長鉄砲の筒先に棒火矢を装着した。

中空の棒に火薬をつめ、飛行を安定させるために薄い鉄製の羽根をつけたもので、城や砦《とりで》を焼き払うときに用いる。大筒で飛ばすのが普通だが、蒲生家では長鉄砲用に改良した小型の物を使用していた。

「狙いは大手門両脇の櫓じゃ」

百挺《ちょう》の鉄砲がいっせいに火を噴き、棒火矢がゆるやかな放物線を描いて櫓に直撃した。

棒火矢の先端の鋭くとがった矢尻《やじり》が、櫓の庇《ひさし》や格子窓に突き立った。棒につめた火薬には導火線がついていて、突き立ったと見る間にぽっと炎を噴いて燃え上がる。

中には導火線が短すぎて飛んでいる最中に燃え上がるものや、火が消えて用をなさないものもあったが、百本ちかい棒火矢は細川勢をあわてさせるのには充分だった。

城兵たちは城内から水弾《みずはじ》きを持ち出し、庇に突き立って炎を上げる火矢を消し止めようとする。

格子窓を開けて身を乗り出し、水弾きで火を消し止めようとするところを、源兵衛の配下たちは狙いすまして撃ち落とした。

城中からもさかんに撃ち返してくるが、射程の差があるので当たっても鎧をつらぬくほどの威力はない。

源兵衛は、ただ一騎で大手門から二町ばかりの所まで馬を進めると、相手の無力をあざ笑うように右に左に輪を描いて馬を乗り回した。

城兵たちは躍起になって仕留めようとするが、弾は少しも当たらない。当たっても兜や鎧にはね返される。

源兵衛は体中があわ立つような興奮をおぼえながら、大手門との距離を少しずつ詰めていく。戦場でしか味わえぬ至福の瞬間だった。

細川勢が棒火矢の消火や源兵衛の挑発に気を取られている間に、銃撃をおそれて引きかねていた小野木勢は、一人残らず退却を終えていた。

「わしは蒲生源兵衛じゃ。腕に覚えのある者は、以後この黒鎧に挑んでまいるがよい」

鉄砲の音を圧するほどの声で叫ぶと、悠然と馬を返して引き上げた。

敵を威嚇《いかく》するためばかりではない。自分が来たことを知れば、城内に密偵としてもぐり込んだ小月春光《おづきはるみつ》が何らかの方法で連絡をつけてくるという読みがあった。

「身方の遺体を外濠に投げ入れよ」

　後方の陣まで戻ると、小野木家の侍大将を呼びつけて命じた。

「身方を、でござるか」

「濠の水を腐らせるのじゃ。あの水が敵の命綱だということが分らぬか」

「しかし、丁重に葬ってやらねば死んだ者たちが浮かばれますまい」

「殺したのはその方らの無策と無能じゃ。今さら葬《とむら》いなどしても何の役にも立たぬ」

　押し問答をしていると、前田茂勝の使番が来て早急に全軍を引くように告げた。

「何ゆえじゃ」

「午《うま》の刻過ぎに、都から智仁親王の使者が参られるとの由にございます」

　源兵衛の眼光に恐れをなした使番は、額を地面に押しつけるようにして言った。

　蒲生軍の棒火矢による攻撃の間、細川幽斎は大手門の櫓の二階から動かなかった。

　窓の格子に棒火矢が立ち、火薬が炎をふき上げても、落ち着き払って消火の指示をしていた。

「あの長鉄砲は手強《てごわ》いぞ。格子が焼け落ちた窓には、鉄張りの楯を当てておくように伝えよ」

　夢丸を伝令として配下の将兵に備えを固めさせた。

棒火矢で城の備えをくずし、破壊力の大きな長鉄砲を撃ちかけてくるのは城攻めの常道である。城兵は燃え上がる炎を消し止めると、櫓の要所に鉄砲狭間をあけた鉄の楯を立てて守りを固めた。

だが黒ずくめの鎧をまとった蒲生軍は、長鉄砲を撃ちかけることなく引き上げてゆく。四、五町離れたところで身方の苦難をなす術もなく見つめていた小野木勢も、旗を巻いて桂林寺の本陣へと引きあげていった。

「何があったのか、人を出して確かめよ」

再び夢丸に命じた。夢丸配下の鳥見役が数人、城外に出て探索に当たっている。陣《じん》場《ば》商人や戦見物の衆にまじって、大坂方の動きに目を光らせていた。

「追撃の兵を出して、様子をさぐらせましょうか」

北村甚太郎が駆け上がってきた。顎の張った四角い顔は、黒煙にいぶされて真っ黒である。

「それには及ぶまい」

「しかし……」

「あの長鉄砲の射程は、当家のものの二倍はあろう。今追撃したとて、死者を増やすばかりじゃ」

黒ずくめの兵たちは、鉄砲の火縄に火を点じたまま全軍の殿《しんがり》となって整然と退《ひ》いていく。城から追撃したなら、またたく間に一糸乱れぬ陣形を組んで反撃してくるにちがいなかった。

「二倍はござるまい。せいぜい一倍半ばかりと存ずる」

稲富流砲術の師範である甚太郎は、意地になって反論した。自軍より数段勝る火器で圧倒されたことが悔しくてたまらないらしい。

「蒲生源兵衛か……」

やっかいな敵が来たものだ。

源兵衛は天下の名将といわれた蒲生氏郷《うじさと》に侍大将として仕えていた男だけに、丹後周辺の大名たちとは物がちがう。金沢ではお千代の身を挺《てい》した働きによって何とか先んじることが出来たが、戦となるとあなどることは出来なかった。

「あの長鉄砲に匹敵する鉄砲が、当家にはあるか」

甚太郎にたずねた。

鉄砲は射程が命である。再びあの長鉄砲で攻められた時にそなえて、対策を講じておかなければならなかった。

「残念ながら、大筒の他には一挺もございません」

「では、今ある鉄砲で太刀打《たちう》ちできる策を練らねばならぬな」

「火薬の量を増やせば、射程を伸ばすことは出来ますするが」

爆発の高熱で鉛弾が溶けるので、溶けた鉛が銃身にこびりついてしまう。多量についた鉛は、槹杖《かるか》でそぎ落とそうとしても容易には落ちない。

普通は少しずつ小さな弾に変えていくことでこの欠点をおぎなっているが、溶ける量が多い場合には三度か四度撃っただけで鉄砲自体が使いものにならなくなるのだ。

また爆発の反動で射手が体を痛めたり、砲身が破裂することもある。鉄砲の作りと火薬の量、射程とはそれぞれに精密な関係があり、射手はそれを体でつかんでいなければ正確な射撃をすることは出来なかった。

「何とか智恵《ちえ》を絞ってみてくれ。それが成るかどうかに、この城の運命がかかっておるでな」

幽斎は甚太郎に念を押して櫓を下りると、城内を見回りながら本丸御殿へと向かった。

棒火矢は大手の多聞櫓を越えて二の丸の奥にも達したらしく、一如院や喜瓢庵《きひょうあん》にも黒く焦げた焼け跡があった。喜瓢庵の茶室の網代垣《あじろがき》は、半分ほど焼失していた。

足軽や雑兵たちは列を作って手桶《ておけ》を回し、城内の天水桶や防火樽《だる》に水を張っている。

女房衆や子供たちは、火種が残っていないかどうかを注意深く見て回っていた。城を焼きたてられたら終わりだという危機感が、皆の心をひとつにしている。この結束力がある限り、まだまだ心配はいらなかった。

「ご隠居さま」

夢丸がいつの間にか真近に平伏していた。

「敵が退いたわけが分りました。八条宮《はちじょうのみや》さまからのご使者が、午の刻過ぎに到着する由にございます」

「どうやら噂《うわさ》は本当だったようじゃな」

幽斎は会心の笑みをもらした。目尻にも額にも深い皺《しわ》が寄って、翁《おきな》の能面のような表情になった。

「使者は大石《おおいし》どのであろうな」

「大石甚助《じんすけ》さまと、前田玄以どののご家老だと申します」

「よしよし」

幽斎は雀躍《こおどり》せんばかりにして本丸の棟門をくぐった。

午の刻過ぎに大石甚助と前田玄以の家老緒方筑前守《おがたちくぜんのかみ》が、前田茂勝の案内で城をたずねて来た。

二人とも旧知の間柄だが、このたびは智仁親王直々の使者である。幽斎は裃《かみしも》姿になって大手門まで出迎え、本丸御殿の客間へと案内した。

「幽斎どの、このたびのご苦労、ご心痛はいかばかりかとお察し申し上げまする」

上座についた大石甚助が、真っ先に見舞いの口上をのべた。

細面で背の高い四十ばかりの男で、智仁親王の家宰《かさい》をつとめている。幽斎が八条殿で親王に古今伝授をさずけた時には、同席して講釈の筆記にあたったほど親王の信任を得ていた。

「なあに。戦は我らのお家芸なれば、いささかの苦労とも思うてはおりませぬ。このたびの天下の争乱に、主上がいかほどご宸襟《しんきん》を悩ませておられるかと、そればかりが気がかりでございます」

「伏見城でも十九日から戦が始まり、洛中《らくちゅう》にまで日夜砲声が聞こえてまいります」

「大坂方は四万の軍勢で攻めているとうかがいましたが」

田辺城より二日早く伏見城攻めが始まったことは、大坂からの使者が知らせて来たが、その後の詳しい様子は何ひとつ分らなかった。

「城には鳥居元忠どのを大将として千八百の兵がたてこもり、大坂方を寄せつけぬ働きをしているそうでございます」

「元忠どのは歴戦の猛将《つわもの》でござる。我らも後れを取って天下の笑いものにならぬように、気を引き締めてかからねばなりますまい」

「そのことでござるが、幽斎どの」

甚助は急に姿勢を正し、文箱《ふばこ》からおもむろに智仁親王の親書を取り出した。

「八条宮さまは、ご自身が仲介に立つゆえ大坂方と和議を結ぶようにとお望みでございます」

幽斎は田辺城の籠城《ろうじょう》戦がはじまる直前に親王のもとに文を送り、自分が討ち死にする前に古今伝授一式をゆずりたいので、前田玄以の了解を得て使者を送ってくれるように申し入れていた。

〈籠城まかり成り候わば、古今相伝の箱、進上いたすべく候間、徳善院《とくぜんいん》(前田玄以)に理《ことわ》り仰《おお》せられて、お使い一人送り下さるべく候。あい渡し申すべく候。存生の念望《そうら》外にこれなく候〉

七月十九日付のこの文に接した智仁親王は、さっそく幽斎の歌道の弟子であった公《く》家《げ》たちに連絡をとって対応を協議した。

何しろ幽斎は藤原定家《ふじわらのていか》以来伝わる古今伝授を受けつぐただ一人の歌人で、親王への伝授は五日分を残して中断したままである。

万一田辺城が落城して幽斎が討ち死にするようなことになれば、伝授の道統は断絶してしまう。それは和歌の道統を引きつぐことを皇室存続の切り札にしようと考えていた朝廷にとって、命綱を絶たれるほどに深刻な事態なのだ。

朝廷のあわただしい動きは、西洞院時慶の日記からもうかがえる。

〈(七月)二十四日、申《さる》刻京着、八条殿へ徳善院言付申サル義申シ入レ、御盃給。也足《やそく》ヘモ人ヲ遣シ対談候。(中略)竹門へ使者ヲモツテ申シ入レ、徳善院ノ返事ヲ持セ返進申シ候〉(『時慶卿記』)

後陽成《ごようぜい》天皇の信任厚かった時慶は、天皇の勅使として七月二十二日に大坂城をたずねている。前田玄以をたずねて幽斎の申し入れについての対応を協議するためだ。

二十四日の申の刻(午後四時)に京にもどった時慶は、その足で智仁親王をたずねて玄以の言付を伝え、酒をくみ交わした。

この席には幽斎と親しい也足軒(中院通勝《なかのいんみちかつ》)もまねいて、考えを聞いた。

こうした鳩首《きゆうしゆ》会談の末、大石甚助を使者として幽斎に和議をすすめることに決定したのだ。無論前田玄以を窓口として、大坂方の了解を取り付けた上でのことである。

すべては幽斎自身が仕組んだことだけに、和歌の道統が絶えることを憂慮した智仁親王の真情あふれる親書に接しても、さほど心を動かされることはなかった。むしろ頭は、この真情をどう利用するかという方向に向かっている。

「幽斎どの、いかがでございましょうか」

甚助が穏やかに返答をうながした。宮家に仕えているだけに、武士のように露骨に感情を現わしたりはしない。

「宮さまのご配慮、身にしみて嬉《うれ》しゅうござる」

幽斎は親書をうやうやしく押しいただいて甚助の膝元に押しもどした。

「されど倅《せがれ》は内府どのに従って出陣いたしております。その留守を預かる我らが和議に応じては、倅の立場がございませぬ。また倅の嫁は、人質となることを拒み通して大坂屋敷で自害いたしました。いかに宮さまのご仲介とは申せ、その敵に和議を乞うては末代までの恥辱となりましょう」

「和議を乞うのではございませぬ。歌学の道統を守るために和議を結んでいただきたいと、宮さまがお頼みになっておられるのです」

「二十数倍の敵に囲まれて和議を結んだとあっては、世間はそのようには取りますまい。命惜しさに降伏したか大坂方に内通したと見なされ、倅にどのような迷惑が及ぶやもしれません」

「恐れながら、そのことについてのご懸念は無用でござる」

脇に控えていた緒方筑前守が口をはさんだ。前田玄以の家老で、白髪まじりの頭を総髪にした初老の武士である。

「幽斎どのが和議に応じられる理由は、八条宮さまやわが主人から内府さまにお伝え申し上げる。内府さまも宮さまに古今伝授を受けるように進言なされたお立場でござれば、和議に応じられたからといって越中守どのに迷惑が及ぶようなことはござるまい」

昨年暮から幽斎は智仁親王に古今伝授を受けるようにすすめていたが、親王は若年を理由に応じようとはしなかった。兄である後陽成天皇が、伝授を望みながら若年のために断念したといういきさつがあったからだ。

困り果てた幽斎は、京都所司代であった前田玄以を通じて内大臣徳川家康を動かし、智仁親王に伝授を受けるように働きかけてもらった。

〈古今集の事、連々《つらつら》幽斎存じ分け候。老年の儀候の間、早々ご伝授しかるべしの由、八条殿へ申し入れらるべく候〉

家康が玄以あてに右の書状をしたためたのはこの結果である。

つまり家康も親王への古今伝授に関《かか》わっている身であれば、その成就《じょうじゅ》に対して責任がある。親王や玄以から事情を説明すれば、和議を受け入れたとしても納得するはずだ。筑前守はそう考えていた。

「ならば内府どのの内諾を得てきて下され。そのようなあやふやな見通しに頼って倅を危険にさらすことは、それがしには出来申さぬ」

幽斎は手厳しい。玄以の命で幽斎や家康との連絡にあたってきた筑前守も、これにはぐうの音も出なかった。

「幽斎どののご懸念ももっともでございますが、宮さまは何としてでも古今伝授をまっとうし、敷島の道を守りたいとおおせでございます。ここは私情を捨て、大義についていただくわけには参りますまいか」

甚助がやんわりと名分論を持ち出した。武士は朝廷のために働くものだという名分は、この時代にも厳然と生きている。

「それゆえ古今伝授の箱を宮さまにお渡しし、伝授終了の証明状を出しまする。お使いを寄こして下されとお願いしたのはそのためでござる」

「しかし対面の上で切紙《きりかみ》伝授を終えていただかなければ、まことに伝授が終了したとは申せますまい」

「何と申されようと、和議に応じることは出来ませぬ。長旅でお疲れのことゆえ、湯など使うてゆるりとなされるがよい。大石どのには八条殿でいろいろとご尽力をいただいたことゆえ、明日茶など差し上げたく存ずるが、今日のところはご勘弁下され」
幽斎は手を打ち鳴らして近習を呼ぶと、二人を湯殿に案内するように命じた。

# 第十六章　停戦三日

智仁親王からの使者が来たために、細川家と大坂方とは一時的な休戦状態に入った。田辺城を取りまいていた軍勢はそれぞれの陣所に引きあげ、城には七日ぶりに銃声の聞こえない平穏な午後がおとずれた。

だが、兵たちは外濠《そとぼり》の清掃にかり出されていた。外濠には昨日からの戦で死んだ者たちの遺体が沈んでいる。この機会にそれを引き上げて処理しなければ、水が腐ってしまうからだ。

厳密にいえば、これは休戦協定違反である。だが親王のご使者に見苦しいところをお目にかけるわけにはいかないという理由で、大坂方にも了解を取りつけていた。

突助《つきすけ》と名を変えて田辺城内に潜入していた小月春光や速太《はやた》も、この作業に従事していた。

幅八間《けん》（約十四メートル）、深さおよそ二間の外濠の外側に出て、鉤《かぎ》のついた竹棹《たけざお》で底をさらった。

いつもは美しくすき通っている濠の水が、血と泥とで赤黒くにごっている。遺体が沈んでいる場所も分らないために、やみくもに竹棹でさぐり当てるしかなかった。

「兄い、地獄の血の池もこんな風でしょうかね」

竹棹をあやつりながら速太が声をかけた。

「さ、さあな。お、俺《おれ》は、地獄に行ったことがねえ」

春光は相変わらず吃音《きつおん》をよそおっている。

「そりゃあ誰《だれ》も行ったことはねえでしょうが、寺の壁なんぞに描いてあるじゃねえですか。餓鬼の頃《ころ》に見たときは、恐ろしくて泣き出したっけ」

「む、無駄口たたかねえで、さ、さっさと引き上げねえか」

「だって兄い、これじゃどこに沈んでいるか見えやしねえ」

「あ、泡が立っているだろう。そ、そのあたりだ」

人間の胸や腹には空気がつまっている。それが泡となって水面に浮いてくるのだ。

速太は言われた場所に竹棹を沈め、手応《てごた》えのあった顔で春光をふり返った。

「ほんとだ。兄い、こいつは大物だ」

二人がかりで遺体を引きずり上げた。

小野木家の合印が入った胴丸をつけている。昨日外濠に梯子《はしご》をかけて渡ろうとしたところを撃ち落とされた者らしい。

「こいつは敵さんだ。ほっほう。こんな所にお宝袋を下げてやがる」

首に下げた袋に、お守りと銭が入れてある。速太が素早く脇差《わきざ》しを抜いて紐《ひも》を切ろうとした。

「よ、よさねえか」

春光が厳しく叱《しか》りつけた。

身方の遺体は具足《ぐそく》をはぎ取って海に流し、敵は荷車に乗せてそれぞれの家中に送りとどけるように命じられていた。

「ちぇっ、他の奴《やつ》らだってやってますぜ」

速太がいまいましげに舌打ちをした。

外濠には二百人ばかりの足軽、雑兵《ぞうひょう》が出て遺体の引き上げに当たっていた。濠の外からばかりでは届かないので、数艘《すうそう》の舟を出している。

すでにかなりの数の死者が引き上げられていた。身方の犠牲者の大半は、棒火矢の火を消し止めようとして、長鉄砲で撃ち落とされたものだった。

「二人とも、ご苦労なことじゃの」

大野《おおの》善左衛門《ぜんざえもん》が声をかけた。鎧《よろい》をぬいだ小具足姿で、不自由な左足を引きずっている。

「因果な仕事じゃが、これも戦のうちじゃ。骨身をおしまず務めてくれ」

「へえ、お、おそれ入ります」

春光と速太は身方の遺体から具足をはぎ取っていた。籠城《ろうじょう》戦では外からの供給が一切ないだけに、何ひとつ無駄には出来なかった。

「ところで倅《せがれ》を見かけなかったか」

「や、也足櫓《やそくやぐら》におられましたが」

「それが見当たらぬ。会ったら、わしの所に来るように伝えてくれ」

善左衛門は皺《しわ》の目立つやせ細った顔に不安の色を浮かべ、不自由な足を引きずりながら大手門の内へと消えていった。

「兄い、ひょっとしたら、濠の底でお陀仏《だぶつ》かもしれませんぜ」

「め、滅多なことを、い、言うもんじゃねえ」

「だって、棒火矢を打ち込まれたとき、弥十郎《やじゅうろう》さまも大手門の方へと走って行かれましたから」

速太が強情に言い張った。

二人は遺体の手足を抱えて船着場まで運んだ。岸につけた小早船《こばやぶね》に乗せると、二人の水夫《かこ》が手早く海に運んでいく。

春光は黙々と働きながら、何とか細川幽斎と智仁親王の使者との話を聞き取ることは出来ないものかと考えていた。

幽斎が親王への古今伝授を武器にして朝廷をあやつろうとしていることは明らかである。二人の話を聞くことが出来れば、この先どのような計略を立てているかも連判状のありかも分る。

そう考えていたが、どのような方策を巡らそうとも、雑兵の身で本丸御殿に入ることは出来ない。警戒が厳重なだけに、夜陰に乗じて忍び込むことも不可能だった。

「兜首《かぶとくび》だ。大将首が上がったぞ」

大手口の巽櫓《たつみ》のあたりで叫び声があがり、雑兵たちがいっせいに集まった。

「身方だ。誰か顔見知りはいねえか」

春光は悪い予感に胸をつかれ、人ごみをかき分けて前に出た。

赤糸おどしの鎧を着て三日月の前立ての兜をかぶった若い男が、濠端の石垣の上に横たえられている。弥十郎にまちがいなかった。

「速太、来い」

春光は吃音をよそおうことも忘れて、善左衛門に知らせるように命じた。

善左衛門は蒼白《そうはく》になって駆けつけた。

かすかな不安があっただけに、それが現実となった衝撃はかえって大きかったらしい。やせた体を枯れ木のように硬直させ、不自由な足を妙な風に引きずりながら、外濠ぞいの道を小走りにやってきた。

「仏のお父上だ。道を開けてくれ」

速太がどこか得意気な声をはり上げて人ごみをかき分けた。

集まっていた数十人が道を開けたが、善左衛門は弥十郎の五間ばかり手前で立ち尽くし、落ちくぼんだ目を大きく見開いたままだった。両手の拳《こぶし》を握りしめ、かすかに肩をふるわせている。

これ以上近づけば、息子の死を否応《いやおう》なく認めなければならない。足を踏んばることでそれを食い止めようとするかのような、必死の形相だった。

「さあ、お父上」

速太が軽く肩を押した。

善左衛門は激しく体をゆすって速太の手をはねのけると、一歩ずつ足を踏みしめながら遺体に近づいた。

「て、鉄砲傷でございます」

春光が兜の目庇《まびさし》をわずかに持ち上げた。

秀でた額のちょうど真ん中を撃ち抜かれている。棒火矢の火を消そうとして櫓から身を乗り出したところを狙《ねら》い撃たれ、そのまま濠に転落したものらしい。

「よい……。もうよい」

善左衛門が顔をそむけ、庇を下げるようにという仕草をした。

「ぐ、具足は、ど、どうなされますか」

「すまぬが、このまま行かせてやってくれ。武士らしく、このまま海に……」

善左衛門が力なくつぶやいた。

「兄い、仏をこれに」

速太が早手回しに荷車をかり受けてきた。荷台は先に運ばれた者たちの血で赤黒く汚れている。それを見ると、善左衛門の形相が一変した。

「それには及ばん。それはわしが運ぶ」

「そのお体では無理だ。倅はわしが運ぶ」

「わしが運ぶと申しておるのじゃ」

戦場がれした声で一喝すると、弥十郎を背負って歩き出した。

鎧に水をふくんだ遺体は重い。その重さに耐えるために前屈《まえかが》みになり、地をはうように三の丸外の船着場へと向かっていく。

「ご、ご隠居、て、手をお貸ししましょう」

春光が申し出たが、善左衛門は返事さえしなかった。

「ほうっておきゃいいんですよ。どうせそのうち音を上げるんだから」

速太はその時を待ちわびるように、荷車を引いて善左衛門の後ろからついていった。濠から遺体を引き上げていた足軽や雑兵たちも、手を休めて善左衛門をながめている。

戦は人の死に対する感覚を麻痺《まひ》させるのか、それとも我子の具足だけをはぎ取らせようとしない善左衛門に対する反感があるのか、どの目もひどく冷淡だった。

そのことが善左衛門をいっそう頑なにさせた。不自由な左足を踏み出すたびに体を沈め、何度か前のめりに倒れそうになりながらも、怒りをかみ殺した獰猛《どうもう》な表情のまま歩きつづけた。

船着場まであと一町ばかりとなった時、踏み出した右足を砂利にすべらせて転倒した。その拍子に弥十郎の兜が脱げ、稲田のあぜ道まで転がった。

善左衛門は背中におおいかぶさった弥十郎をおしのけて立ち上がろうとした。あお向けになった弥十郎の額の真ん中に、銃弾に撃ち抜かれた赤い穴が口を開け、わずかに血が流れ出している。

水のまじった薄い朱色の筋が、細い鼻筋を通って顎《あご》の先までつづいていた。

「弥十郎……」

善左衛門は低くうめくと、すすり泣きに泣きながら懐紙で血をふき取った。

さわると痛むのではないかと案じるのか、傷口のまわりには念入りに紙を当てている。それでも血は赤い穴から少しずつにじみ出してくるのだった。

「この不忠者が……、この不孝者があ」

兜を直してようやく船着場まで運んだが、小早船の水夫が露骨に嫌な顔をした。具足をつけたままの遺体を運んではならないと命じられているからだ。

「責任はわしが取る。この大野善左衛門の願いとあらば、大殿もお許し下さるはずじゃ」

自分の名が相手を屈服させると信じていたようだが、年若い二人の水夫には通じなかった。面倒なじじいが来たと言わんばかりにそっぽを向いている。

「ならば頼むまい」

善左衛門は刀を抜き放ち、水夫ののど元に突きつけた。

「倅はわしが送る。さっさと船を下りよ」

すさまじい形相に恐れをなした二人の水夫は、我先にと海に飛び込んだ。

善左衛門は自ら艪《ろ》を漕《こ》いで、弥十郎をのせた小早船を出した。穏やかな初秋の海に、艪のきしむ音をたてながら乗り出していく。春光と速太は船着場に立ってそれを見送った。

「せっかく荷車を借りてやったのに、あの頑固さには敵《かな》わねえや」

父親の顔を知らないという速太が、足元の小石を悔しげに海に蹴《け》り入れた。

「お前ら、手すきか」

足軽組頭《くみがしら》らしい男が声をかけた。

「ならば三の丸の竹の伐《き》り出しを手伝え。今日のうちに喜瓢庵の網代垣《あじろがき》を修理せよとのおおせじゃ」

明日茶室で使者をもてなすつもりにちがいない。だとすれば話を聞き取る方策があるかもしれぬ。春光は瞬時にそう察し、嫌がる速太を引きずって三の丸へ向かった。

七月二十八日の午前、細川幽斎は大石甚助を喜瓢庵の茶室に招いた。緒方筑前守が同席していては腹をわった話ができないからである。

「ご覧のような有様でな。満足なもてなしも出来ぬが」

幽斎は火災の煙にまかれて黒く煤《すす》けた土壁を見やった。茶室では互いに私人に戻る。親王の使者という固苦しい格式に縛られることはなかった。

「この茶室のことは、也足軒さまからうかがっております。よしなにお伝えするようにとのお申し付けでございました」

「あのお方は勅勘がとけるまで、この城に長々と留《とど》まっておられたが、悪びれた様子など一度も見せられたことはなかった。殿上人《てんじょうびと》とはあのように泰然たるものかと、家臣一同大いに感服したものじゃ」

それ以来家臣たちは尊皇の思いを強くしている。それだけに智仁親王からの使者が来ただけで、士気は大いに盛んになっていた。

「たとえこのまま落城となろうとも、家臣たちにも悔いはないはずじゃ。改めてお礼を申し上げる」

幽斎は深く頭を下げて点前《てまえ》にかかった。

煮えたつ釜《かま》の湯を柄杓《ひしやく》ですくい、丹波焼の茶碗《ちやわん》にそそぐと、茶筅《ちやせん》で手早くかき回し、すっと甚助の前に差し出した。作法に縛られない奔放な点前だが、ひとつひとつの所作がみやびやかで美しい。

「お智恵《ちえ》をお貸し下され。いかようにすれば八条宮さまのお望みを果たす道が見出《みいだ》せましょうか」

甚助は茶を飲み終えるなり切り出した。頭はそのことで一杯で、茶を味わう余裕もないらしい。

「昨日も申し上げた通り、和議に応じるわけにはまいらぬ。古今相伝の箱と証明状をお渡しいたすゆえ、伝授が終了したものと承知していただきたい」

「歴代の伝授者の中で、そのような例によられた方はおられましょうや」

「いいや。あるまい」

「ならば、正式の伝授とは申せますまい。八条宮さまは、一点の疵《きず》もない伝授を望んでおられるのでございます」

幽斎は三月十九日から智仁親王への古今伝授をはじめたが、五日分の講義を残して田辺城へと引きあげた。

たとえ古今相伝の箱と伝授を終えたことを証する証明状をもらったとしても、古今伝授の眼目とされている切紙《きりかみ》伝授を受けなければ、完全な伝授ということは出来ないのだ。

「幽斎どの、宮さまは歌道は王道であると申されました。伝授が成るかどうかに、朝廷の行末がかかっておるのでございます」

甚助はひたすら頼み込んだ。律義で実直な男だけに、何としてでも命を果たさねばならぬと思い詰めている。

「ほう、宮さまがさように申されましたか」

幽斎は当たりを待つ釣人の心境で悠然と構えている。

「歌道は王道、王道は神道《しんとう》であると」

「ならばすでに古今伝授の奥儀《おうぎ》を会得しておられる。切紙伝授が伝えるのも、つまるところその一事に尽きるのでな」

「そのような大事を抱えながら、この城で果てられることこそ、不忠の極みでございましょう」

「古今相伝の箱には、切紙伝授で伝えるべき書き付けはすべて入れてある。だが、宮さまがたって口伝を受けたいと申されるなら、方法はひとつだけある」

「何とぞ、何とぞお聞かせ下され」

甚助が幽斎の言葉の糸にたぐられて身を乗り出した。

「帝《みかど》の勅命によって和議を結ぶことじゃ。勅命とあらば、わしとてそむくわけにはまいらぬ」

「それは、いささか」

甚助が失望の色をうかべて体を引いた。

「歌道は王道であると申したではないか。王道を守るために勅命を出されることに何ら不都合はあるまい」

「無論、ございませぬ。されど幽斎どのもご存知の通り、帝は豊臣家に対して少なからぬご好意を寄せておられます」

後陽成天皇は豊臣秀吉の尽力で位についたようなものである。また即位の後も数々の援助を受けているせいか、ひと方ならぬ豊臣家びいきである。だから徳川方についた幽斎を勅命で救うことに同意させるのは難しいのだった。

「また新上東門院《しんじょうとうもんいん》さまも、宮さまが古今伝授を受けられることにはかねて異をとなえておられます。帝が勅命を出されるとなれば、ことのほか難色を示されるでございましょう」

「要するに帝も新上東門院さまも、わしを嫌うておられるのじゃな」

幽斎は己れの茶碗に湯をそそぎながら薄く笑った。

「だが大石どの、それはちと妙な言い草ではござらぬか」

「…………」

「貴殿は昨日、我らが和議に応じても宮さまの意に従ってのことゆえ何ら恥ずべきことではないと申された。ところが帝は勅命でわしを救うことは出来ぬと申される。新上東門院さまに至っては、古今伝授などいらぬと申されておる。歌道が王道であると申されるのなら、かようなことが起こるはずはあるまい」

「おおせはごもっともでございますが、天下の諸大名が二つに割れて争っているように、朝廷内にも争いがございます。そこのところをお察しいただきとう存じます」

「常のことなら察しもしよう。だが、事は歌道と朝廷の興廃に関《かか》わることじゃ。帝が勅命によって古今伝授を守れと申されぬ限り、いかなる和議にも応じるわけにはいかぬ」

大石甚助は哀《かな》しげに目を伏せて黙り込んだ。

幽斎の意見が正論だとは分っていても、甚助には帝の意志を左右することは出来ないのだからいかんともし難いのである。

それが分っていながら、幽斎は追及の手をゆるめなかった。

「よいか大石どの、わしが新上東門院さまの反対にあいながらも宮さまへの古今伝授に踏みきったのは、歌道の道統は朝廷において守られるべきだと、またそれを守ることこそ朝廷の権威を高めることになると信じるからじゃ。歌道は王道、王道は神道とは、単に言葉だけのことではない。神意を言霊《ことだま》によって現わすことの出来る者のみが、この大和の国を真に治めることが出来るという意味じゃ。歴代の帝が勅撰《ちよくせん》和歌集をあまれたのも、歌の力によって国を治めるためでござるぞ」

甚助はますます当惑して黙り込むばかりである。それを見た幽斎は、話を現実的なところに移した。

「貴殿はこたびの戦では、東西どちらが勝つとお思いかな」

「さて、それは……」

「たとえどちらが勝とうと、その勝者は鎌倉《かまくら》や室町《むろまち》の幕府とは比較にならぬほど強大な権力を手にするであろう。そうなった時に、朝廷は何によって自らの権威を保たれるおつもりであろうか」

「お言葉ではございますが、二条《にじよう》家、冷泉《れいぜい》家が勢力を失って以来、朝廷からは古今伝授が失われております。それでも朝廷の権威は保たれて参りました」

「それは足利《あしかが》将軍家が北朝の権威を必要としたためじゃ。初代尊氏《たかうじ》公は、北朝を擁立することによって幕府を開く大義名分を得られた。そのことが十五代の間足利幕府を縛っておった」

十二代将軍義晴《よしはる》の実子だけに、幽斎の足利幕府に対する思いには特別のものがあった。

「だが尊氏公の頃と当世とでは、天下の事情も万民の気質も異なっておる。たとえ家康どのが勝者となって幕府を開かれるにしても、朝廷の力など頼りにはなされまい。万民を納得させるに足る新たな権威を手に入れなければ、朝廷の存続さえ危うくなるであろう。わしが宮さまに古今伝授をお伝えしたのはそう考えてのことじゃ」

「ならば、何ゆえ和議に応じていただけぬのでございますか」

「朝廷のご意志がひとつにならぬからじゃ。考えてもみるがよい。天下の耳目は今や田辺、伏見の両城に集まっておる。そのような時に帝の勅命によってわしが救い出されたとなれば、誰もがその理由を知りたがるであろう。古今伝授を天下に知らしめるのに、またとない機会ではないか」

甚助は当惑を通りこして茫然《ぼうぜん》となった。

幽斎が田辺城に籠城したのは、初めからこうした計略があったからだということに気付いたからである。

茫然としたのは茶室の床下に忍んでいる小月春光も同じだった。

幽斎の言葉通りだとすれば、石田三成はまんまと計略に乗せられて一万五千もの軍勢を派遣し、天下の耳目を集める役を買って出たことになる。

（この男、化け物か）

床下に掘った穴に横になったままそう思った。体の半分を土でおおい、覆面でおおった顔だけを地表に出して息をついでいる。昨夜のうちに茶室に忍び込み、気配を消して幽斎らが現われるのを待っていたのだ。

（だが、何のためにそこまでして朝廷の権威を守らなければならないのか）

朝廷の権威を守るというのは方便で、真の狙いは和議の勅命を出させることかもしれぬ。だが和議が目的なら、智仁親王の仲介を断わるはずがない。勅命でなければならない何か別の理由があるはずだ。

春光の思考はそこで止まった。密偵の仕事は判断材料を集めることで、判断を下すことではないのである。

（とにかく、このことを治部どのに伝えねばならぬ）

春光は土の中から身を起こすと、懐《ふところ》からなめし皮を取り出し、短い釘《くぎ》で文字を刻んだ。

「藤花孝養伝心授与和風議決
古来今年勅願命名工事作庭」

一見何のことか分らないが、頭から四字ずつ区切り、一字おきに右左交互に読んでいくと、藤孝古今伝授勅命和議工作となる。藤孝《ふじたか》とは幽斎の出家前の名だ。
万一細川家の手の者に渡ったときに備えて暗号を用いたのだが、蒲生源兵衛ならひと目で読み解くはずである。問題はどうやってここを抜け出し、城外の源兵衛に渡すかだった。

誰かに見咎《みとが》められたら終わりである。夜を待つ他はないかと思案を巡らしていると、大粒の雨が板屋根を叩《たた》く音がまばらに聞こえ、やがて土砂降りとなった。時ならぬ走り雨である。

春光は床下をおおった板の隙間《すきま》から外をのぞいた。雨をさけたのか、あたりに人影はない。十間ほど先には昨日修理した竹垣が連なり、焼け残った網代垣との間に人が通れるほどの切れ間があった。

しばらくあたりの気配をうかがってから、春光は板をはずして外に出た。手早く板を元通りにすると、落とし物でも捜している風に腰を低くして垣根の外に出た。

「兄い、こんな所で何をしているんです」

突然後ろから声をかけられた。ぎょっとしてふり返ると、速太が雨の中でにやにやしながら立っている。

「お、お前こそ、な、な、何をしているんだ」

「兄いを捜していたんですよ。今朝《けさ》から影も形もないものだから」

「な、何、ゆ、昨夜《ゆうべ》の落とし物を捜しに来たんだ」

「ははあ、兄いも隅におけねえや」

速太が春光の脇腹を肘《ひじ》で小突いた。どうやら誰かと逢引《あいびき》でもしていたと思ったようだ。

「こ、この野郎、つ、つまらんことを言うんじゃねえぞ」

春光は小柄な速太の頭を小脇に巻いて締め上げた。勘ちがいしているのなら、その方がかえって都合が良かった。

走り雨が城内の天水桶《おけ》や防火樽《だる》を満杯にして通りすぎた頃、舞鶴《まいづる》湾の狭い水路を通って細川水軍の小早船が現われた。六人の水夫が漕ぐ小型の船は、すべるような速さで三の丸の船着場へと近付いてくる。

船の舳先《へさき》には旅姿の男女が立ち、何事かを語り合いながら田辺城をながめていた。

石堂多門とお千代である。二人は商人船で小浜に着くと、幽斎が手配した細川水軍の船に乗り替えてここまでやって来たのである。

「あの松林の向こうの櫓が天守、その横に黒瓦《くろがわら》ぶきの大屋根が見えておるのが本丸御殿」

「まあ、こぢんまりとした美しい城ですこと」

「ここから見れば美しいが、城中では八百人ちかい兵たちが、二十数倍の敵を相手に戦っておる。糞《くそ》小便の捨て場にさえこと欠く始末じゃ」

多門は情緒というものを解する神経を持ち合わせていない。十四歳のときに牛首谷《うしくびだに》を命からがら逃げ出して以来、喰《く》うか喰われるかの戦いの修羅場をくぐり抜けてきただけに、筋金入りの現実主義者になっている。

それでもお千代は満足気に寄り添っていた。何しろ嵐《あらし》にもてあそばれる船の中で、固く結び合わされた一夜を過ごしたのである。生死も歓《よろこ》びも共にしただけに、二人の間には目には見えない固い絆《きずな》が出来上がっていた。

「それにしても妙だな」

多門はいささかやつれて、雨あがりの太陽のまぶしさに目を細めている。

「どうかなされましたか」

「戦の気配がない。鉄砲の音も軍勢のどよめきも聞こえぬではないか」

「でも城には九曜紋《くようもん》の幟《のぼり》がはためいておりまする」

「敵は遠巻きにしたまま、兵糧《ひょうろう》攻めにかかったのかもしれぬ」

だが、それならば海上を封鎖しないはずがない。何が起こったか分らないまま船を進めていると、船着場に出迎えの者たちが姿を現わした。

幽斎も夢丸もいる。大石甚助までが最前列に立ってこちらをながめていた。

「あれは大石どのじゃ」

「智仁親王のご近習が、何ゆえこの城におられるのでございましょうか」

そう話している間にも、小早船は船着場に接岸した。

「加賀はどうじゃ。西か東か」

幽斎が下船を待ちきれずに声をかけた。

「ご安心下され。西でござる」

多門はそう答えると、お千代を軽々と抱え上げて船を下りた。

多門の予想に反して、城内は籠城中とは思えないほどに美しく掃き清められていた。

智仁親王の使者を迎えるために幽斎が清掃を命じたためで、糞尿《ふんにょう》はおろか火薬の匂《にお》いさえしなかった。

多門が戻ったことはすでに城内の将兵に伝わっているらしく、船着場の周りや三の丸の広場には大勢が見物に集まっていた。多門とお千代は、その中を凱旋《がいせん》将軍のような足取りで本丸御殿に入っていった。

「よう使いしてくれた。これで大谷刑部も敦賀から動けまい」

幽斎は二人を奥の書院に通した。ここなら誰かに話を聞かれるおそれはない。

「すべてはお千代どのの働きのお陰でござる」

多門はお千代が会津征伐中止の報をもたらしたために、前田家が軍勢を西に向けることになったいきさつを手短に語った。

「お千代どの、礼を申し上げる。そなたは我らの命の恩人じゃ」

「わたくしはただ、芳春院さまのお申し付けに従ったばかりでございます」

「丹後にまいられたのも、芳春院どののお申し付けかな」

「はい。幽斎さまにお言伝《ことづて》が」

お千代は多門をはばかるように口ごもった。

「申されるがよい。多門は今やわしの片腕じゃ。案ずるには及ばぬ」

「内府さまは会津征伐を中止なさいましたが、すぐには西国にご出馬なされることはあるまいとのことでございます」

「どの大名が身方につくか見極めぬうちは、迂闊《うかつ》に江戸を離れることは出来ぬという
ことじゃな」
「おそらく太閤《たいこう》さま恩顧の大名方を先陣に立て、真意を確かめた上でご出馬なされる
であろう。芳春院さまはそう申されております」
「さすがは利家どののご内室じゃ。見るべきところを見ておられる」
「こたびの渦に前田家が呑《の》み込まれぬよう、よしなにお引き回しいただきたいとのこ
とでございました」
「家康どのがしばらく動かれぬとあれば、我らにとっても好都合じゃ。大船に乗った
つもりでおられるがよいと伝えていただきたいが……、この先どうなされる。宮さま
のご使者とともに都にまいられるか」
「いえ、籠城には女子《おなご》の手もいるものゆえ、城に残って何かのお役に立つようにとの
お申し付けでございます。何とぞお許し下さいませ」
「ならば麝香のもとで働いてもらうこととしよう。のう、異存はあるまいな」
幽斎が多門の同意を求めた。二人の間に何があったかを見抜いているような口ぶり
だった。
「お千代どのさえご承知なら、それがしには一向に異存はござらん」

多門はいくらか照れ臭さもあって投げやりに答えた。

「ならば決りじゃ。帰った早々で済まぬが、実はもうひと働きしてもらわねばならぬ」

「何でござろうか」

「大石甚助どのと共に都に行ってもらいたい」

「あの、わたくしはこれで」

お千代が気を利かせて席をはずそうとした。

「構わぬ。そなたも芳春院どのから事のあらましは聞いておろう」

「はい。伺っております」

「ならばわしの話も聞いて、江戸に戻った時に芳春院どのに伝えるがよい」

「都には何の使いでござろうか」

「まあ聞け。こたびの徳川方と大坂方の戦では、我らは細川家と前田家を中心に結束し、家康どのから有利な条件を引き出した上で身方につこうとしておる」

前田家も含めれば石高にして二百万石、兵力にすれば六万人の勢力に上ることは、多門もすでに聞かされていた。

「だが戦の前に家康どのからいかに有利な条件を引き出したところで、徳川家の天下となった後にはたやすく反故《ほご》にされるおそれがある。あるいは家康どのの恨みを買い、御家断絶に処されるやもしれぬ。それをさせぬためには、どうすればよいと思う」

幽斎が返事を待って多門とお千代を交互に見やった。

「朝廷のお力を頼むことでしょうか」

お千代が遠慮がちに答えた。

「その通りじゃ。朝廷の権威を後ろ楯《だて》として、徳川家といえども手を出せぬ地位を確保しておけばよい」

「それはどのような地位でございますか」

「さあて、それはまだ分らぬ。わしは二百万石をそっくり皇室領にしていただくのが良いと考えておるが、朝廷がどう出るかはこれからの交渉次第でな」

「古今伝授を中断されたのは、取り引きの道具にするためだったのでござるか」

多門が横合いから鋭い口調で訊《たず》ねた。

「そうじゃ。交渉にのぞむからには、こちらも相手の弱味を握っておかねばならぬ」

「それは朝廷に対して不敬を働くことになりますまいか」

白山《はくさん》神社の神人《じにん》であった牛首一族に生まれたせいか、多門の精神の深いところに朝廷に対する畏敬《いけい》がある。それは白山を神の社《やしろ》とあがめるのと同質の精神だった。

「私利私欲からすることなら、あるいは不敬に当たるかもしれぬ。だがわしは朝廷の権威を守り、この国のまったき存続を図るために策を弄《ろう》しておるのじゃ。何人《なんびと》に対しても、一点の恥じる所もない」

幽斎はキセルを取り出して煙草《たばこ》をつめると、目を細めて大きく息を吸った。

「こたびの策の成否は朝廷の同意を得られるかどうかにかかっておるが、朝廷内には大坂方に加担すべしという方々も数多くおられる。我らの動きに対して、大坂方から妨害が入るおそれもある。そこで先ほどの頼みの筋じゃが、そなたはしばらく都にとどまり、大石どのを助けてもらいたい」

「それがしごときが、そのような方々の御前に出てもよろしいのでございましょうか」

「そなたは白山ゆかりの者じゃ。資格は充分にある。明日一如院において古今伝授の儀をとり行った後、大石どのは都に戻られるゆえ、供をしてもらいたい」

思いがけない申し付けに戸惑ったまま表に出ると、長廊下で夢丸が待っていた。

「遠路のお使い、大儀にございました」

「あの棒手裏剣がわしの命をつないだ。ここに立っておられるのはそなたのお陰じゃ」

「それは、ようございました。お千代さまもご無事で何よりでございます」

夢丸は片膝立《かたひざだ》ちのままお千代にちらりと目を向けた。

「この春に金沢へ同行して以来ですね」

お千代が軽く会釈を返した。どうしたわけか、旅をしていた頃のような打ち解けた態度ではなかった。

「傷の具合はどうじゃ。さし障りはないか」

「お陰さまで、もはや何ともございませぬ」

「大事なところじゃ。充分に養生することだな」

何気なく口にした一言だが、夢丸は胸元をおさえて恥ずかしげにうつむいた。

「麝香さまのお部屋に案内してくれませぬか。今日からお仕え申し上げることになりましたので」

「どうぞ、こちらでございます」

夢丸が先に立って奥御殿へと案内していく。お千代は多門になごり惜しげな流し目をくれてから夢丸の後についていった。

翌日、田辺城二の丸は紅白の幔幕《まんまく》にかざり立てられた。戦のための幟や旗印はすべて下ろされ、かわって五色《ごしき》の幟と紅白の吹流しが空をおおった。

「それではまんず、所の霊を祓《はら》い清め申そうぞ」

頭包みした桂林寺の僧兵五人が出て、鋭い気合いとともに二つの太鼓を打ち鳴らした。

一如院の境内には、裃《かみしも》姿になった四十数人の直臣と晴れ着に身を包んだ女房衆が、神妙な面持ちで控えている。境内の外には足軽、雑兵たちが洗いざらしの小袖《こそで》を着て群がっていた。

一如院の本堂の舞良戸《まいらど》はぴたりと閉ざされている。幅四尺ばかりの廻《まわ》り縁には、白布で包んだ畳が敷きつめてあった。

幽斎は智仁親王に古今相伝の箱と伝授終了の証明状をわたすに当たり、大石甚助を代理として二の丸の一如院で伝授の儀式を行うことにしたのだった。

定家卿《きよう》の昔より五百有余年、門外不出とされた秘事ではあるが、我らは一身神水の誓いをした間柄である。秘事をはばかるに及ばずと存ずるゆえ、望みの者は見物にまいるがよい。

昨夜のうちにそう触れさせたのだから、尊皇の志あつい城兵が興味を示さないはずがない。まして伝授の相手が智仁親王と聞いて、我先にと見物に駆け付けたのだった。

僧兵の太鼓が終わると、みやびやかな雅楽の音が響きわたり、白の水干《すいかん》に白烏帽子《えぼし》をかぶった幽斎と大石甚助が現われた。

笏《しゃく》を手にした幽斎は、白畳を敷きつめた廻り縁をまわって北面の座へ向かっていく。幽斎が通り過ぎるたびに本堂の舞良戸が一枚ずつ内側から取りはずされ、上座につくときには中の様子が三方から丸見えになった。

正面には緋《ひ》色《いろ》の錦《にしき》を張り渡し、中央に大和絵の技法であざやかに彩色された柿本《かきのもとの》人麿《ひとまろ》の画像をかけ、その前に白木の文机《ふづくえ》をすえてある。

机の上には中央に太刀《たち》、鏡、勾玉《まがたま》という三種の神器にならった宝物がおかれ、左右に香炉、洗米、神酒《みき》がそなえられている。

文机の前には文台があり、北面に伝授者の、南面に伝授を受ける者の座がしつらえてある。北面には日輪を描いた金屏風《きんびょうぶ》、南面には月の銀屏風が配され、天井と床には紫紺の唐錦《からにしき》が張り巡らされている。

歌舞の舞台のような華やかさの中にも、神事を思わせる厳粛さがただよう伝授の場に、幽斎が静かな足取りで入った。

ややあって白い布で口をおおった大石甚助が着座する。伝授の間一言たりとも語ってはならないのである。

本来ならここで切紙伝授が行われるのだが、智仁親王が来ていないために古今相伝の箱を渡すことでこれに代えた。

黒漆を塗った相伝の箱には、伝授に際して親王が幽斎に差し出した誓紙《せいし》、切紙伝授で用いる十八通の切紙、古今和歌集の内容について記した伝心集、伝授の場の様子を記した古今伝授座敷模様などがおさめられている。

幽斎は智仁親王への文をそえて相伝の箱を渡すと、伝授終了の証明状を読み上げた。

「古今集の事、三光院《さんこういん》当流相承の説の事、不胎《ふたい》面受口決など、つつしんで八条宮まで授けたてまつる。慶長五年七月二十九日。幽斎玄旨《げんし》」

三光院とは三条西《さんじようにし》実枝《さねき》のことだ。普通の証明状ではもう少し長々と古今伝授のいわれや、伝授を受ける者の資質について触れるものだが、相手が智仁親王だけに不敬に当たらぬように簡潔に切り上げたのである。

大石甚助は証明状を三度押しいただいて相伝の箱にそえると、正面の人麿像と幽斎に三度ずつ頭を下げた。

幽斎は笏を手にしてゆっくりと立ち上がり、人麿像に一礼して退席した。

時ならぬ拍手が起こり、さざ波のように境内に広がっていった。境内の外の足軽や雑兵たちまでが、感激に涙ぐんで手を打ち鳴らしている。

「祝いじゃ祝いじゃ。秘事相伝の祝いじゃ」

桂林寺の僧が太鼓を打ち鳴らし、白小袖の女房部隊が酒を配って回る。皆が枡《ます》の酒をまわし飲み、城内の心がひとつになっていく。
将兵の士気を高めるために幽斎が仕組んだ、心憎いばかりの演出だった。

# 第十七章　朝廷工作

七月三十日、伏見の空は早朝から鉛色の雲におおわれていた。二十八、二十九日と降りつづいた雨は夜明け前にはあがったが、ぶ厚い雲が低くたれこめている。

伏見城下の屋敷を本陣とした石田三成は、木幡山にそびえる天守閣をじっと見上げていた。

伏見城は豊臣秀吉が関白《かんぱく》職を秀次《ひでつぐ》にゆずった後、隠居所とするために築いたものだ。全国の大名に命じて集めた二十五万人の人夫が、醍醐、山科、比叡山、雲母《きらら》坂から石垣を築くための大石を運び上げ、昼夜を徹して濠《ほり》を掘った。木材は木曾《きそ》谷《だに》と土佐《とさ》の峰々から切り出したものだ。

城は文禄《ぶんろく》三年（一五九四）八月に完成したが、翌々年閏《うるう》七月の大地震のために全壊し、建物の下敷きとなって数百人が死亡した。

秀吉はすぐさま城の再建に着手し、慶長二年（一五九七）五月五日には前にも増して豪壮な城を築き上げたが、翌年八月には城中で六十二年の生涯を終えた。いわば伏見城は秀吉の生涯最後の作品である。奉行として資材の調達や現場の指揮に当たったのは三成で、城中には治部少輔《じぶしょう》丸と名付けた曲輪《くるわ》があるほどだ。その城を己れの手で攻め落とさなければならないとは、何とも皮肉な巡り合わせだった。

佐和山城の三成のもとに、徳川家康が会津征伐を中止したとの早馬がとどいたのは二日前のことだ。家康は三万の軍勢とともに江戸城にとどまり、福島正則《ふくしままさのり》、池田輝政《いけだてるまさ》を先鋒《せんぽう》とする東軍諸将が東海道《とうかいどう》を西上中だという。

三成は即座に三千の兵を率いて出陣し、伏見城下に陣をしいた。これ以上城を落とせないまま放置しては、全軍の士気に関《かか》わるからである。

城は四万近い軍勢に包囲されていた。

東の六地蔵には宇喜多秀家、東北の小栗栖《おぐるす》には小早川秀秋、西北の藤《ふじ》の森《もり》神社には島津義弘《よしひろ》、そして西の城下には三成軍が、十重二十重《とえはたえ》に包囲している。

対する城兵は千八百にすぎなかったが、七月十九日以来十日間も猛攻に耐え抜いていた。

「殿、そろそろ鎧《よろい》を召されよ」

次の間に控えた島左近がうながした。

左近は六尺二寸の巨軀《きょく》に紺の唐綾《からあや》おどしの鎧をまとっている。辰《たつ》の刻（午前八時）から総攻撃にかかるとは、昨日のうちに全軍に下知してあった。

「まだ半刻《はんとき》以上もある。あわてることはあるまい」

黄金で彩られた天守閣は、後に桃山《ももやま》文化と称される豪壮できらびやかな様式の粋を集めた建物である。自ら心血をそそいで築いた城を、わずか三年で灰燼《かいじん》に帰さしめるのは何とも忍び難かった。

「天気のいい日には、伏見城の天守からは大坂城が見えた。浪速《なにわ》の海の輝きもな」

安土《あづち》、伏見、大坂。琵琶湖から大坂湾へとつづく水運の大動脈を扼《やく》する地に城を築き、瀬戸内海を押さえて海外進出の礎《いしずえ》にするというのが、織田信長が立てた構想だった。

秀吉はこの構想を受け継いで伏見と大坂に巨大な城を築いたが、信長のように天下《てんか》布武《ふぶ》によって自由で活気のある国を作るという志も、海外進出するという確固たる方針も持たなかった。

ただ上辺《うわべ》だけ信長のやり方を真似《まね》、信長の事業を継承すると称して己れの手に富と権力を集中したばかりである。

天下統一の事業が成ると、誰《だれ》の目にもそのことが明らかになった。

「極めたのは、己れの栄耀栄華《えいようえいが》ばかりではないか」

そんな不満が大名や将兵の間から噴き出したが、秀吉は彼らを心底から納得させるに足る志を持たなかった。次々に巨大な城普請《ぶしん》を命じて彼らの力を浪費させ、朝廷の権威を背景とした刀狩令や惣無事令《そうぶじれい》を発して力で押さえつけるばかりだった。

だがそうした方法は、さらなる不満と反発を生む。

追い詰められた秀吉は、己れの最も得意とする合戦によって窮地を脱しようとした。朝鮮から明《ミン》にまで攻め込み、占領地を与えることで大名や将兵たちの不満をそらそうとしたのである。

「人には天の定めた器量というものがある。己れの器量を越えた地位につけば、我身を亡《ほろ》ぼすばかりじゃ」

「太閤《たいこう》殿下には、天下を統《す》べる器量はなかったと申されるか」

左近がたずねた。

「殿下は信長公のもとにあってこそ輝くお方であった。播磨《はりま》攻めにかかっておられた頃《ころ》が、殿下自身も一番幸せだったのかもしれぬ」

晩年、伏見城に移ってからの秀吉は惨憺《さんたん》たるものだった。秀頼への妄執ゆえに秀次を切腹させ、ただ体面を保つためだけに再度の朝鮮出兵を命じた。それもこれも己れの器量を越えた地位についたことがもたらした不幸だった。

「ならばお尋ねいたすが、人の器量とは何によって決まるのでござろうか」

「志じゃ。人の心を揺り動かす志がなければ、国を統べることは出来ぬ」

「殿にその志がお有りなら、殿下の朝鮮出兵も止められたはずと存ずるが」

左近は手厳しい。客将だけに常の主従とはちがった自由さが二人の間にはあった。

「船頭が狂った時には、水夫《かこ》に出来ることは二つしかない。船から逃げ出すか、黙って従うかじゃ」

「どうしようもなかったと申されるか」

「無論、責任は私にもある」

そのことを思うと三成の胸は後悔に鋭くうずいた。

晩年の秀吉は誰の諫言《かんげん》にも耳を貸さぬほど頑なになっていた。もし三成が朝鮮出兵に反対し、秀吉を思い留《とど》まらせようとすれば、千利休と同様に切腹を命じられただろう。

だが三成が諫止《かんし》しようとしなかったのは、それればかりが原因ではなかった。朝鮮出兵によって明国の門戸を開かせ、生糸貿易を始めることが出来るという見込みがあったからだ。

この当時、東アジア貿易において最大の利益を生む商品は明国産の生糸だった。日本にはまだ養蚕の技術が普及していなかったために、絹織物の原料である生糸はすべて明国に依存していた。

だが明国は建国以来冊封《さくほう》国との朝貢貿易しか認めていないために、日本との自由な貿易に応じようとはしなかった。

そこに目をつけた南蛮人たちは、中国から生糸を買い付けて日本に売り込むことで莫大《ばくだい》な利益をあげていた。

このカラクリを知った信長は、朝貢貿易をやめさせて生糸の取り引きを自由化させようとした。

そうすれば南蛮人に法外な利を占められることもなく、日明双方の得になるではないか。そう説いたが、明国は頑としてこれを拒んだ。冊封国以下と見なしている日本のために、建国以来守りつづけた政策を改める筋合いはないというのだ。

明国とすれば当然の主張だが、日本としては何としてでも生糸を直接入手したい。

そこで秀吉は天下統一後に国内で不用となった諸大名の軍事力を用いて、明国に圧力をかけようとしたのである。

三成もこの策を積極的におし進め、開戦後の早い時期に貿易開始を条件として明国と講和を結ぼうと考えていたが、明国と朝鮮の強硬な抵抗にあって挫折《ざせつ》を余儀なくされたのである。

また生糸の仲買い貿易をつぶされることを危ぶんだイスパニアやポルトガルなどが、軍資金をはじめとする有形無形の援助で明国を後押ししたことも、朝鮮出兵が失敗した大きな原因だった。

「殿、そろそろ鎧を」

左近が三成の回想を断ち切るように迫った。

「分っておる」

「松の丸の甲賀衆《こうか》には、いつ連絡を取りましょうや」

「今夜じゃ。今日一日は小早川と島津に身方となった証《あかし》を立ててもらわねばならぬ」

戦が始まる前から、城を落とす手は打ってあった。鳥居元忠が籠城《ろうじょう》と決して兵をつのった時に、三成は長束正家《なつかまさいえ》配下の甲賀衆を城内に送り込んでいたのである。

五十余名の甲賀衆は城方になりすまし、松の丸の守備についている。激戦に城兵が疲れ切ったときに内応させ、松の丸から一気に城内に攻め込む手はずだった。

「殿、田辺城からの使者が参りました」

鎧姿の近習が庭先から告げた。背後にほこりだらけの裁《た》っ付《つ》け袴《ばかま》をはいた小男が平伏している。

「そなたは、確か」

「小月春光さま配下の伊助《いすけ》と申す小者《こもの》でございます」

手槍《てやり》の名手青ぶさの伊助である。春光が三成の命で田辺城に潜入して以来、伊助は蒲生源兵衛のもとで働いていたのだった。

「蒲生さまが、それをお渡しするようにと」

差し出された書状に、三成は立ったまま目を通した。

田辺城攻めの状況について簡単にふれた後、細川幽斎が古今伝授と引き替えに朝廷に和議の勅命を出させようとしていると記されている。

「このような大事、どうやって摑《つか》んだ」

「城中におられる御大将《おんたいしょう》からの知らせでございます」

「連絡の方法は？」

「これ、このように」

伊助が宝物でも扱うように薄いなめし皮を懐《ふところ》から取り出した。

皮の表面には釘《くぎ》で暗号文が記されている。これを矢柄《やがら》に巻き、源兵衛らが外濠のきわまで攻め寄せた時に射かけたのだという。

「遠路大儀であった。明日にも小月党に五百石の加増を申し付けるゆえ、留守の者に出頭するよう伝えよ」

「あ、ありがたき、幸せ」

伊助が額を地面にすりつけて平伏した。

「左近、私はこれから大坂へ行く」

「何事でござる。もうじき城攻めが始まりまするぞ」

「春光が幽斎どのの正体を暴《あば》いたのじゃ」

三成は源兵衛の文《ふみ》を左近に渡した。

「勅命和議とは、大それた考えでござるな」

これまで天皇が一大名を救うために勅命を出した例は一度もない。左近ほどの男でも、実現するはずがないと見るのは当然だった。

「古今伝授があるからには楽観はできぬ。幽斎どのは初めからこれを狙《ねら》っておられたのだ」

「たとえ勅命が下ったところで、田辺城ひとつどうということはござるまい」

「そうではない。細川家を勅命で救うということは、朝廷は徳川方に身方すると天下に公表するも同じなのだ」

これは大坂方にとって、はかり知れない痛手だった。

秀吉の公的な権威は、関白、太閤という朝廷の位階をかりることによって確立したものである。

もし天下分け目の合戦直前に朝廷が徳川支持に回れば、豊臣家を守るために戦うという三成らの大義名分は効を失い、大坂方に参集した大名たちの離反を招くことは明らかだった。

「これから大坂へ行き、前田玄以どのと対策を講じてくる。影の者にわしの鎧を着せ、指揮はそなたが取れ」

三成はあわただしく近習に着替えの仕度を命じた。

「殿は総大将も同然でござるぞ」

左近が厳しく諌《いさ》めた。他の大名に三成がいないと知れたなら信用に関わる。軍律違反と言われても申し開きは出来なかった。

「和議の勅命が出れば、大坂方は四分五裂する。城のひとつやふたつに構ってはおれぬ」

伏見の船着場を出た早船は、宇治川の流れに乗って素晴らしい速さで下っていった。船の舳先《へさき》には急使であることを知らせる黄色の吹流しが立てられ、他の船が川をあけるように太鼓を打ち鳴らしている。六人の屈強の水夫が息をそろえて櫂《かい》を漕《こ》ぐ。伏見から大坂までは通常の船では二刻かかるが、早船だと一刻あまりで着く。これも伏見城を築いたときに秀吉が備えたものだった。

供はわずか四人である。徳川方の大名が刺客を向けたなら、やすやすと討ち取れそうなほど手薄な警固だが、三成はまったく頓着《とんちゃく》していなかった。

船はやがて毛馬《けま》村の曲がりを過ぎ、天満《てんま》川へと入っていった。

左手の松林の向こうには大坂城の五層の天守閣がそびえていた。

鮮やかな青瓦《あおがわら》で屋根をふき、外壁は黒漆で塗られている。軒回りの瓦には金箔《きんぱく》がほどこされ、天守の高欄の下には向かい合う二匹の虎《とら》が描かれている。

正面には長さ二百間《けん》もある天満橋が、虹《にじ》のようにゆるやかな弧を描いて大坂城下と天満を結んでいた。

急使といつわって京橋口から大坂城に入った石田三成は、二の丸の前田玄以の屋敷をたずねた。

「これは治部どの」

対面の間でしばらく待つと、僧形の玄以が当惑顔で現われた。

信長、秀吉とつかえて立身し、京都所司代として朝廷との折衝一切を取り仕切ってきた男である。丹波亀山《かめやま》五万石を与えられ、慶長三年には三成らとともに五奉行の一人に任じられていた。

「伏見城攻めの指揮をとっておられると聞いておりましたが、火急の事でも出来《しゅったい》いたしましたかな」

「田辺城のことでござる。先日八条宮さまのご使者が、城をたずねたと伺いましたが」

「宮さまから古今伝授を守るために、幽斎どのに和議を勧めたいとの申し入れがござった。宮さまは太閤殿下ともご縁の深い方であらせられるゆえ、ご使者の入城の間戦を停《と》めるように申し付けたのでござる」

それに何か落度があるか。玄以の口調にはそう言いたげな棘《とげ》があった。

「和議の申し出を幽斎どのは断わられたそうでござるな」

「さよう」

「その理由をご存知か」

「武門の意地とうかがいましたが」

「ところがそうではない。幽斎どのは勅命による和議をもくろんでおられるのでござる」

三成は田辺城に入れた密偵から報告があったことを打ち明け、和議の勅命が出された場合に豊臣家がどれほど不利になるかについて説いた。

「幽斎どのは初めからこれを狙って宮さまに古今伝授をさずけられたのでござろう。准后《じゅごう》さまがあれほど反対なされたのは、故なきことではなかったのじゃ」

「それはちと、うがちすぎた見方ではござらぬかな」

玄以は苦笑をもらした。幽斎に頼まれて智仁親王に古今伝授を受けるように勧めたのは玄以だが、そのような危惧《きぐ》を抱いたことは一度もなかったという。

「たとえ帝《みかど》が勅命を出されたとしても、それは古今伝授を救うためでござる。細川家を守るためでも、徳川方に加担するためでもござらん」

「徳善院どのは内情に通じておられるゆえそのように申されるが、諸国の大名は古今伝授の何たるかも知らぬ者ばかりでござる。帝が勅命で幽斎どのを救われたと知れば、徳川方の身方をしておられると取るのは当然でございましょう」

「なるほど。そうしたことはあるやもしれぬ」

玄以もようやく事の重大さに思い到《いた》ったようだが、それでも他人事《ひとごと》のようにのんびりと構えている。

「勅命和議だけは何としてでも阻止しなければ、豊臣家を守るという名分が立ちませぬ。そのための手立てを考えていただきたい」

「ならば西洞院時慶卿《きょう》をお頼みなされ。帝のお覚えもめでたい方ゆえ、決して悪いようにはなされますまい」

朝廷の事情に精通しているだけに、玄以は即座に対策をねり上げ、打つべき手を示した。

山全体が蟬《せみ》しぐれに包まれていた。

数千、数万の蟬が木々に宿り、狂ったように鳴き交わしている。高雄《たかお》山神護寺《さんじんごじ》へとつづく参道には、蟬の死骸《しがい》が落葉のように折り重なっていた。

「天下大変の前ぶれですな。かの平家が亡びた年にも、このようなことがあったと申します」

大石甚助が都人特有の間伸びした口調で言った。その声も蟬しぐれにかき消されそうなほどだ。

「ずいぶんと古い話でござるな」

多門は団子屋の長床几《ながしょうぎ》に座ってふくべの酒を黙々とのんでいる。甚助らの一行とともに都に向かう途中に、高雄山に立ち寄ったのだ。田辺城への使いを無事に終えたお礼詣《まい》りだという。

「古いことではありません。後鳥羽院《ごとばいん》の頃ですからわずか四百年前です」

「なるほど、四百年ね」

多門はつまらなさそうに団子を口にほうり込んだ。

甚助は酒が嫌いな上に度はずれた吝嗇家《りんしょくか》である。ひと休みするといっても、決して酒を出す店には立ち寄らない。酒の匂《にお》いがすると、眉《まゆ》をひそめて足早に通り過ぎるほどだ。

「平家討伐のきっかけを作ったのは、高雄山の文覚上人《もんがくしょうにん》だということはご存知でしょう」

「知りませぬな」

「流罪《るざい》の身となって伊豆《いず》の源頼朝《みなもとのよりとも》をたずね、平家討伐の院宣を渡したのです。もちろん後鳥羽院に命じられてのことでした」

文覚が院に狼藉《ろうぜき》を働いて流罪にされたように『平家物語』には記されているが、あれは院が平家をあざむくために仕組まれたのだ。甚助はまるで己れの手柄のように自慢気に語った。

枯れ木のようにやせた体付きで、腕にはからっきり自信がなさそうだったが、おそろしく物知りである。肉の薄い額の裏には、ぎっしりと脳みそが詰っていそうだった。

「早く食わぬと、団子が冷えまするぞ」

多門は親切で忠告したのだが、甚助は小馬鹿《こばか》にされたと思ったらしい。

「これから共に仕事をする間柄ゆえあえて申し上げるが、そのように酒ばかり飲まれるのはいかがなものでございましょうかな」

「何ゆえでござろうか」

「酒は心気を鈍らせ判断力をうばい、腎《じん》、肝、胃の二臓一腑《にぞういっぷ》をそこないまする。さらには記憶力と理性を失わせ、人をして淫行《いんこう》、乱暴にみちびくではありませんか」

「しかし、酒は天の美禄《びろく》と申す。好きなものは致し方がござるまい」

「酒は命を削る鉋《かんな》とも、狂薬にして佳味にあらずとも申しまする。第一そのように飲まれては、無用の費《つい》えばかりが増えて貯《たくわ》えなど残せますまい」

多門は異国の言葉でも聞いたようにキョトンとしている。その日暮らしの浪々の身には、貯えなどという観念が忍び込む余地はなかったのである。

「大石さま、出発の仕度が整いました」

供の侍が告げた。

「さようか、それでは参りましょうか」

甚助は自分の勘定だけをきっちりと払って席を立った。

二人の供を連れただけの道中に、仕度も何もあるまい。多門は苦笑しながら後を追った。

たが、表に出て目を見張った。

蟬の死骸をはき清めた道に駕籠《かご》がすえられ、菊の紋の入った陣笠《じんがさ》をかぶった供侍が十数人ひかえている。

「お出迎えでござるか」

「神護寺はんからの借り物です」

甚助は多門の耳に口を寄せてささやき、悠然と駕籠に乗り込んだ。

朝廷は貧乏にあえいでいるので、常時供の侍を確保しておく余裕は八条宮家にもない。だが格式が命の朝廷だけに、親王の使者ともあろう者が見すぼらしい形《なり》で洛中《らくちゅう》に入ることは出来ない。

そこで神護寺から駕籠と人数を借り、宮家の陣笠をかぶせてそれらしく見せかけているのだ。

多門も陣笠をかぶり、供の一人を演じることになった。

寺の者たちよりはぐっと押し出しがよく、見栄《みば》えがする。それで行列の先触れとなって先頭を歩くように頼まれたのだ。何だか祭りの山車《だし》の巡行にでも加わったような気分だった。

清滝《きよたき》道をこえて嵯峨《さが》まで出ると、左右に大覚寺《だいかくじ》や釈迦堂《しやかどう》の大屋根が美しい曲線を描いてそびえている。遠くに東寺《とうじ》の五重の塔が見え、比叡山がどっしりと横たわっている。

激戦の田辺城とは別世界のような静けさで、街全体が密度の濃い空気に包まれているようだった。

ここでは時間が横に連続して流れるのではなく、縦におり重なって凝縮されている。だからこれほど馥郁《ふくいく》たる香気を放っているのだ。

多門は直感的にそう感じ、故郷の白山を思い出した。京の都には、どことなくあの聖なる山に似たたたずまいがある。

（たった四百年か）

そう言った甚助の心の持ち方を、多門は少しだけ分ったような気がした。

今出川《いまでがわ》通りの八条殿についた時には、あたりは薄い闇《やみ》に包まれ始めていた。

都ではかわたれ時という優雅な呼び方をする。この時刻になると少し離れた人の顔が薄闇にさえぎられて定かでないために、「彼《か》は誰《たれ》ぞ」とたずねることから付けられたものだ。

「甚助、ここじゃ」

多門と甚助が表御殿に入ると、中庭の廻り縁から声をかける者があった。智仁親王ではない。萌葱色の狩衣を着たひたすらと背の高い公家だが、かわたれ時の薄闇にさえぎられて顔の輪郭はぼんやりとしか見えなかった。

「これは、也足軒さま」

声でそれと分ったらしく、甚助は側《そば》まで歩み寄って膝《ひざ》をついた。

「ただいま丹後より帰参いたしました」

「そろそろ帰る頃だと思うてな。こうして待っていた。二人ともこちらに入れ」

也足軒こと中院通勝である。右大臣中院通為《みちため》の子で、二十歳で参議に任じられた。

三条西実枝の歌学の弟子で、細川幽斎の弟弟子にあたる。

歌学ばかりか国学にも通じた多芸多才の男で、若い頃には才気に任せての放言や勝手気ままの振舞いが多かった。

それが災いして二十五歳の時に正親町《おおぎまち》天皇の勅勘をこうむり、幽斎を頼って田辺城に身を寄せた。

以後十九年間幽斎の直弟子として城内で悠々自適の生活を送り、一年前に赦《ゆる》されて京に戻った。

幽斎とは肝胆あい照らす仲で、智仁親王への古今伝授を実現した陰の立役者でもあった。

「それは古今相伝の箱か」

通勝は甚助が脇《わき》に置いた包みに目を止めた。

「さようでございます」

「それを渡されたということは、和議には応じられぬということだな」

「まず宮さまにご報告申し上げるべきと存じますゆえ」

甚助がやんわりと返答を拒んだ。使者としては当たり前の配慮である。

「それが宮さまには会えぬ。ご気分が悪くて伏せっておられるのだ」

「病でございますか」

「そうではない。昼間内裏で八朔《はっさく》の祝いがあってな」

「まさか、御酒を過ごされたのでは」

「それなら結構な話だが、参内された折に准后さまから鋭い釘を打ち込まれ、お悩みのあまり寝込んでしまわれたのだ」

八朔とは陰暦八月一日のことで、古来農家ではこの日に収穫した新米を神にそなえて感謝をささげる風習があり、田実《たのむ》の節供《せっく》とも田物祝《たのものいわい》とも称された。

この風習が公武に伝わり、朝廷や幕府でも臣下が天皇や将軍に日頃の厚誼《こうぎ》に感謝して贈り物をする習わしが定着した。これが八朔の祝いで、進物を受け取った側は酒宴を開いて労をねぎらうのが常だった。

昼間、智仁親王は祝いの太刀《たち》を兄帝に献上し、女御《にょうご》御殿で行われた酒宴に出席しようとした。

ところが直前になって母である准后晴子《はれこ》から出席をさし止められたのである。

「いったい、何ゆえでございましょうか」

通勝の話を聞いた甚助は、自身が寝込みそうなほどに青ざめていた。

「甚助、お前のためだよ」

「は？」

「宮さまが帝のお許しもなくお前を田辺城につかわされたことが、准后さまのお怒りをかったのだ」

「宮さまへの古今伝授は帝の勅許を得て行われたことゆえ、使者をつかわしても問題はないと申されたのは、あなたさまではございませぬか」

「確かにそうだが、いささか勝手がちがったようだな」

准后晴子は熱烈な豊臣家びいきで、細川幽斎が智仁親王に古今伝授をさずけたいと申し出た時には激しく反対した。古今伝授を利用して朝廷を左右しようという幽斎の意図を見抜いていたからだ。

親王が田辺城に使者をつかわして和議の仲介を申し出たことは、まんまと幽斎の策にはまったも同じである。准后はそう取った。

しかも事前に一言の相談もなかっただけに、祝いの席から親王をしめ出すほどに激怒したのだった。

「勝手がちがったではすみませぬ。それでは也足軒さまをお信じになられた宮さまが、あまりにもお気の毒ではありませんか」

「それゆえこうして見舞いに参じ、甚助の帰りを鶴《つる》の首で待っておったのだよ。ほれ、首が一、二寸伸びておろうが」

通勝は細い首をぐっと伸ばしてみせた。准后の怒りなどさしたる事とも思っていないらしい。

「そなたとしては宮さまに真っ先にお知らせするのが筋であろうが、そのようなわけで今は聞く耳を持たれぬ。私が後ほど宮さまにお伝えするゆえ、つぶさに語るがよい」

「そのようなことであれば、致し方ありますまい」

甚助は憮然《ぶぜん》としながらも、幽斎が古今相伝の箱と伝授終了の証明状を渡したこと、勅命でなければ和議に応じることは出来ないと語ったことを伝えた。

「和議の勅命か」

通勝が薄い唇を引き結んで考え込んだ。智恵《ちえ》の輝きのせいか、鼻筋の通ったほっそりとした顔は四十五歳とは思えないほどに若々しい。

「幽斎どのは天下の耳目が田辺城に集まっている今こそ、古今伝授を知らしめる好機と申されました。勅命を乞《こ》われるのは、そのためだそうでございます」

「他には？」

「城中にて伝授の儀式をなされました」

「城の様子はどうじゃ。このまま戦がつづいても、当分は守り抜けそうか」

「その儀につきましては、こちらの石堂多門どのにたずねて下されませ」

後ろに控えていた多門に、甚助が前に出るようにうながした。

「おお、そなたが横山大膳の供をして金沢に行った多門だな」

「さようでござる」

「そなたのことは幽斎どのから聞いたことがある」

名を知っているだけで恩恵をほどこしたとでも言いたげな態度だが、多門は不思議と反発を覚えなかった。

「野太刀をよく使うとのことだが、田辺城にもこもっておったか」

「数日戦をいたしました」

「城はどうじゃ。幽斎どのはこの先どのように戦おうとなされておる」

多門は返答に迷った。通勝が幽斎の計略をどこまで知っているか分らないので、迂《う》闊《かつ》に話すわけにはいかなかった。

「今日伏見城が落ちたことは知っておろうな」

「存じませぬ。いつのことでござるか」

「明け方に鉄砲の音がやんだというから、おそらくその頃であろう。松の丸の甲賀衆が内応し、千八百あまりの城兵は残らず討ち死にしたそうな」

伏見城の戦況は、大坂方の使者が朝廷に注進したという。

「伏見が落ちたからには、田辺城への攻めも一段と激しくなろう。それでも持ちこたえられるか」

「新手が加わらなければ、十日や半月は充分に守りきれるものと存じます」

多門はそう答えた。城内には兵糧《ひょうろう》や弾薬の貯えも充分にある。幽斎の目配りが行き届いているだけに、伏見城のように内応者を出すおそれもなかった。

「半月か。その間に大坂方が亡ぶか和議の勅命が出なければ、幽斎どのを救い出すことは出来ぬということだな」

「勅命を出していただくことが、本当に出来ましょうか」

甚助がたずねた。どうやら幽斎からの申し出があった時から、不可能だと決めつけているらしい。

「手がないわけではない」

「どのような」

「陣定《じんじょう》を開いて、和議の勅命を出すように帝に奏上することだ」

陣定とは政《まつりごと》を定めるために紫宸殿《ししんでん》の近衛陣《このえじん》で行われる評定のことだ。三位《さんみ》、参議以上の公卿《くぎょう》が重要案件について協議し、結果を帝に奏上する。

太政官論奏《だじょうかんろんそう》とも公卿奏請とも呼ばれる朝廷の最高会議で、この場で徳川家支持を打ち出せば、帝や准后の意志をくつがえすことも可能だった。

「しかし、帝も准后さまも豊臣家のお身方でございましょう」

「それゆえ和議の勅命を出させるためには、朝廷の方針を徳川家支持に変えるほどの気迫でのぞまなければなるまい」

通勝は脇息《きょうそく》にゆったりともたれかかり、遠くに目をやって何事かを思い巡らしていた。

石田治部少輔三成の行動はあわただしい。

七月三十日に隠密裡《おんみつり》に大坂城をたずねて前田玄以と対談したあと、翌朝には伏見城攻めの陣にとって返し、落城を見届けて諸将の労をねぎらった。

翌八月二日の早朝には焼け落ちた城中を見回り、その足で都に向かっている。玄以の指示どおり、西洞院時慶をたずねて朝廷工作を依頼するためだ。

時慶は今年四十九歳。飛鳥井覚澄《あすかいかくちよう》の子として生まれたが、飛鳥井雅春《まさはる》の養子となり、後に断絶していた西洞院家をついだ。

朝廷での位階は二十三歳で左近衛権少将《さこんえごんのしようしよう》、四十歳で従三位《じゆさんみ》と、さして際立ったところもないが、美貌《びぼう》の娘を持ったことが出世の糸口となった。

娘の名はくしくも糸《いと》。今年十四歳になったばかりだが、後陽成天皇に見そめられて内侍《ないし》として入内《じゆだい》することになったのである。

この縁で時慶は天皇に重用され、今年一月に参議に抜擢《ばつてき》された。以来几帳面《きちようめん》さをかわれて万《よろず》の相談にあずかり、今や寵臣《ちようしん》と呼べるほどの地位を築いている。

時慶は長年不遇をかこっていただけに出世欲が人一倍強く、利をもって誘えばなびくはずだ。

玄以からさずけられた智恵は、あらましそんな所である。

三成はこの指示に忠実に従い、所領、金銭、位階、その他どのような要求にでも応じるつもりで馬を飛ばしていたのだった。

その頃、そのような運命がふりかかって来るとは知る由もない西洞院時慶は、洛中の自邸でひたすら気をもんでいた。

嫡男《ちゃくなん》時直《ときなお》が瘧病《おこり》(マラリア)をわずらったのだ。時直は激しい熱を発し、寒気のためにしきりに震えている。

容体も気がかりだったが、それ以上に糸の入内が中止になるのではないかという危惧の方が深刻だった。

瘧病は伝染する。そんな病人が出た家の娘を、帝のお側に上げることは出来ないと言われると弁明の余地はない。

(ああ、よりによってこんな時に……)

時慶は地団太踏まんばかりに煩悶《はんもん》して、部屋の中を右に左に歩き回った。

〈時直瘧病、御番ニハ自身勤ム〉

八月二日の日記（『時慶卿記』）に、時慶はそう記している。病気の時直に代って、自分が朝廷に出仕しなければならなくなったのだった。

石田三成の挙兵から伏見城の落城までの間の朝廷と時慶の動きは、どのようなものであったのか？

当時の公武関係を知るためにも、彼の日記から足跡をたどってみたい。

七月十八日、西洞院時慶は東山《ひがしやま》の豊国《とよくに》神社に参拝した。慶長三年八月十八日に他界した豊臣秀吉の月の命日にあたるためである。

ここで石田三成が挙兵し、軍勢を率いてやって来るという話を聞いている。

〈石田治部少輔人数ニテ越エラル由候《さうらふ》。物足（騒）ナリ〉

都にもどった時慶は、天皇の女御である近衛前子《このえさきこ》、彼女の父近衛前久《さきひさ》をたずねるが、二人に会うことは出来なかった。

だが他の公家衆に会い、政情についてのさまざまな情報を聞き込んだ。

天皇の勅使として大坂につかわされた広橋兼勝《ひろはしかねかつ》が今夕上洛《じようらく》したこと。細川忠興の妻が昨夜自殺し、小笠原少斎《おがさわらしようさい》が介錯《かいしやく》したこと。伏見城への攻撃命令が、今朝《けさ》のうちに出されたこと。

中でも興味深いのは、徳川家康は孤立しているという噂《うわさ》である。

〈家康公一人ト風説アリ〉

時慶はそう書き付けている。

この時点では、大坂方が圧倒的に有利との見方が大勢を占めていたのである。

翌十九日には伏見城を攻めたてる鉄砲の音が洛中にまで聞こえ、丹後の田辺城にも攻撃軍が向かったとの知らせがとどいた。

時慶は広橋兼勝をたずねて勅使の目的を確かめ、准后勧修寺《かじゆうじ》晴子のもとにも立ち寄っている。

〈広橋へ行キ勅使ノ趣ヲ聞ク。准后御方見廻リ申シ候〉

後陽成天皇に重用され、女御や准后の覚えもめでたい時慶の活躍ぶりがうかがえる一文である。

この日は申《さる》の刻（午後四時）に大きな地震があった。伏見城が地震で倒壊したように、この頃には京周辺で大地震がつづいていたのである。

時慶は政治的な動きのかたわら、二人の下人を坂本《さかもと》へ薪《まき》を取りにやらせたり、絵屋から短冊《たんざく》の下絵三十枚を受け取ったりしている。

著名な歌人でもあった時慶は、歌を書きつけた短冊を贈り物にしたり売ったりして、生計の足しにしていたのだ。

二十二日の巳《み》の刻（午前十時）、時慶は勅使として大坂城へ向かう。丹後の細川幽斎から古今相伝の箱一式を渡すので使者を送ってくれという申し入れがあり、前田玄以と対応を協議するためだ。

時慶は近衛殿から馬をかりて淀川ぞいの道を下っていったが、伏見城へ向かう大軍と行き合ったために進むことが出来ず、守口《もりぐち》に一泊した。

〈堤ノ道群（軍）勢多キ故ニ道遅テ森口ニ泊ル〉

行き合ったのは、小早川秀秋、大谷吉継、宇喜多秀家らの軍勢だった。

翌二十三日の辰の刻（午前八時）に大坂に着いた時慶は、前田玄以の下屋敷に立ち寄った。

〈金六《きんろく》へ語ヒ門ノ切手ノ札ヲ借用シテ玉作口《たまつくり》ヨリ入ル〉

金六という者に頼んで大坂城内への通行証を借り、玉造大門より入った。通行証のない者は城内には入れなかったからである。

時慶はその足で前田玄以をたずねたが、病気だということでしばらく待たされた。他にも多くの使者が対面の順番を待っていたが、勅使である時慶は酒のふるまいにあずかり、一番に対面を許された。

その後増田長盛、毛利輝元とも対面した。

〈又輝元ニテハ酒アリ。沈酔候。対面心静カナリ〉

勅使として大坂方の総大将と対面しながら酔っ払ってしまったのだから、時慶も始末が悪い。対面心静かなりとは、幽斎の扱いについて朝廷と輝元との間に意見の相違はなかったということだ。

その日守口に泊った時慶は、病気になった馬を枚方《ひらかた》に預け、橋本まで歩き、所々で馬方の馬に乗って都までたどりつき、七条から輿《こし》に乗って中の刻に御所《ごしょ》に戻った。天皇への報告を終えた時慶は、八条殿に智仁親王をたずねて玄以の言伝《ことづて》を伝え、ふるまい酒にあずかった。八条殿には中院通勝もやって来て対談した。

二十七日には内裏の宿直《とのい》をしている。宿直といっても酒を飲みながらの気楽なものだが、この席には〈藤宰相広橋等参会候〉というから、政情についてのさまざまな情報と意見を交換したにちがいない。

二十八日、時慶は田《た》丸直昌《まるなおまさ》の女中を招いて酒肴《しゅこう》のふるまいをした。女中とはいっても相当高位の者らしく、彼女から贈られた折箱をそのまま近衛前久に進上している。田丸直昌は美濃岩村《いわむら》城四万石の領主で、会津征伐に徳川家康に同行しながら、小山会議の後に大坂方に身方することを表明した大名である。

その使者が時慶や近衛前久にどのような働きかけをしていたかは明らかではないが、

八月六日に〈田丸中務女房衆ノ儀ニ状ヲ取リ候〉とあるので、大坂城に人質となっていた直昌の妻子を救出するためだったと見るべきだろう。

朝廷は豊臣家に対してそれほど強い影響力を持っていたのである。

八朔の祝いがあった八月一日は快晴だった。

時慶は天皇に太刀を献上し、お礼の挨拶《あいさつ》に参上した。その後で女御御殿で開かれた祝いの酒宴に出席した。

八条宮智仁親王が出席をさし止められ、病みつくほどに苦悩する原因となった酒宴である。

そのことについて時慶は次のように簡潔に記している。

〈准后御方女御御殿ニテハ右衛門局ニテ酒アリ。八条殿御対面ナシ〉

また、この日伏見城が落城したことについては、

〈今暁《こんげう》伏見城焼亡、攻落シ、城守（主）討果シ候〉

攻め落とし討ち果たしたと、まるで自分が勝ったような喜びようだ。当時の朝廷の主流派が、どれほど豊臣家と大坂方を支持していたかがうかがえよう。

〈筑前中納言手柄ノ由候。島津浮田等ハ大坂へ罷《まか》リ越エ候。治部、一昨大坂へ越エラルト風聞〉

小早川秀秋の軍勢が手柄を立て、島津義弘、宇喜多秀家らは大坂城へもどった。また石田三成は一昨日に大坂城を訪ねたそうだと、当日の状況をほぼ正確に把握しているのだから、朝廷の情報網もなかなかのものだ。

時慶は秀吉の妻北政所《きたのまんどころ》とも親交があり、侍女の孝蔵主《こうぞうす》を通じて連絡を取り合っていた。

〈北政所殿へ女房衆御礼ニ参リ柿折進上。孝蔵主へハ瓶黒白二対之《これ》ヲ進メ候〉

瓶とは酒瓶のことで、当時は女房衆もよく酒を飲んでいた。

時慶は天皇や准后、女御の覚えもめでたく、近衛前久や北政所とのつながりも深い。

前田玄以が石田三成に時慶を推薦したのは、まことに当を得た措置だったのである――。

三成が時慶邸をたずねたのは、辰の下刻であった。

朝が遅い公家の館《やかた》では、まだ朝餉《あさげ》も終えていない時間だが、事は一刻を争うだけに悠長に待ってはいられなかった。

意外な訪問におどろいたのか、時慶はすぐに応対に出た。太った体を麻の狩衣に包んでいる。頰《ほお》のたるんだ丸い顔をして、山形の眉が目尻《めじり》までたれ下がっている。

「ご用件は」

せかせかとした足取りで上座につくと、不機嫌そうに三成を見やった。

「お願いの儀があって参上いたしましたが、まずはこれを時直さまにお勧め下され」

三成も耳が早い。昨夜のうちに時慶の長男が瘧病をわずらっていることを突きとめ、医師曲直瀬《まなせ》道三《どうさん》に使者を送って薬を手に入れたのだ。

「道三どのも午後には参られるとのことでございました」

「治部どの、ありがたい」

時慶の態度ががらりと変わった。

曲直瀬道三は当代随一の名医である。それだけに診療代も高く、時慶のような貧乏公家では診《み》てもらいたくても金の工面がつかないのだ。

娘の入内が迫っている時だけに、時慶が地獄で仏に会ったように喜ぶのは当たり前だった。

「それで、お願いの儀とは」

現金なもので声色までやわらかくなっている。

「数日前に八条宮さまのご使者が田辺城を訪ねたことは、お聞き及びでございましょうか」

「大石甚助なら昨日帰洛《きらく》したばかりだが」

「使いの目的は、和議の仲介でございました」

「そのことで准后さまがひどくご機嫌を損じておられましたが、幽斎玄旨は和議を拒んだそうではないか」

「拒みはいたしましたが、それは和議の勅命を得んがための策略でございます」

「勅命じゃと」

時慶は腰を浮かさんばかりに驚き、ややあって口元に手を当てて笑い出した。

「玄旨は賊軍についた不忠の者じゃ。帝が勅命を下されるはずがあるまい」

「それをうかがって安心いたしました。何しろ不穏の噂を耳にしたものでございますから」

三成はわざと謎《なぞ》を含めた言い方をした。

「不穏の噂？　どのようなことじゃ」

「幽斎どのと昵懇《じっこん》の方々が宮さまを押し立て、古今伝授を救うために和議の勅命を下されるように帝に働きかけておられるとか」

「甚助は昨日戻ったばかりじゃ。そのようなことがあるはずがない」

「あくまで噂でございますが、万一のことがあれば豊臣家にとって由々しき大事。そのようなことのなきよう、宰相さまのお力を拝借したいのでございます」

「あいにくだがそれは出来ぬ。参議の末席にようよう連なっておる身共《みども》に、帝のご意志を左右することなど出来るはずもないでな」

「おおせはごもっともでございますが、和議の勅命などあっては豊臣家の行末に関わりまする。曲げてお聞き届け下されますよう」

三成はのしかかるように強く迫った。時慶が拒むのは、かけ引きのためだということを見抜いている。

「そうか。豊家《ほうけ》の行末に関わるか」

「豊臣家が諸大名に君臨してきたのは、朝廷のご威光を天下に及ぼすためでございます。太閤殿下のご事績をご勘案あって、何とぞお力をお貸し下されませ」

「各方面への根回しには、いろいろと費えも必要じゃが」

「さし当たり一万両をご用意いたしました。また天下静謐《せいひつ》のあかつきには、丹後一国を進上いたす所存にございます」

「一万両に、丹後一国……」

時慶は細い目を丸くした。摂関家でも千石前後の所領しか持たないのだ。丹後十二万石とは、とてつもない申し出だった。

# 第十八章　緊急陣定

丹後の田辺城は明け方の青い闇《やみ》に包まれていた。

多門櫓《たもんやぐら》の数ヵ所にかがり火がたかれ、時おり夜番の兵が見廻《みまわ》りに立つほかは動くものとてない。城内は寝静まり、三の丸の船着場に打ち寄せる波が時おり大きな音をたてる。

大坂方の軍勢もそれぞれ陣所に引きこもり、ぐっすりと寝入っている。昨日伏見城が激戦の末に落城したというのに、田辺城は銃声ひとつしないのどかな朝をむかえようとしていた。

七月二十七日に智仁親王の使者が来て以来、戦は中断していた。停戦は使者が来ている間だけという取り決めだったが、二十九日に使者が去っても大坂方は攻撃を再開しようとはしなかった。

弾薬の補給が出来なかったからである。

二十一日からの城攻めで手持の弾《たま》と火薬を使い果たした丹後周辺の大名たちは、大坂や堺《さかい》に買い付けの使者を走らせたが、天下大乱を目前にひかえて弾薬の値が高騰したために手が出せなかった。

鉄砲隊の充実をおこたったつけがもろに出たわけだが、まさか金がなくて弾薬を買えないとは言えない。また弓や槍《やり》だけで城に攻めかかっても、稲富流砲術のえじきになるばかりである。

すっかり閉口した大名たちは、智仁親王から和議の扱いがあったからには、その決着がつかぬうちは城を攻めることは出来ないと口実を構えて、勝手に停戦を延長していた。

〈明《あく》ル廿六《にじふろく》日ヨリ何ノ沙汰《さた》モナク竹束ニテ付寄セ、夜昼情ヲ入レ申ス〉

細川家鉄砲隊を率いて獅子《しし》奮迅《ふんじん》の働きをした北村甚太郎は、『丹後田辺籠城《ろうじょう》覚書』にそう記している。「情ヲ入レ申ス」とは、早く和議に応じて城を明け渡すように呼びかけたということだ。

また石田三成も城攻めを急がせようとはしなかった。

智仁親王らが古今伝授を守ることを理由に和議の勅命を出させようとしている時に、

城攻めを強行して危機感をあおるのは得策ではないと判断したからだ。

八月二日は織田信長の月の命日だった。前日から一如院の本堂に参籠《さんろう》した幽斎は、信長の位牌《いはい》を安置した仏壇の前で一睡もせずに夜を明かした。

天正《てんしょう》十年（一五八二）六月二日、信長は明智光秀の謀叛《むほん》にあい、京の本能寺《ほんのうじ》で四十九年の生涯を閉じた。乱後、光秀は幽斎に天下の采配《さいはい》を任せるとまで言って身方に誘ったが、幽斎は出家してこれを断わった。以来十八年間、月の命日には必ず寺に参籠して信長の冥福《めいふく》を祈りつづけてきたのである。

墨染めの法衣《ほうえ》をまとった幽斎は、首に菩《ぼ》提樹《だいじゅ》の実で作った念珠をかけ、座禅をくんで瞑想《めいそう》にふけっていた。

仏壇の左右の棚には、鎧《よろい》や鞍《くら》、太刀《たち》、日傘、茶碗《ちゃわん》、文書など、信長から拝領した数々の品が並べられている。

信長ばかりではない。異母弟にあたる足利義輝《よしてる》や義昭《よしあき》、豊臣秀吉や徳川家康、明智光秀など、かつて係わりのあった武将ゆかりの品々が、朝廷の位階に従って並べてあった。

一如院には神仏を習合して祀《まつ》っている。仏壇の横には神棚が一段高くしつらえてあり、正親町天皇や後陽成天皇、智仁親王などの皇族、近衛稙家《たねいえ》やその子前久、三条西実枝など公卿《くぎょう》ゆかりの品々が並べられていた。

信長の月の命日に参籠するのは、信長を供養するためばかりではない。己れの六十七年間の人生が間違ってはいなかったことを、こうした品々を拠《よ》りどころとして確かめ直すためでもあった。

数奇な運命は、すでに誕生の時から巨大な口を開けて幽斎を待ち受けていた。

足利十二代将軍義晴と明経博士清原宣賢《みょうぎょうはかせきよはらのぶかた》の娘との間に生を受けた幽斎は、平穏の世であればすんなりと十三代将軍となっていたはずである。

ところが足利幕府の凋落《ちょうらく》を朝廷との結び付きを強めることで食い止めようとしていた義晴は、関白《かんぱく》近衛稙家の妹を妻にむかえた。

このために幽斎の母は彼を身ごもったまま、足利家の家臣である三淵晴員《みつぶちはるかず》の後妻となった。思えばこの時から、稙家、前久父子《おやこ》と幽斎の愛憎半ばする関係は始まっていたのである。

幽斎は六歳で管領《かんれい》家の一門である細川元常《もとつね》の養子となり、十三歳で元服して藤孝と名乗る。

この時義晴と稙家の妹との間に生まれた義藤《よしふじ》も、十一歳で元服の儀をあげている。後の十三代将軍義輝で、二人は将来将軍と管領として幕府をになっていくべく嘱望されていた。

義輝は塚原卜伝《つかはらぼくでん》に剣を学び、免許皆伝を許されたほどの逸材であり、幽斎も文武諸芸通じざるはなしと評された男である。もし二人が一致協力して幕政をになったなら、足利幕府の再建は成ったかもしれない。

だが時代は二人を待たなかった。

元服の翌天文《てんぶん》十六年（一五四七）、義晴、義輝父子は細川家の内紛に追われて近江の坂本に逃れた。

翌年六月に上洛《じょうらく》を果たすが、さらにその翌年には混乱に乗じて勢力をのばした三好《みよし》長慶《ながよし》に追われ、再び坂本に落ちのびざるを得なくなった。

十六歳となった幽斎もこれに従い、義輝が松永弾正《まつながだんじょう》に討たれるまでの十六年間行動を共にすることになる。

天文二十二年（一五五三）四月、将軍義輝の命を受けた幽斎は、細川晴元《はるもと》と三好長慶を和解させて畿内《きない》の平安を保つことに成功した。

この功によって従五位下《じゅごいげ》兵部大輔《ひょうぶたいふ》に任じられたが、八月には両者の和は破れ、長慶が大軍を率いて都に攻め上って来たために、義輝らとともに近江の朽木谷《くつきだに》に逃れた。

以後五年間、幽斎はこの地で過ごすことになるが、落魄《らくはく》の身とはいえ安閑とはして いない。義輝に同行していた近衛稙家を師として、歌学、国学、有職故実《ゆうそくこじつ》など、公家《くげ》文化の精髄を学んでいる。

夜学ぶのに灯明《とうみよう》の油がないために、神社の油を盗んで読書をつづけたのはこの頃《ころ》のことだ。これを知った神社では、志の高さに打たれて一瓶の油を恵んだという。

幽斎が武家でありながら朝廷の文化と事情に精通していたのは、近衛稙家の教えがあったからである。

永禄《えいろく》元年（一五五八）、長慶と和解して上洛を果たした義輝は、稙家の娘を妻として近衛家との結束を強め、朝廷の権威を後ろ楯《だて》として幕府の勢力回復に乗り出していく。

翌年には織田信長、長尾景虎《ながおかげとら》（上杉謙信《うえすぎけんしん》）に謁見《えつけん》を許して臣従を誓わせ、景虎と武田晴信《はるのぶ》（信玄《しんげん》）との講和を取り結ぶなど、着々と諸大名の統制を進めていった。

ところが永禄八年五月十九日、義輝は松永弾正らに急襲され、母や妻とともに二条城で壮絶な最期《さいご》をとげる。

幽斎が急を聞いて駆けつけた時には、一万五千の軍勢に包囲された二条城は紅蓮《ぐれん》の炎につつまれていた。

義輝の死を知った幽斎は、奈良一乗院《いちじょういん》の門主となっていた弟の覚慶《かくけい》（後の足利義昭）を救い出し、わずかな近臣とともに若狭の守護武田義統《よしずみ》のもとに身を寄せた。

義輝の妹が義統に嫁していたので、以前から親交があったからだ。

ところが当時の武田家には新将軍を奉じて松永弾正らと対決するほどの力はなく、越前の朝倉義景を頼って一乗谷《いちじょうだに》まで落ちのびた。

三年後の永禄十一年、義昭を奉じた義景は三万数千の兵を率いて上洛しようとしたが、一向一揆《いっこういっき》に背後をおびやかされて出陣を中止する。

幽斎は単身本願寺《ほんがんじ》に出向き、一向宗の門主である教如《きょうにょ》と義景の娘の結婚を条件として和議を結ぶことに成功したが、義景はすでに兵を挙げる気力を失っていた。

失望した幽斎は、同年七月に岐阜の織田信長を頼った。前年朝倉家を去って織田家に仕えていた明智光秀の仲介が功を奏したのである。

幽斎の依頼を快諾した信長は電光石火の快進撃をつづけ、二月後には見事に上洛を果たしたのだった――。

遠くで夜明けを告げる鶏の声がした。

三の丸で飼っている数十羽が、代わる代わる声を張り上げている。

籠城戦が長引けば食われてしまう運命にある鶏たちも、戦がおさまって命の危機が

遠ざかりつつあるのを肌で感じるのか、昨日今日と時を作る声も伸びやかになってい
た。

幽斎は鶏の声を聞きながら、キリシタンの聖典の一節を思い出した。

「鶏鳴が時を告げるまでに、そなたは予を知らぬと三度申すであろう」

神の子キリストは処刑される前に弟子にそう予言する。弟子はそのようなことは絶対にないと誓うが、キリストが処刑された夜に追捕《ついぶ》の役人に問い詰められ、あの者など知らぬと三度口にするのである。

幽斎がこの話を知ったのは、忠興の妻玉子《たまこ》から「父を知らぬと、三度申されるがよろしゅうございましょう」と、鋭い言葉の匕首《あいくち》を突き付けられたからだ。

幽斎は意味が分らず、麝香にこの話をした。するとキリシタンである彼女は、すぐさま教典の一節をそらんじてみせたのである。

玉子の父明智光秀が本能寺で織田信長を討ち果たし、十日後に秀吉に敗れて滅亡した頃のことだ。

幽斎は玉子を殺すに忍びず、丹後半島の味土野《みとの》にかくまい、時おり様子を見に立ち寄っていたが、玉子はかたくなに心を閉ざして寄せ付けようとはしなかった。

幽斎が光秀の計略に加わっていながら、土壇場で裏切ったことを知っていたからで

ある。

(確かにわしは十兵衛《じゅうべえ》どのを裏切った)

幽斎は光秀から贈られた品々を冷えた目で見やった。単に裏切ったばかりではない。巧妙な罠《わな》を張って、信長暗殺の罪を光秀一人に負わせてしまった。

だがそれは決して己れ一人の野望のためではない。この国と朝廷とを守るためには、信長の専横をあれ以上許しておくわけにはいかなかったのだ。

(そのためなら、わしは三度でも四度でも十兵衛どのを知らぬと言う。たとえこの身が地獄の責苦《せめく》に遭おうともだ)

心の内で今は亡き光秀と玉子に語りかけた。

「大殿、そろそろ夜が明けまする」

宿直《とのい》をしていた北村甚太郎が、舞良戸《まいらど》の外から声をかけた。

「護摩壇《ごまだん》の仕度は」

「後は火を入れるばかりでござる」

幽斎は戸を開けた。境内の中央に護摩壇がもうけられ、桂林寺の山伏二人がひかえていた。

「始めよ」

山伏が手にした松明《たいまつ》の火を投げ入れると、火薬をふりかけた薪《まき》が勢いよく燃え上がった。一人の山伏は手に印《いん》を結んで般若心経《はんにゃしんぎょう》をとなえ、別の一人が信長や光秀らの戒名を記した護摩木を炎の中に投げ入れていく。

薄明けの空に、炎が龍《りゅう》となって真《ま》っ直《す》ぐに立ちのぼっていく。山伏の法力によるものか、風が吹いているのに炎は少しもそよがない。

朝まだき寅《とら》の下刻（午前五時）、光秀が一万三千の軍勢をひきいて本能寺の信長を襲ったのとちょうど同じ時刻だった。

幽斎は本堂の脇《わき》に座禅を組み印を結んでひかえていた。

本堂にも境内にも、他に人はいない。供養の山伏と三人だけで冥福を祈るのが月の命日の常だが、この日はちがった。

七月二十一日からの籠城戦で死んだ者が、すでに百余人にのぼっている。常の法要が終わった後に、その者たちの供養も行うことにしたのである。

表門が開くと身内の者たちが一人ずつ境内に入り、戦死者の戒名を記した護摩木を山伏に渡して冥福を祈っていく。大坂屋敷で死んだ玉子と千丸《せんまる》、お市《いち》の護摩木を持った麝香も、何番目かに境内に入ってきた。

門の外では供養の順番を待つ者たちが列を作っていた。

小具足《ぐそく》姿の大野善左衛門も、弥十郎の護摩木を手にして後方に並んでいる。自慢の息子を失って気持の張りをなくしたのか、げっそりとやつれている。小月春光に肩を支えられて、ようやく立っていられる有様だった。

「離せ、下郎」

善左衛門が春光の手をふりほどこうとした。

「そ、そのお体では、む、無理でございます」

「大野善左衛門ともあろう者が、雑兵輩《ぞうひょうばら》に支えられて殿に対面するわけにはいかぬ。おのれ、離さぬか」

「た、たとえ雑兵でも、あ、足のかわりくらいにはなります」

春光は善左衛門の背中に回した手をゆるめようとはしなかった。

信長の月の法要の席に、連判状はかならずある。石田三成はそう伝えてきたのだ。法要の場に入れる絶好の機会を、逃すわけにはいかなかった。

やがて順番が来た。

善左衛門はもう一度手をふり払おうとあがいたが、春光が頃合いを見計らって手を離すとあっけなく前につんのめった。

善左衛門も己れの力の衰えを認める気になったらしい。春光が助け起こすと、素直に肩を支えられて護摩壇まで近付いていった。

山伏が額に玉の汗をうかべながら般若心経を誦《ず》し、一人が次々と護摩木を投げ入れる。善左衛門は背中を向けたままの山伏の横に、弥十郎の戒名を記した護摩木をそっと並べ、炎に向かって長々と手を合わせた。

春光は善左衛門を支えながら、時おり本堂の中を盗み見た。

仏壇や神棚の左右に、文書らしい包みが何十通も置かれている。秀吉の密書もその中にあるはずだが、どれがそうなのかは確かめようがなかった。

（どれかさえ分ったなら……）

境内に警固の兵はいないのだ。幽斎を刺殺して密書を奪う機会は充分にある。そう考えていると、脇にひかえた幽斎と偶然目が合った。

春光は反射的にうつむいた。髪をざんばらにし、眉《まゆ》を剃《そ》って無精ひげをたくわえているとはいえ、幽斎とは何度か顔を合わせたことがあるだけに、心中穏やかではいられなかった。

花山院家雅《かざんいんいえまさ》の館《やかた》の遠侍《とおざむらい》で、石堂多門は時をもてあましていた。

障子戸を開け放ち、柱にもたれかかって酒をのみながら、ぼんやりと庭をながめていた。

都でも蟬《せみ》が異常に発生している。池の周りの楓《かえで》には枝がたわむほどに蟬がとまり、耳を圧する声を張り上げていた。

中院通勝と大石甚助は、主殿で行われている歌会に出席している。

陣定《じんじょう》を開いて和議の勅命を出すように働きかけると決した通勝は、三日の間あわただしく公卿たちの館をたずね歩いていた。

右大臣今出川晴季《いまでがわはるすえ》、権大納言《ごんだいなごん》西園寺実益《さいおんじさねます》、大炊御門経頼《おおいみかどつねより》、烏丸光宣《からすまるみつのぶ》、権中納言正親町季秀《おおぎまちすえひで》、中山慶親《なかやまよしちか》……。

訪問先では歌会や茶会、立花、蹴鞠《けまり》、演舞の会などに加わっている。そのたびに酒宴となるので多門には遊び回っているようにしか見えないが、甚助の言によれば成果は着々と上がっているらしい。

通勝は才気煥発《かんぱつ》で話術にたけている上に、源氏絵巻から抜け出てきたかと思わせるほど容姿に優れている。

家柄も確かで、歌道、国学ばかりか、幽斎仕込みのあらゆる芸に通じている。しかも勅勘をこうむって十九年間出奔していたという劇的経歴の持ち主である。

今や都の花形といっていい存在で、公卿たちは通勝を自邸に招くためならどんな努力も惜しまないほどだ。

それだけに通勝の方から訪ねたいと言えば、誰《だれ》も断わる者はいない。花山院家雅などは通勝が来るという知らせを受けて、急遽《きゅうきょ》歌会を開いたほどだった。

公家の事情にうとい多門に通勝の狙《ねら》いが分らないのも無理はないが、甚助の言葉通り通勝はわずか三日の間に目ざましい成果をあげていた。

陣定に出席する資格があるのは、従三位以上か従四位《しい》でも参議に任じられた公卿ばかりである。

慶長五年の有資格者は二十九人で、そのうち四人は内大臣徳川家康、権中納言豊臣秀頼、織田秀信《ひでのぶ》、参議結城《ゆうき》秀康《ひでやす》だから、実質的には二十五人ということになる。

陣定によって二十五人の過半数の賛同を得られれば、朝廷の方針をくつがえす可能性も出てくるが、一人一人を膝詰《ひざづ》めで説得して回ればいいというものではなかった。

というのは公家社会には家礼、門流という家同士の主従関係があるからだ。家礼とは家来、門流とは一門中の分家だと考えればわかりやすい。

こうした主従関係の頂点に立つのが、近衛《このえ》、九条《くじょう》、二条、一条、鷹司《たかつかさ》の五摂家である。摂家と呼ばれるのは、平安時代以来摂政《せっしょう》や関白はこの五家から出すことに定められていたからだ。

時代は少し下るが、元治《げんじ》元年（一八六四）改板の『雲上《うんじよう》明覧大全《めいらんたいぜん》』によれば、百三十二家ある公家の大半は五摂家の家礼か門流である。

その内訳は五摂家の筆頭である近衛家が四十八、九条家二十、二条家四、一条家三十七、鷹司家八。いずれにも属さないものはわずかに十五家にすぎない。

家礼や門流の者たちは、元服を終えた頃から五摂家の家司《けいし》や家僕となって公私をとわず奉仕し、その推挙によって朝廷における官職の昇進をはかった。

五摂家と朝廷の関係は、かつての自民党の派閥と内閣の関係によく似ている。派閥のボスの推挙がなければ自民党の政治家が大臣になれなかったように、五摂家の推挙がなければ家礼や門流の公家たちは公卿にはなれなかった。

また大臣の数が派閥の力関係によって割りふられていたように、公卿の数も五摂家の力関係によって左右されていた。

当時の朝廷における最大派閥は、四十八家の家礼門流を抱える近衛家だった。

当主前久の娘前子は後陽成天皇の女御《にようご》であり、家礼には日野輝資《ひのてるすけ》、広橋兼勝、西洞院時慶など、天皇の右腕として仕える逸材たちが顔をならべている。

また秀吉を近衛家の養子として関白にまでなしたのは前久なのだから、公家の主従関係でいえば豊臣家は近衛家の家礼ということになる。

近衛家に拮抗《きっこう》していたのが三十七家を抱える一条家。当主は前《さきの》関白一条内基《うちもと》だが、現職には右大臣今出川（菊亭《きくてい》）晴季がいて一門の牽引車《けんいんしゃ》となっていた。

第三の勢力が九条家。家礼門流は二十家とやや劣るが、当主の九条兼孝《かねたか》は現職の関白である。関白は首相に匹敵する要職だから、朝廷は九条内閣によって動かされていると言っても過言ではない。

これは兼孝の手腕というよりも、門流の勧修寺《かじゅうじ》家の出である晴子が後陽成天皇の生母だったことによるものだ。才媛《さいえん》であった晴子は、天皇を通じて朝廷への影響力を行使していたのである。

この力関係が、二十五人の公卿の数にはっきりと現われていた。

近衛家八、一条家八、九条家五、二条家一、鷹司家一、中立二。

重要なのはこのうち近衛家と九条家が主流派となり、豊臣家支持で結束していたということだ。

何しろ近衛前久は秀吉の養父であり、娘の前子は秀吉の養女として後陽成天皇に嫁しているのだから、三家の結びつきは強固だった。

西洞院時慶が「家康公一人ト風説アリ」と日記に書き留めているように、公家の間では今度の戦は豊臣家に対する徳川家康の反乱だという見方が一般的だった。近衛家と九条家には、家康討伐の綸旨《りんじ》を出すべきだという意見もあったほどである。

幽斎の意を受けて朝廷工作をすすめる中院通勝としては、頼るべき勢力は一条家しかいない。幸い今出川晴季とは歌学、国学を通じて昵懇《じっこん》の間柄であり、門流の烏丸光宣は幽斎と親しい。

通勝はまずこの二人の同意を取りつけ、西園寺、大炊御門、花山院と、一条家傘下の公家衆に連日働きかけていた。

一条家の八人を身方につけ、二条、鷹司、中立の公卿を取り込めば総勢十二人となり、陣定の論議において十三人の近衛、九条閥に対抗することが出来る。通勝の狙いはそこにあった。

蟬しぐれはつづいていた。

じわじわと空気を圧し、岩にしみ入らんばかりである。声の振動が耳の鼓膜を小刻みにふるわせ、おもりを乗せられたように息苦しい。

苛立《いらだ》ってふくべに手を伸ばした時、蟬の声を縫って軽やかな歌声が聞こえてきた。

「遊びをせんとや生まれけん、たわむれせんとや生まれけん」

小さな女の子が手鞠をつきながら歌を唄《うた》っているらしい。平安時代の今様《いまよう》という流《は》行《や》り歌である。高く澄んだ歌声は、蟬しぐれにかき消されることなく届いてくる。

（ほう）

さすがに公卿の屋敷だけあって雅《みやび》やかなものだと聞き耳を立てていると、庭を仕切った竹垣の下から綾錦《あやにしき》の糸を巻いた鮮やかな手鞠が転がってきた。

それを追って藤《ふじ》色の小袖《こそで》を着た五、六歳の少女が、戸を押し開けて走り出た。

だが手鞠はわずかに坂になった庭を転がって、瓢簞《ひょうたん》形の池へと向かっていく。

少女は一大事とばかりに追いつこうとするが、小袖の裾《すそ》が足にからんで思うように走れない。

速度を増した手鞠は、庭石の角に当たってはね上がり、池に向かって落ちていく。

「ああっ」

少女は我知らず声を上げ、手鞠をつかもうとして両手を突き出した。

多門はとっさに竹籠《たけかご》の柿《かき》を投げた。柿は見事に命中し、水の中に落ちるはずの手鞠を池のほとりに押しやった。

垂髪の少女は手鞠をつかんでほっとしたように息をついたが、遠侍にいる多門に気付くとあわてて逃げ去ろうとした。

だがすぐに、手鞠の危機を救ってくれたのはこの男だと気付いたらしい。二、三歩踏み出して立ち止まり、にこりと笑って頭を下げた。

無邪気で気品のある、それでいて天然自然の色気をふくんだ笑顔である。多門は幸福なやわらかい気分にひたりながら、少女の後ろ姿を見送った。

「何かええことでもあらはりましたか」

聞きなれぬ都言葉にふり返ると、大石甚助が疲れ切った顔で立っていた。

翌八月四日、多門は早朝から中院通勝と甚助の供をして権大納言烏丸光宣の館へ向かった。

通勝は公家の格式やしきたりなどには一切拘泥《こうでい》しない。自分の足ですたすた歩き、早朝だろうが深夜だろうが用事があれば出かけていく。

途中で薪を頭に乗せた大原女《おはらめ》に出会うと、

「おはようさん、昨夜《ゆうべ》はしてもろたんか」

気楽に声をかけてそろりと尻《しり》をなでる。

その動作が自然でいやらしさがない上に、目を見張るほどの美貌《びぼう》である。強気が売りものの大原女たちも、ぼうっと見とれて立ち尽くすばかりだった。

烏丸光宣の館では、嫡男《ちゃくなん》の光広《みつひろ》が出迎えた。通勝同様幽斎から歌学を学んだ新進気鋭の青年である。

「あいにく父は、今しがた参内いたしました」

光広が式台に立ったまま言った。どことなく通勝に似た雰囲気の持ち主である。

「今日は御番ではないはずだが」

「帝《みかど》のお召しです。紫宸殿の普請《ふしん》について陣定を開くとのことでございます」

「ほう、それは不審だな」

「はい、父も普請はたてまえであろうと申しておりました」

調子をあわせてしゃれのめしているが、光広も通勝が一条家配下の公卿を身方にして大勢を逆転しようとしていることを知っているだけに、帝が急に公卿を召集したことに不審をいだいていた。

「あるいは先手を取られたかもしれぬ。とにかく奥で待たせてもらうぞ」

「御酒は、いかに」

「朝歩きで喉《のど》がかわいた。冷たくして運ばせてくれ」

井戸の水で冷やした酒をのみながら、四人は光宣の帰りを待った。

冷たい酒は喉ごしがよく、通勝も光広も、相伴を許された多門も水のように飲んだが、甚助ばかりは盃《さかずき》を取ろうとはしなかった。

「甚助のような律義者がいて、宮さまもさぞ頼もしかろう」

通勝が声をかけたが、これは決してほめ言葉ではない。律義者とは遊び心が分らぬ奴《やつ》だという意味である。そして通勝の言う遊びとは、歌舞音曲その他もろもろの文化に他ならなかった。

午《うま》の刻も近づいた頃、玄関先に着到の声がして烏丸光宣が戻って来た。光広はすぐに出迎えに立ったが、通勝はそ知らぬ顔で煮干しの頭をかじっていた。

「やはり先手を打たれました」

父から事情を聞いた光広が急ぎ足で戻ってきた。

「御殿の普請費の不足分の割り当てがあった後に、田辺城の和議についての話があり、朝廷は一切関《かか》わらないことに決したそうでございます」

「仕組んだのは誰だ」

「陣定では西洞院時慶公が発議なされたとか」

「裏で動いたのは龍山《りゆうざん》公だな」

龍山とは近衛前久のことだ。近衛家の家礼である西洞院時慶に、前久の許可なくこのような大事を引き起こせるはずがなかった。

「甚助、茶をくれ」

通勝は茶碗をひったくり、飲みかけの茶で口をゆすいだ。

「どちらへ?」

「龍山公に会う。馬を頼む」

烏丸家の馬を借りた通勝は、鮮やかなたづなさばきで外に飛び出した。多門は徒跣《かちはだし》で後を追っていく。

近衛殿は八条殿の隣にあった。今や敵対関係となった両者が、今出川通りに仲良く軒を並べている。

通勝は門前で馬を下りると、火急の用で前久に対面したいと申し入れた。

応対に出たのは五十がらみの太った公家である。山形の眉尻が長々と下がった、西洞院時慶本人だった。

「これは権中納言どの、何のご用かな」

時慶はわざと通勝の追放前の官職名を用いた。

「龍山公にお取りつぎ願いたい」

「あいにくどなたとも会わぬと申しておられます」

「公との間には、そなたごときの知らぬ子細がある。いつ何時《なんどき》訪ねてもよいとのお許しもいただいておる」

「病に伏しておられるのでございます。明日か明後日にでも出直されるがよろしゅうございましょう」

時慶はにやりと笑って立ち去った。

通勝は鼻先でぴしゃりと閉ざされた戸を、悔しげににらんで立ち尽くした。

「多門、私はこれから丹後に行く」

袖を払って決然と告げた。

「田辺城に行って幽斎どのに会う。必ず策はあるはずじゃ」

西洞院時慶は中二階の物見台に上がって、立ち去っていく通勝らを築地塀《ついじべい》ごしにながめていた。勝利の笑いが腹の底からあぶくとなってこみ上げてくる。

「ざまあ、みさらせ」

そんな罵声《ばせい》を投げつけてやりたいほどだった。

通勝らが一条家を動かして陣定での逆転を狙っていることをつかんだ時慶は、近衛前久に相手の陣容が整わないうちに叩《たた》くべきだと進言し、幽斎を和議の勅命で救う道を完全に閉ざした。

しかも方策を失った通勝が前久を頼ることを見越し、先回りして追い払ったのだ。

我ながらほれぼれするような手際の良さだった。

（龍山公とて、十二万石の報酬と聞けば文句は申されまいて）

時慶は今や前久さえ意のままに出来るという自信を強めていた。

石田三成から受け取った一万両は、そっくり近衛家に上納している。丹後十二万石を得たなら、これもすべて納めるつもりである。

その上、娘の糸の内侍《ないし》入内《じゅだい》は今月十三日と決り、帝のご機嫌もきわめてうるわしい。

時慶が近衛家の勢力拡大に果たした功績には絶大なるものがあった。

（この戦が終われば、大納言昇進の道も開けるやもしれぬ。いや、内大臣とて夢ではあるまい）

時慶の夢は、太った体の内側で果てしなく広がっていく。それもこれも近衛家の力があればこそだった。

摂家と家礼、門流とは、武家の主従に勝るとも劣らぬ強固な御恩と奉公の関係によって成り立っていた。

近衛家と時慶の関係も例外ではない。

時慶はもともと近衛一門の生まれではなかった。一条家の門流である飛鳥井家の出だが、前久の父稙家の尽力によって十三歳のときに近衛家の家礼である河鰭《かわばた》家に養子に入って家名を相続した。

飛鳥井家では家を継げる見込みもなかった時慶が、一躍河鮨家の主《あるじ》となったのである。所領はわずか百五十石しかなかったが、河鰭家は左少将に任じられる家格なので、朝廷に出仕する道が開かれた。

穂家が時慶を一門の養子にしたのは、有能な人材を家礼に引き込むことで、自家の勢力拡大を図ろうと考えてのことである。

元服して河鰭公虎《きんとら》となった時慶は、近衛家への忠勤にはげみ、十一年後の天正三年には河鰭家より格上の西洞院家を相続し、官位も右兵衛佐《うひょうえのすけ》に進んだのだった。

近衛前久への挨拶《あいさつ》を終えた時慶は、その足で伏見に下り、島津兵庫頭《ひょうごのかみ》義弘と対面した。

徳川方につくか大坂方につくか去就に迷っていた義弘に、豊臣家への忠義を尽くすように説くためである。

「石田治部は豊臣家を守るために兵を挙げた。豊臣家を守ることは朝家のために働くも同じである。官軍に加わって逆賊を討つことに、何をためらうことがあろうか」

時慶はひとしきり説得し、勝利のあかつきには毛利や宇喜多、上杉と同様に中納言に任じると約束した。

この頃の大名たちの官位に対するあこがれは、所領と同じほどに強い。諸記録に宇喜多秀家を備前中納言《びぜんちゅうなごん》、毛利輝元を安芸《あき》宰相などと記しているのはその現われである。

六十六歳と諸大名中最高齢に属する島津義弘も例外ではなかった。五大老に官位で劣ることに忸怩《じくじ》たる思いを抱いていただけに、帝の寵臣《ちょうしん》である時慶にこう勧められ、迷いの尻尾《しっぽ》を断ち切って大坂方につくことを確約したのである。

義弘の案内で廃墟《はいきょ》と化した伏見城を見て回った後、石田三成の本陣を訪ねた。

「さっそくの勝ち戦、祝着《しゅうちゃく》じゃ」

内大臣への希望が出てきただけに、上座についた時慶の態度は我知らず大きくなっていた。

「遠路のお見廻り、かたじけのうござる」

疲れと緊張のせいか三成はやつれて蒼《あお》ざめている。細面の端整な顔に憂いの影がさして、一段と男ぶりが上がったようだった。

「何やら勝ち戦にも浮かぬようじゃの」

「本当の戦はこれからでございますれば」

「うむ、苦労なことじゃ」

「勅使の件はお取り計らいいただけましたでしょうか」

「安心いたすがよい。午前の陣定において、朝廷は従来通り武家の争いには介入せぬと決した。田辺城へ和議の勅使が立つことは絶対にない」

「かたじけのうございます。これで後顧の憂いなく出陣することが出来まする」

三成の固い表情がいくらかほぐれた。それでも喜びの素ぶりさえ見せようとはしない。

「どうやら、わしの働きが気に入らぬようじゃの」

大手柄を立てたと勇んで乗り込んで来た時慶には、三成の態度が不満だった。

「決してさようなことはございませぬ。宰相さまのお働きがなければ、豊臣家は天下人たる面目を失うところでございました」

「ならばもう少し気持の現わし様もあろう」

「ご無礼をいたしました。太閤《たいこう》殿下が残された名城を失い、我家に火をかけたような心地がしておりましたゆえ」

三成はふっと我に返った表情をして非礼を詫《わ》びた。

「わしも島津兵庫頭の案内で焼け跡を見廻ってきたばかりじゃが」

黒こげの死体が蟬の死骸《しがい》のように折り重なった光景を思うと、時慶の鼻の奥に生々しい臭気がよみがえった。

「これから賊軍を討ち亡《ほろ》ぼそうという時に、総大将のそちがそのように気弱なことでは心許《こころもと》ないかぎりではないか」

「申しわけございませぬ」

「東国にはいつ出陣いたす」

「明日には佐和山城に戻って諸国の身方と連絡を取り、二、三日うちには不破関《ふわのせき》を打ち越える所存にございます」

「よもや敗れるようなことはあるまいな」

「西国の官軍は十二万、対する賊軍は八万余にすぎませぬ。しかも上杉どのの軍勢三万五千が会津にいては、徳川どのの本隊は江戸を動くことは出来ますまい。我らは東海道と中山道から軍勢を押し出し、美濃、尾張を制圧して西上してくる賊軍を叩く所存にございます」

「ならば良いが、肝心の戦に負けては身共《みども》の働きもうたかたと帰すからの」

「ご懸念には及びませぬが、出来ますことならば今ひとつお力添えを」

「苦しゅうない。申してみよ」

「徳川家討伐の綸旨を頂戴《ちょうだい》いたしとう存じます」

「分った。龍山公に説いて奏上していただこう」

かなり難しいことだとは思ったが、陣定での勝利に気が大きくなっていた時慶はいかにも自信ありげに請け負った。

申《さる》の刻に都にもどった彼は、激動の八月四日について次のように記した。

〈天晴、紫宸殿ニ奉行衆各召サレテ参ル。御殿金物祓《はらひ》アルイハ不足分仰《おほ》セ付ケラル義ナリ〉

紫宸殿普請の件はあくまでたてまえで、真の目的は緊急陣定を開いて勅命和議をつぶすことにあったのだが、公家の日記は家伝として残される公《おお》けのものだけに、裏の事情を記すことをはばかったのである。

〈時直瘧病《おこり》イマダ落ズ。(中略)道三大坂へ下向定シト聞ク〉

三成が診察に寄こしてくれた曲直瀬道三は、時直の瘧病(マラリア)が完治しないうちに大坂へ下向することになった。

勅命和議を阻止することに成功したとはいえ、時慶にはまだまだ心配の種が尽きなかった。

# 第十九章　勅命和議

洛中《らくちゅう》にそれが現われたのは八月五日の夜だった。

前日の四日は北野天満宮《きたのてんまんぐう》の祭りで、この夜は後宮《あとみや》と呼ばれる氏子《うじこ》だけの酒宴が遅くまでつづいていた。

数日前に伏見城が落城し、徳川方と大坂方は天下分け目の戦いに向かって突き進んでいるというのに、洛中の人々の関心はおどろくほど低い。

東西どちらが勝とうと、自分たちに火の粉がふりかからなければ構わない。この都は八百年もの間朝廷がおさめてきたのであり、朝廷以外に仕えるべき主《あるじ》はいない。

そんな意識が血肉化しているためか、武家の争いをまるで下男同士の喧嘩《けんか》でもながめるように面白がっている。伏見城の戦を弁当持参で見物に行く者が引きも切らないほどだ。

だから天下の騒乱をよそに北野天神祭は例年以上のにぎわいをみせ、氏子だけによる後宮の酒宴も大いに盛り上がった。

丑《うし》の刻（午前二時）ちかくまで飲んでいた神輿《みこし》かつぎの若衆が数人、家に戻ろうとして一条大路《いちじょうおおじ》にさしかかった時、どこからともなく澄みきった鈴の音が聞こえてきた。

最初は鈴虫が鳴いていると思ったという。それほど幽《かそ》けき音なので気にもとめなかったが、鈴の音は次第に大きくなり、前方にぼんやりと灯明《とうみょう》が立った。

月明りもない漆黒の闇《やみ》の中を、ほたる火のようにあたりを丸く照らしながら、何者かが鈴の音とともに歩いていく。

若衆は歩き巫女《みこ》だと思った。

祭りの夜には巫女の姿をした遊女が徘徊《はいかい》する。客を取りそこねた女が、稼ぎにありつこうとして遅くなったのではないか。

それなら俺《おれ》たちで何とかしてやろうとばかりに灯《あか》りを追ったが、息を切らして走っても、なかなか追いつけない。急ぐ風でもないのに距離が縮まらない。

足の速い二人が尻端折《しりはしょ》りしてようやく追いつくと、灯りを下げていたのは笠《かさ》をかぶった小男だった。おそろしくやせた体に、黒い下帯をしめただけで前かがみになって歩いている。

「おい、待て」

期待がはずれた憤りに声を荒くして呼びとめた二人は、ふり返った男を見て腰を抜かした。

体は四尺ばかりの子供なのに、顔は老人だった。歯をむき出しにした口は耳まで裂け、鼻は鷲《わし》のくちばしのように唇の前までたれ下がっている。目は吊《つ》り上がり、肌は赤くやけただれていた。

左手に鈴のついた杖《つえ》を持ち、右手に灯りを下げている。男は笠を目深《まぶか》にかぶったまま二人をじろりとにらむと、鈴の音をたてながら闇の中に消えていった。よく見ると男の足は膝《ひざ》から下がぷっつりと切れている。

若衆二人は尻もちをついてへたり込んだまま、恐怖にひきつった顔を見合わせるばかりだった。

異形の小男は、同じ夜大原口《おはらぐち》にも現われた。

やせさらばえた体に黒い下帯をしめ、鈴の音とともに闇の中を歩くのは同じだが、こちらは口にも頰《ほお》にも立派なひげをたくわえた高貴な顔立ちをしていた。

目撃したのは賀茂《かも》川のほとりで夜釣りをしていた三人連れの少年である。

鈴の音にさそわれて近付いてみると、土手の上の道を上流に向かって歩いていく。

歩いているのに、膝から下は刃物で切り取ったように失われていた。

この噂《うわさ》は翌日には都中に広まり、人々の不安と恐怖をあおり立てた。女や子供たちは、かわたれ時になると表に出るのを控えるようになった。鈴虫の音を恐れて耳をふさぐ者もいた。

一方で異形の小男の正体についての詮議《せんぎ》もかまびすしかった。

ある者は菅原道真《すがわらみちざね》の怨霊《おんりょう》だと言った。またある者は、伏見城で討ち死にした者たちの怨霊だとささやきあった。

城中で死んだのは武士ばかりではない。父や夫と行動を共にした女や子供が百人以上もいた。ある者は自害し、ある者は焼き殺された。そうした者たちが怨霊となったのだ。

そんな噂で騒然となった八月六日の夜、異形の小男はまたもや鈴の音とともに現われた。一人は藤の森神社の脇《わき》を、もう一人は方広寺《ほうこうじ》のかたわらを、北に向かって歩いていたという。

これで伏見城で死んだ者たちの怨霊だという説が俄然《がぜん》有力になった。顔が焼けただれているのが何よりの証拠である。体が小さくやせさらばえているのは、殺生《せっしょう》の罪によって餓鬼道におちたからだ。

噂は風の速さで広がり、鈴虫の音とともに人々の胸を恐怖の万力でしめつけたが、謎《なぞ》は依然として残った。

「伏見城の怨霊はんが、なんで洛中に悪さしはるんやろか」

恐怖が大きいだけに、人々は切実にその解答を求めた。

翌七日には、その疑問を解く手がかりが明らかになった。「鈴餓鬼」と名付けられた怨霊が現われた場所の近くには、瘧病《おこり》にかかった子供がいたのである。

瘧病は童病《わらわや》みと呼ばれるほど子供に多い伝染病で、原因は羽斑蚊《はまだらか》がはこぶマラリア原虫だが、この当時にはそんな知識はない。次々と伝染していく病気を、怨霊の祟《たた》りだと信じる者が多かった。

伏見城で非業の死をとげた者の怨霊が、洛中に瘧病をはやらせている。

そんな噂が飛び交い、人々を二重の恐怖に突き落とした。特に幼い子を持つ親の不安は深刻で、日中でも子供を外に出さないようにする者が多かった。

この騒ぎの渦に、さらにもうひとつの噂が投げ込まれた。

西洞院時慶の嫡男《ちやくなん》時直は、二十歳を過ぎていながら瘧病にかかっているというのである。

最初に異変に気付いたのは野良犬だった。

一町四方もある西洞院時慶の屋敷の塀の破《や》れ目から入り込んだ野良犬が、寅《とら》の下刻（午前五時）を過ぎた頃《ころ》けたたましく吠《ほ》えはじめた。

夜明け前の深々とした眠りをむさぼっていた下人は、盗人《ぬすっと》でも入り込んだかと番小屋から飛び出した。寝ぼけ眼《まなこ》ながら刀だけはしっかりとつかんでいる。

だが屋敷内には誰《だれ》もいなかった。赤毛の野良犬が番小屋の床下にもぐり込み、おびえに上ずった声をあげるばかりである。

「この馬鹿《ばか》犬が」

下人は腹立ちまぎれに蹴飛《けと》ばそうとしたが、宙の一点を見つめて吠えつづける犬の様子はただ事ではない。何だろうと視線の先を追ってふり返ったとたん、下人は足がすくんで棒立ちになった。

松の植込みの向こうを、鈴餓鬼が音もなく歩いている。四尺ばかりの小柄な体に笠をかぶった姿が、灯明に照らされて闇の中にぼんやりと浮き上がっていた。

しかも一人ではない。屋敷の隅の持仏堂の陰から、一人、また一人と現われ、塀の上を北に向かって歩いていく。歩くと見る間に宙に浮かび、闇の中に消え去っていった。

下人は叫び声をあげて館《やかた》に異変を知らせようとしたが、舌がのどに張りついて声を上げることが出来なかった。

下人の驚きを尻目に、闇に消えた四人の鈴餓鬼は西洞院通りぞいの空地に次々と下り立った。

灯明の火を消しているが、どうやら夜目が効くらしい。時慶の屋敷の松と空地の柿《かき》の木との間に張りわたした縄を手早くはずし、南蛮寺《なんばんじ》の横を抜けて四条河原《しじょうがわら》へと走って行く。

賀茂川の岸につないだ船に飛びのると、編笠をかぶった男が艫綱《ともづな》をといて船を出した。

川の面にはひんやりとした秋風が吹き抜けている。鈴餓鬼たちは笠と仮面をぬぐと、用意の小袖《こそで》をまとった。

「風邪《かぜ》などひくなよ」

編笠の男がぼそりと声をかけた。

「走って来たさかい、心配あらへん」

「汗かいとるくらいや」

いずれも十二、三歳くらいの少年である。彼らに伎楽《ぎがく》の仮面をかぶせて鈴餓鬼に仕立て上げたのは石堂多門だった。智恵《ちえ》をさずけたのは中院通勝で、伎楽面も中院家に代々伝えられたものである。

「しばらく間をおくが、用がある時はここに迎えに来る」

多門は七条《しちじよう》河原で船を止めると、一人一人に二百文の銭を渡した。

「まかしとき。ほな、さいなら」

河原に住む子供たちは、嬉々《きき》として闇の中に走り去った。

西洞院時慶邸の塀の上を鈴餓鬼が歩いていたという噂は、翌朝には都中に広まった。時慶邸の下人だけではなく、通りの向こう側に住んでいた数人が異変を目撃したのである。

このために、伏見城で死んだ者の怨霊が、西洞院邸にとりついて洛中に瘧病をはやらせているという噂は、動かし難い事実として人々の脳裡《のうり》に焼き付けられた。

では何ゆえに西洞院家が怨霊にとりつかれたのか？

京童の関心がそちらに向かうのを見計らったように、ひとつの独創的な解釈が流布《るふ》された。

伏見城の守将であった鳥居元忠は、四万の軍勢に包囲されると、高台寺《こうだいじ》の北政所のもとへ木下勝俊《きのしたかつとし》をつかわした。抗戦の成りがたいことをさとり、北政所を通じて天皇に和議の仲介を頼んだのである。

ところが北政所から奏上するようにと頼まれた西洞院時慶が、自分の一存でこれを握りつぶした。ために、伏見城の千八百余人は助かるはずの命を落とすことになった。時慶がこんなことをしたのは、石田治部少輔三成から多額の袖の下を受け取っていたからである……。

事実無根のでっち上げだが、この解釈は大筋では当時の状況に当てはまっていた。松の丸の守備についていた木下勝俊は、合戦の直前に伏見城を出て叔母《おば》である北政所のもとに身を寄せていたし、北政所と時慶とが連絡を取り合っているのは周知のことである。

また時慶は勅使として大坂城を訪ねたり、伏見城が落ちた数日後に島津義弘や石田三成と会っている。三成からひそかに一万両の工作資金をもらっている上に、田辺城に和議の勅命を出すことにも率先して反対している。

これだけの状況がそろっているだけに、事情に通じている者ほど時慶が伏見城の和議を妨害したという噂を真に受けたのだった。

「人をあざむくには、九つの真実に一つの嘘《うそ》をまぜることです」

大石甚助はにこりともせずに言ってのけた。

四条河原に近い旅籠《はたご》の一室である。子供たちを使って怨霊さわぎを仕組むようになって以来、多門は八条殿からここに移っていた。事が露見した時に、智仁親王に迷惑が及ばないようにである。

「一つの嘘さえ信じ込ませれば、九つの真実もちがった色あいをおびてきます」

多門に鈴餓鬼騒動を起こさせ、洛中にあらぬ噂を流したのは甚助だった。人々の反応を見きわめながら、狙《ねら》った所に人心を誘導していったのである。

「騒ぎが大きくなるにつれて、時慶卿《きょう》のご息女の内侍《ないし》入内《じゅだい》に対する反対が強くなっています。また伏見城を救わなかったことへの批判は、田辺城を救うべきだという意見の後押しをする力となるでしょう」

「そんなものかね」

「朝廷は祟りと穢《けが》れを何よりおそれます。正常の手続きで朝廷を動かすことが出来ないのなら、こうした方法を用いるしかないのです」

「それほど効果をあげたのなら、ここらが潮時ではござらぬか」

多門は大あぐらをかいて酒を飲んでいる。甚助はいつものように茶をすすっていた。

「手を引けということですか」

「こういう陰気なやり方は性に合わぬ。そのうちこちらが祟られそうじゃ」

吐き捨てるように言ったが、実は子供たちのことが気になっていた。

騒ぎが大きくなるにつれて、所司代配下の役人の警戒も厳しくなっている。万一捕えられれば打ち首をまぬがれないだけに、子供たちをこれ以上危険にさらすことはためらわれた。

「もうじき通勝卿が策を持って戻られましょう。そうすればこのような手を用いる必要もなくなるでしょうが」

甚助は茶碗《ちゃわん》に目を落として口をつぐんだ。ここらで手を引くべきか、もうひと押しするべきか、秀でた額の裏側で思い巡らしている。

「では所司代の出方を見て、もう一度だけやっていただきます」

「今度の舞台はどちらかな」

「西洞院邸から内裏に向かって歩かせましょう」

「それは無理じゃ」

多門は即座に拒んだ。内裏の周辺は警戒が厳重で近付くことなど出来なかった。

「内裏に向かわせるだけでいいのです。そうすれば、伏見城の怨霊は、時慶卿の娘を通じて帝《みかど》にのり移ろうとしていると言い立てることが出来ます」

それが内侍入内を中止させ、時慶を失脚させる切り札になる。甚助はいつにない強引さで実行を迫った。

八月十日の夜――。

多門は七条河原に住む四人の子供たちとともに、小川《おがわ》通りの扇屋に入った。大石甚助の息のかかった茶店で、西洞院通りに面した時慶邸とは背中を合わせるように建っている。

翌十一日の丑の刻（午前二時）、四人は黒い下帯と黒い脚絆《きゃはん》を巻いて用意の伎楽面をつけた。

伎楽は推古《すいこ》天皇の頃から鎌倉時代の初期にかけて、宮廷や社寺で演じられた仮面劇である。

大陸渡来の荒々しく滑稽《こっけい》な無言劇で、鎌倉時代以後は演じられることもなくなったが、公家《くげ》や寺社にはいまだに伎楽面が保存してあった。

太孤父《たいこふ》、酔胡王《すいこおう》、酔胡従《すいこじゅう》、崑崙《こんろん》の四つの面は中院家にあったもので、絵師の筆でやけどの跡が毒々しく書き加えられていた。

膝から下に黒い脚絆を巻くのは、闇の中で足がないように見せかけるためである。

「ほな、行ってくるわ」

鈴餓鬼へと変身した四人の子供が杖を取った。戦の混乱の中で親を失い、自分たちの力だけで生き抜いてきたすばしっこい少年ばかりだった。

「待て」

多門は銑正宗《なたまさむね》をつかんで立ち上がった。

「わしも一緒に行く」

「やめときなはれ。かえって目立って危ないわ」

左平太《さへいた》という大将格の子供が鼻で笑った。

「今夜は妙に酒がまずい。何か嫌な予感がするのだ」

「安心して待ってはったらよろしいんや」

四人は扇屋の裏木戸を出ると、細く折れ曲がった路地を抜けて西洞院通りに向かった。

洛中の家はうなぎの寝床と呼ばれるほど間口が狭く奥行きが深い。家と家との間には狭い路地が複雑に入り組んでいて、身を隠すには好都合だった。

多門はいったん腰を下ろしたものの、妙に胸さわぎがして四人の後を追った。仲秋の名月も近い。外には煌々《こうこう》と月光がふりそそぎ、空気までが青く染っている。

路地の塀に銑正宗の鞘尻《さやじり》が当たらないように気づかいながら通りに出ようとした時、西洞院通りの路地でうごめく影があった。

はっとして物陰に身をひそめていると、十人ばかりが左右の路地から飛び出し、足早に四人の背後に迫ってゆく。

「しもた。逃げるんや」

左平太の叫び声がした。

時慶邸に近づいた途端に、前後を二十人ばかりの武士に取り囲まれたのだ。通りの両側には屋敷の塀がつづいているために、完全に逃げ道を失っていた。

多門はあたりを見回した。

左手の中庭に井戸がある。井戸の側《そば》に取り込み忘れた洗濯物がかかっていた。赤い湯文字である。それを盗み取って覆面にすると、獣のようなうなり声をあげて武士たちの背後から斬《き》りかかった。

身幅三寸もある鉈正宗を滅法にふり回すと、武士たちは異形の風体に恐れをなして道を開けた。

「今や、走れ」

左平太も心得たもので、包囲網の破れ目から飛び出して路地へと駆け込んだ。つかまえようとする武士たちを、多門が鉈正宗で追い払う。

月光に白く輝く刀身が、うなりを上げて青い闇を切り裂くのを見ると、武士たちは肝を冷やして後ずさった。

頃合いを見計らって路地に逃げ込むと、武士たちは猛然と追って来る。いつの間にか小川通りの方にも先回りしている。

多門は迷路のような路地を、右に左に肩をぶつけながら逃げ回った。

「兄貴、こっちや」

木戸の陰から酔胡従の面をかぶった子供が声をかけた。

天の佑《たす》けとばかりに庭に転がり込むと、背後でぱたりと木戸が閉ざされた。

(兄貴?)

子供たちにそう呼ばれたことは一度もない。おかしいと気付いた時には、回りを槍《やり》ぶすまに囲まれていた。面をかぶっていたのも、見も知らぬ子供である。

「刀を捨てな」

青ぶさのついた手槍を持った伊助が、勝ち誇った声をかけた。

多門は観念して鈍正宗をほうり投げた。伊助は手早く後ろ手に縛り上げ、湯文字の覆面をはぎ取った。

「大坂以来だな。相変わらず元気そうじゃねえか」

「ここはどこだ」

「ついて来れば分る」

伊助は多門の二の腕をつかんで屋敷の奥へと引いて行った。

中庭にはかがり火がたかれ、廻り縁に西洞院時慶が立っていた。

狩衣《かりぎぬ》を着て烏帽子《えぼし》をかぶっていたが、立ち姿に中院通勝のようなすっきりとした美しさはない。丸く太った顔がかがり火に照らされ、何やら陰険な鬼のように見えた。

「これは細川幽斎配下の者でございます」

伊助が多門の足を払って土下座させた。

「ほほう。大きなねずみがかかったものよな」

「鈴餓鬼もこの者たちの仕業でございました」

「その方、名は何と申す」

時慶が扇で胸元をあおいだ。

「答えよ。洛中を騒がせたのも、幽斎めの差し金であろう」

「話すことはない」

「顔が見えぬ。松明《たいまつ》で照らしてみせよ」

「ははっ」

かがり火の火かごから伊助が松明を抜き出して多門に近付けた。

「見えぬ見えぬ。もそっと近付けぬか」

松明の火が鼻先で燃え上がったが、両肩を押さえられた多門は顔をそむけようともせずに額のほつれ毛を焼かれている。

「武士《もののふ》の面魂《つらだましい》よな。死なせるには惜しい男じゃ。何もかも話したなら、助けてやってもよいぞ」

「くどい」

「そなたらの智恵など、身共《みども》にはとうに見えておるわ。鈴餓鬼などというものに、伎楽面を用いておったこともな」

時慶は公家だけにそうした面があることを知っている。酔胡従の面を使って多門をおびき寄せる策も時慶がさずけたという。

「だが身共は今日までその方らを泳がせておった。その理由が分るか」

「分るくらいなら、こうして捕われたりするものか」

多門は松明にかみつきたくなった。それほど熱さが耐え難くなっていた。

「これは面白い男よな」

時慶は扇で口元を隠して笑うと、伊助に松明をはなすように命じた。

「身共にはいつでもその方らを捕える策があったからよ。怨霊騒ぎを仕組んだのが幽斎だと分れば、和議の勅命の件は完全に立ち消えになる。そればかりか八条宮さまを使嗾《しそう》して良からぬことを企てている輩《やから》の命脈をたつことも出来るというわけじゃ。その方らに伎楽面を渡した公家がおろう。その者の名を明かしたなら、これまでの罪は問わぬがどうじゃ」

「秋の夜とてそうそう長くはない。つまらぬことを何度も聞くな」

「ならばその面《つら》を焼くまでのことよ。酔胡従のようになってからでは手遅れだぞ」

時慶の合図で伊助が再び松明の火を顔に近付けた。

一度あぶられているだけに、さっきとは比較にならないほどの痛みが鋭い針となって肌の内側まで突き刺した。

多門は身をよじった。

炎から目を守るためにしっかりと瞼《まぶた》を閉じている。松脂《まつやに》臭い煙と煤《すす》が鼻孔をふさぎ、むせかえりそうだ。額には大粒の汗が浮かび、炎の熱に乾いていく。

「強情な奴《やつ》よのう。見ている身共まで何やら熱うなってくるわ」

時慶が扇を取り出して胸元をせわしなくあおいだ。

「これが最後じゃ。誰が伎楽面を渡したかを申さねば、目を焼きつぶす。瞼を閉じたくらいでは、松明の火は防げぬぞ」

「われの尻でも焼きやがれ」

「何となっ？」

「糞《くそ》が焼けて、やけくそになるだろうよ」

多門は悪態をついた。苦痛が全身を怒りの固まりにしている。

「これ、焼き方が足りぬ。顔を下に向けて、そのへらず口も焼きたてよ」

「ははっ」

伊助が多門の大たぶさをつかんで顔を前に引き倒し、燃えさかる松明を近づけた。

多門は必死で首を持ち上げようとしたが、伊助の力は驚くほど強い。きつく閉じた瞼の裏が血の池の色にそまり、多門は死の匂《にお》いを嗅《か》いだ。

「組頭《くみがしら》さま、童《わっぱ》を捕えましたぞ」

裏の木戸から伊助の配下が子供を引き立ててきた。四人の大将格だった左平太である。

「面もひとつ奪い取りました」

「これへ持て」

崑崙の面を受け取ると、時慶は裏返したり表返したりしてながめやった。

「暗い。火をこれへ」

松明の火で手元を照らさせ、面の裏をなめるようにのぞき込んだ。

「やはり中院通勝の差し金か」

「ちがう、我らの一存でやったことだ」

炎から解放された多門は、最後の気力をふり絞って叫んだ。

「面の裏に中院家の焼印が押してある。これが動かぬ証拠じゃ。明日その方らとともに所司代の役人に引き渡し、通勝らを捕えるように申し付ける。多門とやら、せっかく具合よく焼き上がったその面とも、数日のうちには四条河原で泣き別れとなる。せいぜい大事にすることだな」

時慶は大きなあくびをすると、胸元をあおぎながら立ち去った。

「立て」

伊助が多門を後ろ手に縛り上げて引き起こし、左平太とともに屋敷の隅の納屋《なや》へ連れて行った。

多門は目をつぶったままである。瞼が焼き付けられたようで、目を開けることが出来なかった。

「素直に吐けば痛い目をみずに済んだのに、馬鹿な野郎だ」

二人を納屋に蹴り入れると、伊助は戸をぴたりと閉めて鍵《かぎ》をかけた。

土間に倒れた多門は、体の向きをかえようとして悲鳴をあげた。土間に落ちた薪《まき》の枝があぶられた頬に当たり、激痛が走ったのだ。

後ろ手に縛られてはいたが、あお向けになる以外に痛みを逃れる術《すべ》はなかった。

「おっちゃん、大丈夫か」

左平太が小さく声をかけた。

「大丈夫そうか？」

「何が」

「わしの面《つら》だよ。丸焼けになって、うまそうな湯気でも立てておらぬかと思ってな」

「目が見えへんのか」

「たとえ見えても、自分の面は見えんからな」

「ここは真っ暗や。わしかて見えへん」

「お前も縛られたか」

「きつう縛られて、腕がしびれよる」

「どうして捕まった」

「…………」

「一番すばしっこいお前が捕まるとは妙ではないか」

「すが目の奴がどじ踏みよったんや。転んで向こう脛《ずね》打って走れんようになってしもた」

すが目とは四人の中で一番年上の少年である。極端な斜視なので、他の仲間からそう呼ばれていた。

「仕様がないから板塀の陰に押し込んで、わしが囮《おとり》になったんやけど」

「逃げ切れなかったか」

「屋根の上に逃げようとして、熊手《くまで》で引き落とされてしもうた。大人《おとな》はずるいわ」

「お前は偉いな」

「そんなもんとちがう」

「仲間を助けるために囮になるとは、よほど度胸がなければ出来ないことだ。偉い奴だよ」

「おっちゃん」

「多門でいい。おっちゃんはよせ」

「側に寄ってもかまへんか？」

「ああ、ただし面にだけは触らんでくれ」

左平太は後ろ手に縛られたまま体をすり寄せ、多門の脇腹に顔を当てた。息づかいが次第に速くなり、やがてすすり泣きの声に変わった。

「どうした」

多門がたずねた。熱がさめていくにつれて顔が突っ張り、ひび割れて裂かれるような痛みが走った。

「悔しいんや。熊手なんかで引き落とされて、崑崙の面まで取られてしもうた」

左平太が声を震わせた。

戦で両親を失い、物心ついた頃から自分の力だけで生き抜いてきたという。生きるためには物乞《ものご》いも盗みもやったが、仲間に対する責任感と誇りだけは失っていない。

「わしも悔しいよ。悔しいと思えなくなったら、戦いつづけることなど出来ないからな」

「おっちゃん」

「それはよせと言っている」

「おっちゃんは何のために鈴餓鬼騒ぎなんか仕組んだんや」

「いろいろあってな」

「銭もろたんか」

「なぜそんなことを聞く」

「二、三日のうちには首をはねられるんやろ。何のために殺されたかくらい知っとかな、閻魔《えんま》さまに言い訳も出来んやないか」

「安心しろ。わしが一緒に三途《さんず》の川を渡ってやる」

多門は黙り込んだ。話すたびに口のまわりが引きつれるからだが、夜半になって痛みがうすれてくると、きちんと事情を話しておかねばならないと思った。

「起きているか？」

左平太は無言のまま多門の脇腹に当てた顔を動かした。

「今朝廷では、徳川方と大坂方のどちらに身方するかで争いが起こっている。わしはさるお方に命じられて、大坂方に身方しているこの館の主を失脚させようとしたのだ」

「おっちゃんは徳川の家来か」

「そうではない。わしは丹後の細川幽斎どののために働いているだけだ」

多門は大坂屋敷で死んだ千丸と、幽斎を助けると約束したことを語った。その約束を果たすことが、千丸を助けられなかった自分の義務だと思い定めていた。

「なんでや。千丸という人になんでそないに義理立てせなならんのや」

「そうだな……」

多門は返答に詰り、しばらく考え込んだ。

「千丸どのはわしを頼ってくれた。お前が仲間のために囮になったのと同じことだ」

「すが目は生きとる。死んだ者に義理立てするのとはちがう」

「義理立てではない。わしはわしのためにそうしたいのだ」

歌に込められた人の想《おも》いは、何百年たっても生きつづける。だから自分も己れの心を歌に込めて後世に生きたいのだと千丸は言った。

その歌の奥儀《おうぎ》を伝える古今伝授を守ることは、千丸の心を守るということだ。多門はそう考えていた。

「ふうん。よう分らんわ」

「実はわしにもよく分らんがな。千丸どのとの約束も果たせぬようでは、わしは生涯誇りを失ったまま生きねばならぬような気がするのだ」

「おっちゃん、ごめんな」

「何が」

「崑崙の面を取られてしもうて……」

左平太は多門に体をすり寄せ、息をひそめて黙り込んだ。

浅い眠りをどれほど眠ったのだろう。

多門は顔の皮を引きはがされたような痛みを覚えて目をさました。目は相変わらず開けられない。瞼は開くのかもしれないが、失明の事実を突き付けられることを本能的に恐れていた。

（今度はわしが鈴餓鬼をやる番かもしれぬ）

焼けただれた顔を想像して打ちしおれていると、屋根の外でかすかに鳥のはばたきが聞こえた。ゆったりとした聞き覚えのある音である。

（あれは……）

わかな丸ではないか。直感的にそう思ったが、今が夜か朝かも分らない。

「左平太、起きろ」

声をかけると左平太は瞬時に目をさました。

「どこかに窓はないか」

「上の方に明り取りがあるけど、戸を下ろしてある」

「ということは朝だな」

「そうや。板の隙間《すきま》から薄明りがさし込んどる」

「明り取りの戸は上げられるか」

「無理や。立っても届かへんし、手を縛られているんやで」

「わしが肩車する。お前は土間に落ちている枝をくわえて戸を押し開けてみろ」

多門は体を起こし、腰をかがめて肩車の姿勢をとった。

左平太は枝をくわえ、多門の肩に恐る恐る足をかけた。両腕を縛られているので安定が取りにくいのだ。

「遠慮はいらん。足で思いきり顔をはさめ」

「そやかて……」

左平太はためらっている。

「このままでは殺されるのを待つだけだ。やれ」

左平太は意を決して肩にまたがり、足先を背中にからめて太股《ふともも》で顔をしめつけた。

多門は激痛をこらえて立ち上がり、左平太が体を傾ける方向に歩いた。

左平太は明り取りの小窓に下ろした戸を押し開け、枝を窓の縁《へり》にかけて突っかえ棒にした。

「開きよったで」

「よし、もう一度だ」

多門は足をすり合わせて草鞋《わらじ》をぬぐと、これを窓から外へほうり投げるように言った。外を飛ぶのがわかかな丸なら、自分の匂いをかぎつけてくれるのではないかと思った。

「おっちゃん、足臭いな」

左平太は不平をならべながらも草鞋をくわえ、頼まれたことをやり遂げた。

多門はほっと腰を下ろした。左平太の太股がふれただけなのに、頬はやすりでもかけられたようにひりひりと痛んでいる。

四半刻《しはんとき》ほど息を詰めて待つと、納屋の錠を開けるかすかな音がした。

「誰か来よる」

左平太が上ずった声をあげた。

「安心しろ。仲間だ」

多門の声が終わらないうちに静かに戸が開き、忍び装束の夢丸が入ってきた。

「多門さま、お迎えに参りました」

腰刀を抜き、両手を縛った縄をすぱりと切った。

「面を焼かれた。目が開かぬ」

多門は歯がゆさに声を荒らげた。

「どうじゃ。焼けただれておるか」

「火ぶくれにはなっておりませぬ」

夢丸が腰に巻いた忍び袋から塗り薬を取り出して手当てを始めた。

多門は激痛に歯をむき出した。柔らかい指先で塗っているのに、針の先を当てられたようだった。

「痛みまするか」

「いや、目が覚めて良い塩梅《あんばい》じゃ」

強がりにもいつもの迫力がない。夢丸は二枚貝に入れた薬を唾《つば》で溶き、指でかき混ぜて軟らかくした。

「あお向けになって」

有無を言わさぬ口調で引き倒すと、薬を舌先ですくい取って塗り始めた。頬から顎《あご》、額、鼻先、唇と、舌の柔らかくひんやりとした感触が伝い、痛みが嘘のように引いていく。

瞼を入念にねぶられると、多門は心地良さに陶然となった。

「どうです。開きますか」

多門は瞼をこじ開けてみた。左目がかすかに開き、夢丸の心配気な顔が真近に見えた。

「ありがたい。何とかなりそうじゃ」

「では急いで下さい。館の者たちが目を覚ましては面倒なことになります」

夢丸は忍び袋から懐炉《かいろ》に入れた火種を取り出し、枯れ枝を集めて火をつけた。

「さあ、こちらに」

納屋の戸を閉めて鍵をかけると、松の植込みの陰に身をひそめた。

やがて納屋が煙を上げて燃え上がった。宿直《とのい》をしていた西洞院家の下人や門外で見張りについていた伊助らがおっ取り刀で駆けて来る。その隙に三人は北の門から易々《やすやす》と脱出した。

「俺は仲間のことが気になるさかい」

四条河原に近い旅籠に着くと、左平太はそう言って走り去った。

多門は部屋に上がり、もう一度夢丸の手当てを受けた。冷たい水で顔を洗い、舌先で薬を入念にすり込んでいく。

かなり見えるようになった目を薄く開けているうちに、多門は夢丸が女であったことに思い当たった。

「もうよい。おかげで楽になった」

「いえ、耳のあたりをもう少し」

こめかみから耳朶《みみたぶ》の内側にまで舌を伸ばしていく。多門は背筋にぞくりとするものを覚えて上体を起こした。

「どうして都に来た。幽斎どののお申し付けか」

「昨夜、中院通勝さまのお供をして八条殿にまいりました」

そこで大石甚助から多門が捕えられたことを聞き、西洞院邸の周辺にわかな丸を飛ばしたのだという。

「中院さまも心配しておられます」

「幽斎どのはどうなされた。中院どのにどんな策をさずけられたのだ」

「私はお供をするように命じられたばかりでございます」

夢丸が薬を忍び袋に仕舞い終えた時、大石甚助が息を切らして駆け付けた。

「ご無事で何よりでした」

「この有様では、あまり無事とも言えまい」

多門は苦笑をもらした。薬のせいか、肌の引きつれもだいぶん治まっている。

「さっそくで恐縮ですが、通勝卿が会いたいと申されております。八条殿までご足労いただきたい」

「人使いの荒いことだな」

「外に駕籠《かご》を用意しております」

甚助は有無を言わせず急《せ》き立てた。

今出川通りの八条殿では、田辺城から戻ったばかりの中院通勝が待ちわびていた。

「これは随分と男ぶりが上がったではないか」

多門を縁先まで出迎え、奥に上がるように勧めた。

「時慶卿のもてなしは、かなり盛大だったようじゃな」

「誰の命で騒動を起こしたかと、厳しい詮議《せんぎ》がございました」

「それでも口を割らなかったと、その顔に書いてある」

「この多門は我身可愛《かわい》さに秘密をもらしたりはいたしませぬ。されど子供の一人が捕えられ、崑崙の面を奪われました」

「無理に行かせた私の落度でございます」

甚助が事情を話して多門の失策を庇《かば》った。

「奪われたものは致し方あるまい」

陰謀の証拠を握られたというのに、通勝は平然としている。

「要はこの先のことじゃ。幽斎どのはこの館に龍山公を招き、宮さまの御前で古今伝授の箱を開けよと申された」

「古今伝授が何かの力になるのでしょうか」

「私も知らぬ。だが相伝の者しか見ることを許されぬ伝授の箱を見せよと申されるからには、余程のことがあるのであろう。私は宮さまにこの旨を伝えるゆえ、そちは龍山公に使いしてくれ」

必要な指示を終えると、通勝は古今伝授の間へ行った。

幽斎から伝授を受けるために智仁親王が特別に作らせた板張りの間である。

しばらく待つと、青い水干《すいかん》姿の親王が入ってきた。

生母である准后《じゆごう》晴子の勘気をこうむった上に、数日前の緊急陣定《じんじょう》で田辺城への和議の勅命は出さないと決ったために、朝廷内で完全に孤立している。そのせいか顔の色もすぐれず、表情にも精気がなかった。

「昨夜丹後より帰参いたしました」

「城の様子はどうであった。幽斎は息災か」

「ご安心下されませ。たとえ大坂方が総力をあげて攻めかかっても、一月やそこらは充分に持ちこたえるでございましょう」

通勝は田辺城の様子をひとしきり話した後で、古今伝授の箱を近衛前久に見せるようにという幽斎の指示を伝えた。

「何ゆえ龍山公に見せるのだ？」

智仁親王が不満そうに眉をひそめた。

「天下の無事を図るためでございます」

「私は幽斎から直《じか》に伝授を受ける望みを捨てたくはない。今日まで箱を開けなかったのはそう思ってのことなのだ」

古今伝授を相伝した者が長旅に出るような時には、伝授の箱を弟子に預けておくのが慣例だった。万一旅先で死ぬようなことがあれば、箱を預かった者を伝授者とするためだ。

この場合弟子は師の死亡が確認されるまでは、箱を開けてはならないという厳重な掟《おきて》があった。

たとえば細川幽斎が朝鮮出兵のために肥前に出陣した時には、烏丸光広に伝授の箱を預けたが、光広は箱を開けないまま、

あけてみぬかひも有けり玉手箱
ふたたびかへる浦島のなみ

という歌を添えて帰陣した幽斎に返している。

智仁親王も箱を預かっているだけという扱いにして、直接伝授を受ける希望をつないでいただけに、幽斎が無事でいる間は箱を開けたくなかったのである。

「たとえ開けられたとしても、幽斎どのの指示であれば掟を破られたことにはなりませぬ。それに開けていただかねば、田辺城を救う道も閉ざされることになります」

通勝が親王の説得を終えた時、近衛前久が甚助に案内されて入ってきた。

「早朝よりご足労をいただき、かたじけのうございまする」

通勝が烏帽子をかぶった頭を深々と下げた。

「天下の大事とあらば、朝も夜もない」

前久は足早に親王と通勝の間に席を占めた。

五摂家の筆頭である近衛家に生まれながら、六十五年の生涯の大半を戦乱のうちに過ごした公卿《くぎよう》である。眉《まゆ》が濃く唇をきりりと引き結んだ表情には、数々の修羅場をくぐり抜けてきた自信がみなぎっていた。

「先日来、洛中をお騒がせいたし申し訳ございませぬ」

通勝は西洞院時慶から崑崙の面の報告が行くことを見越して詫《わ》びを入れた。

「そのようなことはよい。用件とは何じゃ」

「和議の勅命によって田辺城と幽斎どのを救っていただきとう存じます」

「武家の戦に口は出さぬと、先日の陣定で決ったばかりじゃ」

「今度の戦では、大坂方が勝つとお考えでしょうか」

「そちにはそう見えぬか」

「確かに今のままでは大坂方が有利でございましょう。ですが朝廷が豊臣家を見限ったなら、形勢は逆転いたします」

「この戦に内府が勝てば、やがては朝廷さえも意のままにしようとするであろう。織田上総介《かずさのすけ》と同様じゃ。そのような者に天下の権を与えては、わしの長年の苦労は水の泡となる」

前久は頑としてゆずらない。朝廷の復権にそそいだ情熱と努力は、それほど大きかったのである。

細川幽斎が凋落《ちょうらく》した足利幕府を立て直すために八面六臂《はちめんろっぴ》の働きをしたように、前久も戦国期の混乱の中で失墜した朝廷の権威を回復するために東奔西走の生涯を送っている。

天文五年（一五三六）に近衛稙家の嫡男として生まれた前久は、天文十六年にわずか十二歳で内大臣に任じられ、十九歳で関白《かんぱく》となった。

足利将軍家との結びつきを強めることで朝廷の権威回復を図ろうとした稙家は、妹を十二代将軍義晴の、娘を十三代将軍義輝の妻としたために、前久と義輝は従兄弟《いとこ》で義兄弟という二重の縁で結ばれていた。

永禄二年（一五五九）に越後の長尾景虎が上洛すると、前久は血判の起請文《きしょうもん》を交わして盟約を誓い、翌年には関白職のまま越後に下って景虎の戦陣に加わった。

上杉家を継いで関東管領《かんれい》となった景虎の関東平定を助け、上洛をうながすためだが、目的を果たせないまま二年後に帰洛している。

永禄十一年（一五六八）に足利義昭を奉じた織田信長が上洛すると、前久はこれに反発して本願寺光佐《こうさ》を頼り、一向一揆《いっこういっき》と浅井《あざい》、朝倉、毛利、武田などを糾合して信長包囲網を作り上げた。

だが信長の力には抗しがたく、天正三年（一五七五）六月には前久は軍門に下る形で和を結び、九月には信長の九州平定のための使者として大友《おおとも》氏や島津氏を訪ねている。

天正十年に信長が本能寺で明智光秀に討たれると、前久は出家して龍山と号するが、秀吉に本能寺の変に加担していたという疑いをかけられたために、徳川家康を頼って浜松《はままつ》城に逃れた。

翌年家康の斡旋《あっせん》で秀吉と和解し、秀吉を近衛家の養子とすることで関白太政大臣《だじょう》への道を開いてやったのである。

世上には、秀吉が征夷《せいい》大将軍となって幕府を開くことが出来なかったのは、足利義昭の養子になろうとして拒まれたためだと喧伝《けんでん》するが、これは嘘だ。

確かに義昭に拒まれた事実はあるようだが、将軍になるためには何も足利家の養子である必要はない。

家康が新田《にった》家の支族の徳川家の子孫であるから源氏であると称したように、秀吉も数多い源氏の末流のどの家かに養子として入り込めば将軍となる名分は保てるのである。

そうしなかったのは近衛前久の働きかけがあったからだ。

前久は秀吉に将軍と関白のどちらが有利かを説き、関白職を選ぶように仕向けたのである。秀吉を取り込むことによって、朝廷の権威を回復するためだ。

また国内統一を急ぐ秀吉にとっても、関白になる利点は大きかった。

征夷大将軍になれば関東八ヵ国を支配する家康と雌雄を決せざるを得なくなるが、関白になれば家康を超越した立場に立つことが出来るからである。

二人の戦略は見事に当たった。

秀吉は関白となり、天皇の権威を背景として刀狩令や大名の戦を禁じる惣無事《そうぶじ》令を発し、全国に検地の竿《さお》を入れて中央集権化への道をひた走っていく。それに比例して朝廷の力も飛躍的に伸びていった。

建武《けんむ》の親政の挫折《ざせつ》以来三百年近く政権の座から遠ざかっていた朝廷を、秀吉は関白職につくことで蘇《よみが》えらせたのだ。これは事実上の王政復古であり、それを成し遂げた立役者は近衛前久である。

前久があらゆる手を使って豊臣家との接近を強め、その政権を支えていこうとするのは当然のことだった。

「確かに今度の戦に内府どのが勝たれれば、東国に幕府を開こうとなされるでしょう。しかし大坂方が勝ったとしても、実権は石田治部の手に渡るばかりでございます。お二方は治部が勝ち戦の後に何を企《たくら》んでおるかご存知でしょうか」

中院通勝が前久と智仁親王を交互に見つめた。

「豊臣家を乗っ取るとでも申すか」

「日本国のすべてを豊臣家の蔵入地《くらいりち》とし、再度明国や朝鮮、南蛮諸国と事を構える所存にございます。万一この戦に敗れたなら、この秋津島《あきつしま》は夷狄《いてき》に踏み荒され、朝廷の存続さえ危うくなりましょう」

「負けると限ったものでもあるまい」

前久は波乱の生涯を送ってきただけに胆《きも》がすわっている。勝てるものならイスパニアやポルトガルと覇を競っても構わぬと考えているのだ。

「諸外国との再度の戦は、朝鮮の役に疲れきった我国を疲弊させるばかりでございます。そのことが新たな乱世を招く元ともなりましょう。たとえ勝ったとしても、朝廷にとっては何ひとつ有益なことはございませぬ」

「何ゆえじゃ」

「秀吉どのが明国を征服した暁には、帝にかの地にお移りいただくと申しておられたことはご存知でございましょう」

「あれはあやつの大ぼらじゃ。敗《ま》け戦がつづいたゆえ、心にもないことを言って強がっておったのだ」

「そうではございませぬ」

通勝は狩衣の袖を払って居ずまいを正した。

「秀吉どのは龍山公のお力添えによって関白になられたものの、関白職にあるかぎり帝のご意向と朝廷のしきたりには逆らえぬことに苛立《いらだ》っておられたのでございます。それゆえ帝を明国にお移し申し上げ、この国から朝廷を無くしてしまおうとなされた。幽斎どのはそう申しておられます」

朝鮮に出征した軍勢が漢城《ソウル》を攻め落としたと聞いた秀吉は、文禄元年（一五九二）五月十八日に都にいる関白秀次に二十五ヵ条の覚書を送ったが、その中には明後年にも後陽成天皇を北京《ペキン》に移して周辺十ヵ国を進上するという一条がある。

これは決して秀吉一流の大言壮語ではなく、この国から朝廷を無くそうと本気で計画していたのだった。

「治部も同じことを考えていると申すか」

「秀吉どのの志を継ごうとするからには、そう考えていたとしても不思議はございますまい」

「そうか。内府も治部も信用がおけぬか」

「それゆえ幽斎どのは、第三の道を選ぼうとしておられるのでございます。古今伝授の箱さえ開けていただけば、お二方にも必ずご同意いただけるでしょう」

通勝にうながされて大石甚助が伝授の箱をささげ持ってきた。黒漆塗りの文箱《ふばこ》で、蓋《ふた》には紫の房のついた紐《ひも》がかけてある。

「私は無用じゃ」

智仁親王が緊張に上ずった声をあげた。

「私が幽斎から古今伝授を受けたのは、歌道の正統を継ぎたかったからだ。戦のかけ引きに用いるためではない。これ以上争いに巻き込まれるのは心外じゃ」

「そのことについては幾重にもお詫び申し上げます。されど」

「詫びなどいらぬ。私は幽斎が息災でいる限り伝授の箱は開けぬ。この場で行われたことは、私のあずかり知らぬことじゃ。甚助、参るぞ」

親王は怒気もあらわに二人をにらむと、甚助を連れて退出した。

残った二人はしばらく困惑した顔を見合わせた。幽斎は何ひとつ裏の事情を知らせていなかったのだから、親王が怒るのも無理はなかった。

「何事も天下万民のためでございます」

通勝は小さくつぶやいて伝授の箱を差し出した。

前久は節くれ立った長い指で紫の紐を解き、いったん通勝を見やってから蓋を開けた。

「これは……」

自信と威厳に満ちた前久の顔から、すっと血の気が引いた。

凍りついた表情のまま、目を大きく見開いて一点を凝視している。蓋を持った手が静止し、やがてわなわなと震えはじめた。

「まさか……、このようなことがあろうとは」

前久は蓋を元に戻すと、封印をしようとでもするように両手で押さえつけた。烏帽子をかぶった頭を深々と垂れ、肩を小刻みに震わせている。

（泣いておられるのか）

通勝は一瞬そう思った。

だが前久は、伝授の箱を指が白くなるほど強く押さえつけ、声をかみ殺して笑っていた。肩を震わせて腹の底から突き上げてくる笑いを堪《こら》えていたが、たまりかねたように大声をあげた。

部屋中の空気を震わせ、のけぞりかえって高々と笑いながら、前久の両目から滂沱《ぼうだ》の涙があふれ出した。

深い皺《しわ》が刻まれた頰を二筋の涙が流れ落ちたが、ぬぐおうともしない。

「さすがよのう。さすがに足利将軍家の血を引く男だけのことはある」

ひとしきり笑った後で、前久は懐紙を出して涙をぬぐい取った。

「幽斎の狙いは何だ。これだけのことを仕出かしておいて、和議の勅命だけで引き下がるわけではあるまい」

「ひとつは豊臣家をお見限りあって、徳川家を支持していただくこと」

通勝は腹に一拍息を入れて幽斎の口上を伝えた。朝廷の従来の方針をくつがえすものだが、前久は反論しようともしない。

「いまひとつは細川家を朝家の直臣にしていただくことでございます」

「越中守をか」

「いえ、忠興どのとは別家を建て、嫡孫忠隆どのを当主といたしまする」

忠隆の妻は前田利家の娘千世である。新しく建てた細川家と前田家が結束し、連判状に署名した足利家ゆかりの大名を細川新家の家臣として、朝廷と直結した勢力を作ろうというのである。

前田家の所領は百万石、連判状に署名した大名の所領を合わせれば細川新家の所領も百万石を越える。

合わせて二百万石の勢力が古《いにしえ》の北面の武士のように朝廷を支えれば、たとえ家康が幕府を開いたとしても朝廷の全き存続をはかることが出来る。幽斎はそう考えていた。

また連判状に集まった大名たちを徳川家から守るためにも、朝廷の後ろ楯《だて》を得ておく必要があった。

「狙いは足利将軍家の復活じゃな」

前久は幽斎の計略をそう読み取った。

「幽斎どのにはもはやそのような野心はございませぬ。ただ朝廷の管領家として足利家の家名を残し、朝廷とともに神国古来の伝統としきたりを守っていきたいと望んでおられるのでございます」

「だが内府がどう出るかの。すんなりと許すであろうか」

「東西両軍の決戦の前に朝廷が豊臣家を見限り、連判状に名を連ねた大名衆が徳川方に身方するとなれば、徳川家の勝利は確実なものとなりましょう。目前の勝利をつかむためには、内府どのも受け入れざるを得ますまい」

「天正十年の盟約を、まさかこのような時に生かすとはな」

前久がそうつぶやいて伝授の箱を押し戻した。

本能寺にて織田信長を討つ計略は、前久と幽斎、明智光秀が練り上げたものである。信長を亡《ほろ》ぼした後に毛利家に保護されていた足利義昭を呼び戻して足利幕府を再興する計画で、若狭の武田義統、近江の京極高次《たかつぐ》ら足利家ゆかりの大名が盟約に加わっていた。

ところが中国に出陣していた秀吉が思いもかけぬ反撃に出たために、光秀一人を犠牲にして矛を収めざるを得なくなったのである。

「こうなると何やら光秀が哀れよの」

「何事も朝家存続のためでございます。何とぞご決断を」

「わしの一存で決められることではない。帝のご意向をうかがって決めるゆえ、二、三日待て」

「承知いたしました。この通勝が帰洛《きらく》していることを知れば、何かと気を回す輩もございましょう。ご聖断が下るまでは、丹後から戻ったことはご内聞に願いとう存じます」

通勝は前久を玄関先まで送りながら申し入れた。西洞院時慶や広橋兼勝に動きを察知されたくなかったからである。

# 第二十章　天下無事の義

中院通勝がひそかに都に戻り、近衛前久と密約を交わしたことなど知る由もない西洞院時慶は、八月十二日の夜にも律義に日記を付けていた。

「想左衛門ニ真木ヲ相添へ二郎兵衛小者《こもの》モ大坂へ差下シ、平野ノ御祓《おはらひ》進上候《さうらふ》。秀頼公輝元卿《きやう》増田右衛門徳善院へモ同ジ。息女姫入内《じゆだい》ノ事ニ……」

蠅《はえ》の羽音にわずらわされて時慶は手を止めた。

今年は残暑が厳しかったせいか、初秋になっても蠅が多い。夏の盛りの蟬《せみ》といいこの蠅といい、まるで虫たちも天下の争乱を感じているような騒がしさだが、時慶にとっては決して悪い夏ではなかった。

いよいよ明日は娘の糸が内侍《ないし》として内裏に上がる。これで後陽成天皇と時慶の間はいっそう親密になり、朝廷における地位も確固たるものになる。

昨日は内侍入内《じゅだい》のために新しい屋敷に移った糸が、内裏に持参する道具の点検に来た。言わば嫁入り道具である。大坂城の秀頼や毛利輝元も、入内を大いに歓迎している。

これで大坂方が戦に勝てば、丹後一国が近衛家のものとなる上に、朝廷と豊臣家に対する時慶の発言力も格段に大きくなる。

内大臣どころか、前久亡き後には近衛閥を我手であやつることさえ出来るかもしれない。

時慶は思わずしのび笑いをもらし、筆先をなめて日記に向かった。

「新屋敷ノ糸来ル。裏ノ庭ニテ入物ヲ開ケラレテ帰ラル。是《これ》ハ昨日ノ義ナリ。観音経父子ニ一巻ヅツ拝領」

すでに入内が決っているだけに、娘からの贈物でも拝領と書く。それが何とも嬉《うれ》しくてたまらなかった。

蠅が再び文机《ふづくえ》の前をかすめていく。それを追い払おうとして、時慶はふと棚においた崑崙の面に目を止めた。中院通勝が内侍入内を妨害するために鈴餓鬼騒ぎを起こしたことを暴《あば》く証拠の品である。

これさえあればいつでも通勝を追い落とすことが出来たが、糸の入内が無事にすむまでは事を荒立てるのは得策ではない。また通勝は丹後に出かけて留守なのだから、放置しておいてもさしたることはなかった。

「広橋大納言とも談じて、そのうち煮え湯を飲ませてくれようて」

時慶は墨の乾いたのを確かめてから日記を閉じた。

翌十三日は雨だった。

嬉しい昂《たか》ぶりに早々と目を覚ました時慶は、雨が庇《ひさし》を叩《たた》く音を聞いてがっかりした。せっかくの祝儀に水を差された思いである。

「雨降って地固まると申すでな」

気を取り直して入内の仕度をあれこれと指示していると、近衛殿から呼び出しの使者が来た。

奥方が祝いの引き出物を渡そうとしているのにちがいない。

雨の中を勇んで駆け付けたが、待っていたのは苦虫をかんだような顔をした前久だった。

「今日はあいにくの雨じゃな」

まるでお前の心掛けが悪いから雨になったと言わんばかりである。

「まことに残念ではございますが、恵みの雨という言葉もございますので」

時慶は用心深く前久の胸中をさぐろうとした。

「ところがそうも言っておられぬ。糸の内侍入内は日延べとなった」

「それは……、何ゆえでございましょうか」

「帝《みかど》が昨日からお風邪《かぜ》を召されてな。ご不快にあらせられる」

「もしや」

時慶は稲妻の速さで考えを巡らし、延期の理由を探し求めた。思い当たることはひとつしかない。

「もしや鈴餓鬼騒ぎのせいでございましょうか」

「そうではない。帝がご不快なのだ」

「あの騒ぎは身共《みども》を追い落とそうと、中院通勝が仕組んだものでございます。証拠の伎楽面《ぎがく》も手に入れてございますれば、今すぐにでも陰謀を暴き立てることが出来まする」

「そうではないと申しておる」

「ならば、何ゆえ」

「帝がお風邪を召されたのだ。この雨と同じで間が悪いとしか言いようがあるまい」

「では……、では、入内はいつになりましょうや」

「帝のご不快が改まればすぐにでも行う。いつになるかは、今のところ分らぬ」

延ばすだけ延ばして立ち消えになる可能性もあるということだ。思いも寄らぬ衝撃に、時慶は自分が今どこにいて何をしているのかさえ分らなくなった。

「気の毒だが、まあそういうことだ。急に延期するとあっては、娘の外聞も悪かろう。ここはそなたの方から日延べを申し出たということにしたらどうじゃ」

「ご高配をたまわり、かたじけのうございます」

時慶は茫然《ぼうぜん》として自邸にもどった。

事は娘の体面だけの問題ではない。娘の内侍入内をきっかけとして帝に取り入り、朝廷内で確固たる地位を築こうという構想が根底から崩れかねなかった。

（なぜだ。何があったのだ）

時慶は烏帽子《えぼし》を握りつぶさんばかりに頭を抱えて、長廊下やぬれ縁を歩き回った。

気がつくと時直の部屋の前にさしかかっていた。いまだ瘧病《おこり》の落ちない時直が、侍女に助けられて粥《かゆ》をすすっているのが、わずかに開いた襖《ふすま》の間から見えた。

時慶の頭は憎悪にカッと熱くなった。

（お前が大事の瀬戸際に病になんぞかかるから、こないに苦労させられるんや）

そうなじりたい衝動が突き上げてきた。

「ただ今、広橋大納言さまがお見えになりました」

取り次ぎの者が告げたが、時慶は一瞬何のことだか分らなかった。

「大納言さまがお目にかかりたいと申しておられます」

「通せ。すぐにお通ししろ」

時慶はようやく我に返った。広橋兼勝にたずねれば入内延期の理由が分るはずだ。

そう思って客間に急いだ。

「入内が延期になったとうかがいましたが、まことでございましょうか?」

兼勝は開口一番そうたずねた。

近衛閥の俊英の一人で、時慶より六歳下の四十三歳である。

「さきほど龍山公からそのように申し渡されました」

期待がはずれた時慶は悄然《しょうぜん》と答えた。

「失礼ですが、何か手落ちがあったのでございましょうか」

「それが分りませぬ。理由をたずねても、帝のご不快と申されるばかりで」

「思い当たられることは」

「鈴餓鬼騒ぎのほかは、これといってありませぬ。しかしあれが中院らの陰謀であったことはすでにお知らせした通りで、今さら延期の理由になるとも思われないのですが」

「そうですか。すると、やはり……」

兼勝が顎《あご》の傷跡に手を当てて考え込んだ。

若い頃《ころ》に武士と斬《き》り合って受けたものだが、この時兼勝は相手を一刀で斬り捨てている。乱世を生き抜いた公家《くげ》だけに、腕も度胸も武家に引けは取らなかった。

「何か心当たりでも？」

時慶は藁《わら》にもすがる思いだった。

「昨日から龍山公の動きがどうも妙なのです。午前中に八条殿を訪ねられ、午後には一条殿と勧修寺殿に立ち寄っておられます」

「ご用件は」

「糸さまの内侍入内の挨拶《あいさつ》かと思っておりましたが、延期となるとどう考えてよいものやら」

現在の朝廷は近衛家と九条家が主流となって運営している。前関白《かんぱく》一条内基は言わば政敵にあたる上に、半月前には中院通勝が一条閥を動かして田辺城を和議の勅命で救おうと画策したばかりなのだ。

前久が何の目的もなく一条殿を訪ねるとは考えられなかった。

「准后《じゆごう》御方女御殿へ息女入内ノ義今日吉日ニ非《あら》ヌ為《ため》、御理《おことわ》リ相延ル様ニト申入ル処《ところ》ニ御同心」

十三日の日記に時慶は無念の臍《ほぞ》をかみながらそう書き付けた。

懊悩《おうのう》と煩悶《はんもん》に眠れない夜を過ごした時慶の許《もと》に、翌朝再び近衛殿から使者が来た。糸の入内が十六日に決ったという。

「そうか。ありがたい」

時慶は生き返ったような心地で近衛殿にお礼に参上したが、前久は今しがた出かけたばかりだという。

「いずこに参られた？」

みぞおちのあたりの鈍い痛みとともに、不安が再び頭をもたげてきた。

「御所の八景絵間でございます」

前久の家司《けいし》が答えた。その態度も心なしかよそよそしい。

「お一人か」

「二条昭実卿《あきざねきよう》とご一緒でございます」

「太閤《たいこう》のお集まりか」

「うかがっておりませぬ」

宮中の八景絵間とは関白の御用部屋である。現職の関白ばかりでなく、辞職して太閤となった者も出入りを許され、朝廷の命運を左右するような重大な案件については意見をのべることが認められていた。

関白になるのは五摂家の当主と限られていたから、五大派閥の利害を調整するための機関であり、実質的には公卿《くぎょう》による陣定《じんじょう》さえも上回る最高議決機関だった。

昨日の前久の動きといい八景絵間の会合といい、やはり何事か起こったにちがいない。時慶は准后御殿を訪ねて晴子から事の真相を聞き出そうとしたが、あいにく物詣《ものもうで》に出ているという。

（空言《そらごと》かもしれぬ）

一瞬そう思ったが、留守と言われれば引き下がるしかない。時慶は自分を支える土台の石がひとつ、またひとつと崩れていく焦燥に駆られながら我家にもどった。

ちょうど大坂に出した使者が戻ったところで、秀頼や徳善院から御祓の返礼として数々の品が届けられていたが、時慶は礼状に目も通さなかった。

万一朝廷の方針がくつがえればすべてが崩れ去ってしまうだけに、秀頼などに構ってはいられなかったのである。

午後になって広橋兼勝が訪ねて来た。

「八景絵間で評定があったことをご存じか」

「やはり、評定でしたか」

「どうやら田辺城を和議の勅命によって救うことに決ったようです」

「昭実卿のご発案でしょうか」

秀吉に関白職を奪われるという辛酸をなめているだけに、二条昭実は五摂家の中ではもっとも徳川家寄りだった。

「それがどうも龍山公のようなのです」

「まさか……」

幽斎を救わないとは、先の陣定で時慶が発案して決めたばかりである。むろん前久の同意と指示を得てのことだ。

それを一言の相談もなくくつがえすとはどういうことなのか……。

「とにかく、近衛殿を訪ねてみて下され。貴公になら龍山公も胸中を明かされるかもしれませぬ」

時慶は再び近衛殿をたずねた。

まるで子供の使い走りだが、家礼門流の者は己れの一存では何ひとつ決められない。元服をするにも嫁や養子をもらうにも、摂家の同意を得なければならないのだから致し方がなかった。

　昨日とちがって前久は上機嫌だった。八景絵間での評定の後に盃事《さかずきごと》があったのか、艶《つや》やかな額と頬《ほお》がほんのりと赤い。

「久々に一局どうじゃ」

　碁石を持つ手付きをして誘いかけた。

　前久は黒石を取り先に二目おいた。

　有職故実《ゆうそくこじつ》から学問、諸芸まで通じざるはなしと言われたほどの男だが、碁だけは時慶の敵ではない。三目おいてちょうど勝負になる程度だった。

「今日は何やら勝てそうでな」

　パチリと隅に打ち込んだ。ひどく早打ちで、四半刻《しはんとき》たらずで一局終えるほどせっかちである。

　時慶は何からどう聞きだそうかと、思案にくれながら応じていった。

「先ほど広橋大納言が訪ねてまいりました」

「うむ」

「田辺城に和議の勅命が出るという噂《うわさ》があると申しておりましたが、まことでございましょうか」

「そのようなことを、どこで聞き込んだものやら」

時慶の指が石から離れるやいなや、前久はもう次の石を打っている。

「噂はまことでございますか」

「さあて、難しい所じゃ」

「たとえ古今伝授を守るためとはいえ、幽斎どのを勅命で救われれば、諸大名にはかり知れない影響を与えるは必定でございます」

「そなたの番じゃ。早く打て」

前久は敵陣深く石を打ち込んだ。攻撃的で思い切りのいい性格がもろに出た一手である。

時慶は上から押さえて殺しにかかった。

「石田治部もそのことを恐れるゆえに、龍山公のお力を頼んだのでございます。何とぞご再考いただきますよう」

「この石は殺させぬ。これで、どうじゃ」

音をたてて盤面に叩きつける。

「御家門様、もしや豊臣家をお見限りになるのでは」

時慶は思わずそんな呼び方をした。

家礼門流の者は摂家を御家門様と呼ぶ。以前は時慶もそう呼んだものだが、参議に列してからは龍山公と呼ぶようになった。

対等に近い呼び方をしなければ体面に関《かか》わると思ってのことだが、立場が危うくなった気弱さに、我知らず前久の庇護下に戻るような呼び方をしていた。

「殺していい石と、殺されてはならぬ筋がある」

前久は濃い眉《まゆ》をひそめて盤面をにらんだ。

「いったい八条殿で何があったのです。宮さまが徳川方に身方せよとでも」

時慶は中院通勝が忍びで都に戻っていることを知らない。八条殿で異変があったとすれば、智仁親王が関わっているとしか思えなかった。

「早く打て。そなたの番だ」

「まさか宮さまを……」

後陽成天皇に代って智仁親王を即位させるつもりではないのか。

「糸の入内については、中止せよと申される方もおられた」

前久は時慶を鋭くにらむと、思いもよらぬ方向に話を移した。

「だが今度のことと糸とは何の関係もない。入内の中止には及ばぬと弁じ、三日の延期でようやく事を収めたのじゃ。つまらぬ詮索《せんさく》などせずに、そなたは十六日の入内をつつがなく済ますことだけを考えておれ」

時慶は蒼白《そうはく》になり、手にした石を盤上に取り落とした。前久は政治向きのことにはいっさい関わるなと言っている。それは第一線からしりぞけという意味だった。

「これ、無礼をいたすな」

前久がいつもの庇護者の顔にもどって落とした石をつまみ上げた。


その夜、時慶は酒宴を開いた。

事ここに至っては思い悩んでも仕方がない。酒でも飲んで一晩ぐっすりと眠り、打つべき手を考えよう。気持を無理に切り替え、親類縁者を集めて入内の前祝いをしたのだった。

翌十五日は仲秋の名月である。

糸の内侍入内の前日とあって、公家や武家から祝いの品々が山と届けられた。大坂の秀頼からも黄金二十枚が贈られ、高台寺の北政所からも孝蔵主を使者として化粧箱が届けられた。

時慶は日中一杯その対応に追われ、夕方になって八条殿の月見の会へ行った。招かれていたわけではない。こうなったからには自ら敵地に乗り込み、真相を突き止めるしかないと思ったのである。

八条殿ではすでに酒宴が始まっていた。

智仁親王はじめ二十名ばかりの公家が、池に面した主殿でにぎやかに談笑しながら盃を交わしていた。いずれも智仁親王に近い若手の公家ばかりで、一条家の家礼門流が大半を占めている。

時慶は顔ぶれを見て気遅れを覚えたが、勇を鼓舞して足を踏み入れた。

「これは珍客のご到来でございますな」

親王の横に座った烏丸光広がすっ頓狂《とんきょう》な声を上げた。

「いや……、宮さまのお加減が悪いと聞いたゆえ、いかがかと思ってな」

「お加減が悪いのは貴卿の方ではありませぬか」

「なにっ」

「お顔の色がすぐれませぬぞ。ささ、まあこちらへどうぞ」

光広が智仁親王の側《そば》に席を開けた。

小生意気な小僧だが、礼儀だけは心得ておるわい。時慶はそう思いながら丸く太った体を二人の間にすべり込ませた。

だが酒肴《しゅこう》をのせた折敷《おしき》は運ばれて来なかった。皆めいめいの膳《ぜん》を持ち、盃のやり取りをしながら談笑しているというのに、時慶の前にはいつまでたっても酒肴が並ばない。

時慶は二、三度咳払《せきばら》いをしたが、誰《だれ》の注意も惹《ひ》かなかった。

「宮さま、ご快気おめでとうござりまする」

話に入るきっかけが欲しくて祝いをのべたが、隣の者と話し込んでいた智仁親王はふり向きもしなかった。

「先日、龍山公が八条殿に見舞いに参上なされたとうかがいました」

座のにぎわいにかき消されて聞こえなかったのかもしれぬ。時慶はそう思ってやや声を大きくした。

「龍山公も古今伝授が無事に終えられるよう心をくだいておられます。あるいは田辺城に和議の勅使が下ることになるやもしれませぬな」

あわよくばどんな話があったか聞き出してやろうと鎌《かま》をかけた。

まるでその瞬間を見計らったように座が静まり、時慶の声だけが大きく響いた。

「そのような話など、聞きたくはありません」

「は？」

「招かれざる身で長座は無用でしょう。お帰りになられた方が御身のためです」

満座の注視の中で、親王が恐ろしいほど冷やかに宣告した。

この時すぐに退席するのが、時慶に残された最も賢明な道だったろう。だがあまりにも冷たいもてなしを受けたために、その理由が奈辺《なへん》にあるかを確かめなければ引き下がれない意地が頭をもたげて、席を立つ潮を失ってしまった。

「そうそう、明日は糸さまの内侍入内でございましたな」

烏丸光広が声をかけた。

「そうじゃ。皆には何かと世話をかけるが、よしなにとり計らってもらいたい」

時慶は話に入れたことにほっとして、この話題に飛びついた。

「何はともあれ」

「おめでとうございまする」

光広の合図に呼応して、皆が声をそろえて祝いをのべた。

「ありがとう。これも皆のおかげじゃ」

「糸さまが帝のお世継ぎを上げられたなら、時慶卿は次の帝のご外戚《がいせき》ということになりますな」

「まさか、そのような大それた」

「しかし、そう思われたこともお有りでございましょう」

光広が妙にしつこくからんでくる。

「とんでもない。帝にはすでに女御《にょうご》さまとの間に皇子がおわすではないか」

「今度の戦に大坂方が勝てば、貴公は公卿の中では勲功ぬきんでた身となられる。そうなったなら近衛家をついで関白となり、糸さまの子を帝位につける道も開けよう。さる酒席で胸を叩いて豪語されたとうかがいましたが」

「馬鹿《ばか》な……、誰がそのような根も葉もないことを」

時慶は赤くなったり青くなったりした。

確かに内輪の席で似たような事を言ったことがある。胸の奥の奥でひそかに温めた望みが、酔ったはずみにぽろりと口からこぼれ出たのだ。

だが光広の言ったような無礼な言い方はしていない。ましてそれが外にもれようとは思いも寄らぬことだった。

「それに何ですな。貴公は近々丹後の国司になられるそうですな」

「………」

「大坂方が勝ったあかつきには丹後一国を与えるという、石田治部のお墨付きをお持ちだそうじゃありませんか」

光広の態度はますます横柄なものになっていく。

時慶は冷笑を浮かべて無視した。相手をする気にもならぬという態度をつくろいながら、頭はめまぐるしく回転していた。

治部との密約を知っているのは、近衛前久ばかりである。それが一条家の門流にもれるはずは絶対にない。

（あるいは中院が……）

前久が話したとすればあの男しか考えられないが、通勝は十日ほど前から田辺城に行って留守なのだ。

「丹後十二万石の約束ばかりか、当座の費《つい》えとして一万両。その大きな袖《そで》に入れられたそうですね。この間の陣定で和議の勅命を下すことを阻《はば》まれたのは、そういう思惑があってのことだと京童《きょうわらわ》がはやし立てておりますぞ。時慶卿、貴公は今や洛中《らくちゅう》一の人気者におなりですな」

これはもうあんまりな言い草である。時慶はねじ伏せるようなにらみを光広にくれると、威厳を保ってゆっくりと立ち上がった。

「お待ちなさい。これから仲秋の名月を呼ぶ舞いが披露されるところですから」

その言葉が終わらないうちに軽快な鼓《つづみ》の音が鳴り響き、主殿の廻《まわ》り縁に酔胡《すいこ》王の面をかぶった男が足早に現われた。

狩衣《かりぎぬ》を着て高烏帽子をかぶり、ひょうげた仕草で月を呼ぶ舞いを舞う。一見無雑作な動きだが、手つきにも足の運びにも、能の名手に劣らないほどの鍛練の跡がうかがえた。

「あれは……」

あの体付きと舞いの見事さは、中院通勝のものだ。そう悟った時慶は、胸狂おしさに足が萎《な》えそうになった。

すべては前久と通勝が仕組んだことだ。前久は大坂方から徳川方に乗り替え、後陽成天皇を廃して智仁親王を擁立するつもりにちがいない。

そして……、そして石田治部との密約の責任は、すべてこの時慶に押し付けるつもりなのだ。

怒りと絶望に半狂乱になった時慶は、従者も待たず沓《くつ》もはかずに八条殿を飛び出した。砂利が足の裏を刺したが、痛みすら覚えない。太った体をゆすって走りながら烏帽子を握りつぶし、紐《ひも》を引きちぎって投げ捨てた。

「あやつらが……、あやつらめが」

悔し涙を流しながら、このままで済まさぬと思った。

「何かある。手は何かある」

息が切れ胸は今にも破裂しそうだ。それでも時慶は走りつづけた。怒りと不安と焦燥のあまり、止まることが出来なかった。

東の空にはひときわ大きな仲秋の名月がかかり、西洞院通りを白く照らしている。あたりの空気は青く澄みわたり、背後でしきりと犬の遠吠《とおぼ》えが聞こえた。

「時慶卿、そこを行かれるのは西洞院時慶卿ではございませんか」

先の四ツ角から出て来た網代車《あじろぐるま》の従者が遠慮がちに呼び止めた。

髷《まげ》がほどけてざんばらになった時慶は、幽鬼のような姿になっている。

「おお、そなたは」

足を止めてあえいだ時、車の前簾《まえすだれ》が上がって広橋大納言兼勝が姿を現わした。

「ちょうど良かった。今大納言どのの屋敷にうかがおうと」

「私も貴公を訪ねていたところです。いったいその姿は何事ですか」

「八条殿からの帰りです。月見の宴で、若僧どもが……」

汗と涙を袖でぬぐい、腰をかがめてぜいぜいと息をついだ。兼勝の姿を見た安堵《あんど》からか、空回りしていた思考の蝿がぴたりと止まり、天啓のようなひらめきが走った。

「そうじゃ、そうであった」

時慶は月夜の空をあおいで手を打ち鳴らし、高らかな笑い声を上げた。

「今すぐ、今すぐ御所に参りましょう。この車に、身共も乗せて下され」

「いったい、どうなされたのです」

「帝を廃せんとの陰謀でござる。今すぐ准后さまにお知らせし、帝に奏上していただかねばなりませぬ」

准后晴子と後陽成天皇が豊臣家を見捨てることは絶対にない。二人にこの陰謀を伝え、前久らを処刑すればすべては逆転し、近衛家を継いで関白になる道も開けてくる。

時慶は都中に聞こえるような大声でまくしたてた。

「とにかく貴公の屋敷に参りましょう。すぐそこではありませんか」

兼勝は困惑していた。西洞院邸の屋根が、一町ほど先に黒い影となってそびえている。

「大納言どの、一刻の猶予もならぬのです。車を御所へ向けて下され」

時慶は車の長柄《ながえ》にとっ付き、向きを変えようと押しはじめた。車はびくともしない。

轅《くびき》につながれた黒牛が、首をねじってうるさげににらんだ。

「大納言どの、お願いでござる。この通り、お頼み申しまする」

時慶は長柄によりかかり、手をすり合わせて泣き出した。泣きながらも焦燥にかられて小さく足を踏みしだいている。

「時慶卿、もはやその儀は無用なのです」

さすがに哀れになったのか、兼勝は長柄を下ろさせて車から下りた。

「無用……、帝の世をくつがえそうとする陰謀があるのですぞ。なぁーにが無用なのですか」

時慶は酔っ払いのように間延びした口調でくってかかった。

「さきほど八景絵間で評定が行われました。五摂家の太閤さま方すべてが顔をそろえられ、豊臣家に田辺城への攻撃を中止するようにとの勅命を下すことに決ったのです。このことはさっそく奏上され、帝もご承諾なされました」

「では、帝は豊臣家を」

「見捨てられたわけではありませんが……」

兼勝が苦しげに顔をゆがめた。月の光に照らされて、顎の傷跡がくっきりと浮き上がった。

「何です。どういうことですか」

「こたびの戦は豊臣家に対する徳川どのの謀叛《むほん》にあらず、豊臣家内の内紛、つまりは御家騒動として処することに決しました」

「すると石田治部どのは」

「大老の留守の間にお家乗っ取りを謀《はか》った奸物《かんぶつ》ということになりましょう。朝廷からは無論、豊臣家からの支援もいっさい受けることは出来ますまい」

「馬鹿な。それでは治部どのが……」

あまりに哀れではないか。時慶は天に向かってそう叫びたかった。

帝と准后の立場を考えれば、豊臣家を見捨てるわけにはいかない。だから前久は豊臣家と石田三成とを分離し、三成一人に責任を負わせて葬り去ることにしたのだ。

「朝廷を守り天下の無事を図るためのご英断です。私と勧修寺宰相とに、明日大坂城に下って勅命を伝えるようにとのご下命がありました」

「おのれ」

時慶は従者の刀を引き抜き、兼勝に斬りかかった。だが熟練の兼勝にたやすくかわされ、大きくたたらを踏んで前につんのめった。

「時慶卿、狂われたか」

「何が朝廷じゃ。何が御家門様じゃ」

時慶は右に左に刀をふり回しながら叫んだ。

「我身は常に風の当たらぬ所に置きながら、陰謀ばかりをめぐらす変節漢の巣窟《そうくつ》ではないか」

刀をあやつる力がないために、ふり回すたびに切っ先が足に当たり、噴き出した血が袴《はかま》を染めていく。だが時慶は小気味良げに血をながめ、自分の手足に刃をすべらせて切り刻みはじめた。

「身共は己れが忌《いま》わしい。この体に流れる陰謀家の血が忌わしい。こうして、こうして、こうして最期《さいご》の一滴まで……」

「時慶卿、やめられよ」

兼勝が飛びかかって刀を奪った。

時慶はけたたましい笑い声を上げ、血だらけの両手を月に向かって差し伸べると、気を失って真後ろに倒れた。

深夜正気にもどった時慶は、痛む腕で執念の筆をふるった。

八月十五日の『時慶卿記』に曰《いわ》く、

〈天下無事ノ義、禁裏仰《おほ》セ出《いだ》サレ候。広橋大納言、勧修寺宰相ノ両人、大坂へ明日差シ越エラルト〉

朝廷が図った「天下無事の義」とは、近衛前久が提唱した豊臣、石田分離策だった。このために石田三成は挙兵の大義名分を失い、滅亡への坂道を転げ落ちていく。関《せき》ヶ原《はら》の合戦の勝敗の行方は、この夜、事実上決定したのである。

# 第二十一章　岐阜城陥落

濃尾《のうび》平野は収穫の秋を間近にひかえていた。

たわわに実った稲穂が、広大な平野を黄金色の海と化している。一面に鬱金《うこん》染めの布でも敷きつめたような鮮やかな景色を切り裂き、長良川《ながらがわ》が青い空を映して南北にゆったりと流れていた。

大垣《おおがき》城を出た石田三成は、心地良い風に吹かれながら美濃路を東へと向かった。長良川を渡り、竹《たけ》ケ鼻《はな》城や岐阜城の身方に今後の作戦を説明するためである。

供はわずか十数騎だが、木曾川より西はすでに大坂方の軍勢で固めてあるので、道中には何の不安もなかった。

「殿、待たれよ」

横で馬を進める島左近が、長い腕を伸ばして道端の柿《かき》をもぎ取った。小粒だが沈みかけた夕陽《ゆうひ》のように赤く熟れている。

「ひとつ、いかがでござるか」

差し出された柿を三成は腰の布で丹念にふいた。

「相変わらず行儀がよろしゅうござるな」

左近は半ばあきれた笑い声をあげた。

「天下の大事を目前にひかえて、腹など下してはならぬからな」

実の締った柿をかじると、さくりとした歯応《はごた》えがあり、口の中にじんわりと甘味が広がっていく。

（戦の後には、ここでこうして柿を食べたことをどんな風に思い出すだろうか）

決戦の日が迫るにつれて、そんな感慨が脳裡《のうり》をよぎることが多くなっている。自分は今、織田信長に匹敵する偉大な道を歩き始めているという気持の高ぶりが、己れの一挙手一投足に何か特別な意味付けをなさしめようとするのだ。

戦機は次第に熟しつつあった。

七日前の八月十一日に三成が小西行長《こにしゆきなが》、島津義弘らとともに一万二千の軍勢をひきいて大垣城に入ると、福島正則、池田輝政ら東軍先鋒《せんぽう》は八月十四日に清洲《きよす》城に入った。その数およそ三万五千である。

大垣城と清洲城との距離はわずかに七里ばかりだが、間に長良川と木曾川が横たわって天然の要害をなしている。

木曾川を第一次の防衛線とする作戦を取った三成は、上流の犬山《いぬやま》城から竹ヶ鼻城まで川ぞいに軍勢を展開した。その要《かなめ》となるのが、織田秀信が拠《よ》る岐阜城だった。

三成の一行は墨俣《すのまた》の渡し船で長良川を渡り、竹ヶ鼻城に立ち寄った後、木曾川の河原《かわら》まで出た。

東軍の渡河が予想される起《おこし》の渡しには、すでに土居が築かれ逆茂《さかも》木《ぎ》と柵《さく》が植えられている。

「ここか上流の米野《こめの》じゃ」

東軍が渡河するとすればこの二ヵ所しかない。三成は木曾川ぞいにさかのぼりながらその思いを強くしていた。

二里ほど進むと木曾川は大きく右に曲がり、南北から東西に流れの向きを変える。曲がりに面した笠松《かさまつ》の宿から、さらに二里ほど上流にあるのが米野村だった。

このあたりでは川はいくつもの支流に分れ、広大な中洲《なかす》を形作っていた。広い所では十町（約千百メートル）もの幅があり、中洲には河田《こうだ》島《じま》、松原島《まつばらじま》など五ヵ村があった。

そのために川も浅く、流れもゆるやかで、徒歩でも渡れるほどである。また五つの村を結ぶ渡し場も数ヵ所にあり、岐阜城まで二里ほどしか離れていない。地元の地理に詳しい池田輝政や福島正則が、ここを見落とすはずがなかった。

三成もそれに備え、大垣城の軍勢の中から二千を割き、織田秀信の援軍として米野村一帯の守備にあたらせていた。

守備隊の本陣は中山道ぞいの新加納《しんかのう》村にあった。米野から一里ほど北に行った所で、岐阜城と犬山城とのちょうど中間にあたる。

宿場の旅籠《はたご》に置いた本陣では、柏原彦右衛門《かしわばらひこえもん》と川瀬左馬助《かわせさまのすけ》が出迎えた。石田家有数の猛将であるこの二人に、織田秀信の重臣木造具康《きづくりともやす》、百々《どど》綱家《つないえ》を加えてさっそく軍議となった。

「四日前に東軍の先鋒三万五千が清洲城に入ったことは、すでにお聞き及びでござろう」

島左近が絵図に描かれた清洲城を扇子の先で押さえた。

「敵は清洲城で徳川本隊の到着を待ち、関ヶ原を抜けて佐和山城を攻めるか、鈴鹿《すずか》峠を越えて近江に出るものと思われまする。これに対して我らは木曾川ぞいに守備陣を築き、水際で敵を殲滅《せんめつ》する策を取り申す」

三成がこの策を取ることに決したのは、野戦になることをさけたかったからだ。

何しろ家康は小牧《こまき》、長久手《ながくて》の戦で豊臣秀吉を破ったほどの野戦の名手であり、騎馬戦となれば馬の扱いに長《た》けた東国勢に利がある。また野戦において大敗すれば、東軍に寝返る者が続出しかねない。

そこで徳川家康が到着する前に木曾川に防衛線を築き、川をはさんでの消耗戦に持ち込む作戦を取ったのだ。

関東から長駆出陣してくる徳川勢は、長期戦になれば武器、弾薬や新手の補給が出来なくなる。これに対して大坂方は、大坂城に結集している後詰《ごづめ》の軍勢を次々にくり出すことが可能だった。

「ただ今上流の犬山城に二千、この米野に三千、竹ヶ鼻城に二千の兵を配し、岐阜城の織田勢六千、大垣城の一万二千を後詰に当てておりまするが、数日中には伊勢路《いせじ》に向かった身方が到着するはずでござる」

「伊勢路の身方はいかほどでござろうか」

木造具康がたずねた。信長以来織田家につかえた老臣で、主家を乗っ取った秀吉や三成に対して根強い反感を持っている。三成がわざわざ新加納をたずねたのも、具康の同意を取り付けておくためだった。

「宇喜多勢一万、毛利勢一万八千、そのほか鍋島勝茂《なべしまかつしげ》どの、長束正家どのなど総勢四万ほどでござる」

「到着はいつになりまするか」

「徳川方となった伊勢の諸城を攻め落として参りますゆえ、あと五、六日はかかりましょう」

「その間にこの城の軍勢が」

具康が節くれ立った太い指で清洲城を押さえた。

「一丸となって木曾川を打ち渡り、竹ヶ鼻か米野に攻め寄せてきたら、いかなる事に相成りますかな」

「岐阜城と大垣城から、後詰の軍勢をくり出す所存でござる」

「それではとても間に合うまい」

具康が馬鹿《ばか》にしたような薄笑いを、渋皮色に陽焼けした頬《ほお》に浮かべた。

確かに今のようにまばらな布陣では、三万五千の軍勢に急襲されれば防ぎようがないのである。

「おおせはもっともでござるが」

三成は頃合《ころあ》いをみて口を挟んだ。

「清洲城の軍勢はあと半月ばかりは動きますまい」

「家康どのがいまだ江戸におられるからでござる。たとえ今日発《た》たれたとしても、清洲に着くまでには十日はかかるはずじゃ」

「ほう、何ゆえかな」

「わしが福島どのや池田どのの身方をしておったとすれば、このような好機を見逃すのは大馬鹿者だと言うてやるところでござる」

具康は織田秀信が東西いずれにつくか去就に迷った時、徳川方につくべきだと強硬に主張した。だが秀信は尾張、美濃の二ヵ国を与えるという三成の誘いに乗って、大坂方の身方になったのである。

「清洲城の諸将とて、豊臣家に弓引くことを心から望んではおりますまい。それに大坂城には彼らの妻子を人質に取ってござる。家康どのの動きを見極めぬうちに戦を仕掛けて、人質を見殺しにするような真似《まね》をする者がどこにおりましょうや」

「なるほど。治部どのは女子供頼みで戦をなされるのじゃな」

「人質を取るは兵法の常道でござる。また諸将は豊臣家に背かぬことを誓って妻子を大坂に預けたものゆえ、違約があった時にはこれを誅《ちゅう》するは当然と心得まする」

三成は不快をおさえた低い声で理を説いた。具康は心底承服した様子ではなかったが、三成らの指示に従って動くことを誓った。

本陣を出た三成らは、大垣城に戻るべく中山道を西に向かった。河渡《ごうと》の渡しで長良川を渡り、呂久《ろく》の宿を過ぎた時、島左近が急にたづなを絞って馬を止めた。南に折れれば半里ほどで大垣城、このまま中山道を西に進めば赤坂《あかさか》、垂井《たるい》をへて関ヶ原へとつづいている。

「殿、今少し足を延ばしてみませぬか」

「曾根《そね》か」

三成はすぐに左近の意図を察した。

半里ばかり先にある曾根城には、島津兵庫頭義弘が千五百の兵とともに入っている。大垣城に入るようにとの三成の指示を拒み、独断で別行動を取っていた。

「このまま兵庫頭どのの勝手を許されては、他の大名衆への示しがつき申さぬ。また曾根に陣を敷かれたままでは、合戦となった時に背後を突かれるおそれがございましょう」

「そのような懸念は無用じゃ」

「伏見城では先陣を務められたとは申せ、もともとは徳川方に誼《よしみ》を通じておられた方でござる。墨俣か竹ヶ鼻の守りについていただくのが順当と存じまする」

「島津どのの心底は西洞院宰相が確かめておられる。案ずることはない」

戦勝の後には大納言に任ずるという時慶の申し出を入れて、義弘は大坂方に身方すると誓っている。今さら疑いをかけて不興を招くのは得策ではなかった。

「お気の弱いことでござるな」

「…………」

「全軍の指揮を取る者が配下に遠慮をしていては、とても戦に勝てるものではござらん。たとえ死地であろうとも、平然と行かせる度胸と自信を持ちなされ」

島津義弘は城内の馬場で三成らを迎えた。

六十六歳とは思えぬほどに頑健な体に黒糸おどしの鎧《よろい》をまとい、肩を張り両足を大きく開いて床几《しょうぎ》に腰を下ろしている。

背後には黒地に十文字を白抜きにした島津家の旗が林立していた。

「ご足労ではございますが、竹ヶ鼻と米野の守りを固めるためにも、墨俣城までご出馬あって睨《にら》みを効かせていただきとう存じます」

三成の申し出に、義弘はあからさまに眉《まゆ》をひそめた。

「要するに、わしが信じられぬということじゃな」

「島津どののご忠節は、すでに伏見城において拝見いたしております。決して左様なことではございませぬ。墨俣は古来戦略の要地ゆえ」

「皆まで言うな。わしとてそちを信用しておるわけではない。豊臣家にさしたる恩義があるとも思うておらぬ。ただ朝廷が豊臣家を支持しておられる以上、豊臣家のために弓を取るのが武士の本懐と思い定めたばかりじゃ。そちに我ら主従の命を預けるゆえ、見事に使い切ってみせい」

義弘は配下の武将を呼び集めると、即刻陣払いして墨俣城に移るように命じた。

戦場慣れした島津勢の無駄のない動きを見ながら、三成はふと深い淵《ふち》をのぞき込んだような不安を覚えた。自分がどれほど危うい足場に立っているか、改めて思い知らされたのである。

木曾川を防衛線とする石田三成の戦略は、東西両軍の構成や地の利を考えれば妥当なものと言うべきであろう。

また徳川本隊が到着するまでは清洲城の東軍先鋒は動かないと判断したことも、彼らが秀吉子飼いの大名であることや、妻子を人質に取っていることを考え合わせれば一概に責めることは出来ない。

特に人質は大きな強味になると考えていたようで、八月七日に常陸《ひたち》の佐竹義宣《さたけよしのぶ》にあてた書状には次のように記している。

〈日本国諸侍ノ妻子、悉《ことごと》ク大坂ニ占メ置キ候《さうらふ》間、此《この》段御心易《やす》カル可《べ》キ事〉

また八月六日に真田昌幸《まさゆき》にあてた書状には、東海道筋の大名や家康とともに会津に出陣している上方の大名たちが、秀吉の恩を忘れて秀頼に弓を引いたり、人質となっている妻子を見殺しにするはずがないと記している。

〈路次筋ノ面々、今度出陣候上方衆、イカニ内府次第ト申セドモ、廿年《にじふ》以来、太閤《たいかふ》様御恩ヲ、内府去年一年ノ懇切ニ相替へ、秀頼様ニ如在《じよさい》仕《つかまつ》リ、剰《あまつさ》へ大坂ニ妻子捨テ申スベキカ。其《その》上内府此中 各《おのおの》エサシテ懇《ねんごろ》モコレナシト承リ候〉

家康はこうした大名たちとさして親しくもないという最後の一文は、多分に希望的観測を混じえたものだろうが、前の二点については三成の確信となっていたのである。

ところが八月十九日に至って、三成が予想もしていなかった事態が起こった。清洲城の東軍諸将のもとに、江戸と都から相次いで使者が到着したのである。

江戸からの使者は村越茂助直吉《むらこしもすけなおよし》だった。

本多正純《ほんだまさずみ》とともに家康の側近として辣腕《らつわん》をふるう三十九歳になる官吏で、徳川本隊の到着を待たずに合戦を始めよという家康の命令をたずさえていた。

これは戦を始めてみせなければ信用ならぬと言うも同然で、福島正則以下豊臣恩顧の諸将は激怒した。

家康の軍監として清洲城に同行していた井伊直政《いいなおまさ》と本多忠勝《ただかつ》は、万一の時には腹を切って諸将の東軍からの離脱をくい止めようと、白帷子《かたびら》を着て直吉の側《そば》に控えていたというが、正則らとしてはそれくらいで腹の虫が納まるものではない。

家康の不実を言い立て、烈火のごとく三人を論難していたちょうどその時、都からの使者が到着した。

中院通勝が細川忠興に送った飛脚で、朝廷が「天下無事の義」を図ったと記した密書を持参していた。

もし密書を受け取ったのが福島正則や池田輝政ら槍《やり》一筋の武将だったら、朝廷の決断の意味が分らなかったかもしれない。

だが細川忠興は幽斎の嫡男《ちゃくなん》だけに、豊臣家と朝廷の関係を熟知していた。朝廷の意向が今後の戦にどんな影響をおよぼすかも、正確に見通していた。

しかし忠興も曲者《くせもの》である。

諸将の腹が家康に対する怒りで煮えくり返っている時に、大事の知らせを告げるような真似はしない。ひとまず腹ごしらえをと称して評定を中断させ、井伊直政と本多忠勝を別室に呼んで中院通勝からの報を伝えた。

「つまり、どういうことでござろうか」

事情にうとい二人は、朝廷の決定を聞いてもさしたる反応も示さなかった。

「豊臣家は関白《かんぱく》家であるゆえに、朝廷の意向に背くことは出来ませぬ。石田治部らは今後豊臣家からの支援を一切受けられなくなるということでござる」

「それは、つまり……」

「石田治部らを討ったとしても、朝廷や豊臣家に対する叛逆《はんぎゃく》とは見なさない。太閤殿下の御恩にそむくことにもならなければ、大坂城中の人質に危害が及ぶこともない。そういうことでござる」

忠興は嚙《か》んで含めるように言い聞かせると、このことを伝えるために福島正則、池田輝政、浅野《あさの》幸長《ゆきなが》、黒田《くろだ》長政《ながまさ》らを呼ぶように指示した。いずれも三成憎しの一念で徳川方についた秀吉子飼いの武将たちである。

御恩と人質という懸念が同時に解消したのだから、彼らは忠興の話に狂喜した。今し方までの家康への怒りなどけろりと忘れ、岐阜城攻めにかかることに一決したのである。

細川忠興が戦後豊前《ぶぜん》四十万石の太守に抜擢《ばってき》されたのは、この日の働きによると言っても過言ではない。だがその忠興でさえ、幽斎が天下を睨んだ計略をめぐらし、着々と実行に移しつつあろうとは夢にも思っていなかったのである。

翌二十日、清洲城で軍議を開いた東軍先鋒部隊は、大手と搦手《からめて》から岐阜城を攻めることにした。

福島正則、細川忠興、黒田長政、藤堂高虎《とうどうたかとら》ら一万七千は、起《おこし》の渡しを越えて竹ヶ鼻城を攻め落とし、城下大手口から攻めかかる。

池田輝政、浅野幸長、山内一豊《やまのうちかずとよ》、有馬豊氏《ありまとようじ》ら一万五千は、河田の渡しから米野へと進み、搦手口に回ると決し、二十二日の出陣を待った。

しかも木曾川ぞいにまばらに展開した大坂方の布陣を見ると、二十二日に犬山城に攻めかかるという虚報を流し、三千の兵を分けて犬山城に向かわせた。

新加納村に本陣を置いていた織田、石田連合軍は、この陽動作戦にまんまと引っかかったのである。

八月二十一日の大坂方の布陣を、木曾川の上流から順に記すと次の通りになる。

中屋村《なかやや》　木造具康　二千人
新加納村　佐藤方秀《さとうかたひで》　千三百人
米野村　百々綱家　千五百人
伏屋村《ふしやむら》　柏原彦右衛門　二千人
川手村《かわてむら》　織田秀信　千七百人

総勢八千五百人だが、そのうち四千八百人を米野村より東に配しているのは、東軍が犬山城を攻めると信じていたからだ。

またこの前日には、稲葉貞通《いなばさだみち》、加藤貞泰《かとうさだやす》、竹中重門《たけなかしげかど》ら地元の大名たちを、犬山城の加勢に向かわせている。

これを見た清洲城の搦手軍は、八月二十二日の卯《う》の刻(午前六時)から池田輝政を先鋒として木曾川の渡河にかかった。

河田の渡しから河田島、渡り島、笠田《かさだ》という中洲の村に押し渡り、一丸となって米野村に攻め込んだのである。

先にも記したように、このあたりは木曾川が多くの支流に分れ、歩いて渡れるほどの深さしかない。そのために米野村の百々綱家軍は、十倍の敵の正面からの攻撃にさらされることになった。

同じ卯の刻、清洲城を出発した福島正則を先鋒とする大手軍一万七千は、起の渡しを渡ろうとした。

ところが竹ヶ鼻城の守備兵が、河原に巡らした柵の後方から大筒《おおづつ》を撃ちかけたために、半里ほど下流の加賀野井《かがのい》村で船筏《ふないかだ》を作って川を渡った。

竹ヶ鼻城の城主杉浦五郎左衛門《すぎうらごろうざえもん》は城に立て籠《こも》って防戦しようとしたが、十倍近い敵におそれをなした毛利掃部《かもん》、梶川三十郎《かじかわさんじゅうろう》、花村半左衛門《はなむらはんざえもん》が福島正則に和を乞《こ》い、二の丸城門を開けて東軍を引き入れた。

それでも本丸にいた杉浦以下の城兵は屈せず、巳《み》の刻（午前十時）から申《さる》の刻（午後四時）まで戦い抜き、全員討ち死にした。

その夜竹ヶ鼻城の近くの太郎堤《たろうつつみ》に布陣した正則らのもとに、搦手軍が米野一帯の敵を敗走させたという報が届いた。

このままでは池田輝政に岐阜城一番乗りの功を奪われることを恐れた正則は、亥《い》の刻（午後十時）に配下の兵三千に出陣を命じ、五里の夜道を駆け通して、翌二十三日の寅《とら》の刻（午前四時）から城攻めにかかった。

しかも池田輝政の軍勢が上加納《かみかのう》村から岐阜城下に進攻するのを見ると、沿道の民家に火を放って行手をはばんだ。

これは福島勢を一番手とするという約定を池田輝政が破ったからだと言われているが、一番乗りの手柄を奪われたくなかったというのが正則の本心である。

当時の記録にも、放火したのは〈昨日池田輝政ガ戦功莫大《ばくだい》ナルヲ憎ミテ〉のことだと明記してある。

朝廷と豊臣家が石田三成らを見限ったという知らせによって、東軍の誰《だれ》もがこの戦は徳川方の勝ちだと確信した。そのために戦後の恩賞目当てに、身方同士で形振《なりふ》り構わぬ手柄争いを始めたのである。

明け方のまどろみの中で、石田三成は夢を見ていた。

伏見城本丸奥御殿の一室に伏している淀《よど》殿を、秀吉が見舞っている。鮮やかな緋色《ひいろ》の能衣裳《いしょう》を着た秀吉は、顎《あご》の付け髭《ひげ》をゆらしながら一昼夜も眠りからさめぬ淀殿の顔を心配気にのぞき込む。

側には生後三ヵ月ばかりになった秀頼が、黒い瞳《ひとみ》を開いてじっと天井を見つめている。丸々と太った子で、血色のいい頰は餅《もち》のふくらみのようだ。

「おお、お拾《ひろい》、そなたはええ子じゃ」

秀吉は黒ずんで節くれ立った指で秀頼の頰をなでると、外に控えた三成に淀殿の容体がよくなったら知らせるように命じて立ち去ってゆく。

秀吉のせわしない足音が遠ざかるのを待っていたように、淀殿が目を開いた。長い睫毛《まつげ》におおわれた目には冷たく凝結した憎しみが張りつめ、豊かな胸の形にふくらんだ夜着が、荒い息づかいとともに上下する。

「治部、拾の頰をぬぐいなさい」

淀殿が怒りを抑えた低い声で命じた。

「あれは父と母を殺し、幼い弟を串刺《くしざ》しにした男です。人殺しの汚れた臭《にお》いを、拾に移してはなりませぬ」

一瞬ためらった後で、三成は秀頼の側に寄って頬をぬぐう真似をする。断われば癇《かん》の強い淀殿が苛立《いらだ》ちの叫びを上げることが分っているからだ。

秀頼は聡明《そうめい》そうな黒く澄んだ目を向けると、口をかすかに開けてにこりと笑う。この子を守るために命を張ろう。そう思わせずにはおかない笑顔である。

「拾はあの男の子供ではありません」

淀殿は平然と言い放つと、秀頼を抱き起こして乳をふくませる。

「あの男が伯父上《おじうえ》からかすめ取った天下を、わたくしは拾を産むことで取り返したのです。愚かな男どもが何十万もの人間を殺して成し遂げることを、女子《おなご》はたった一人の子を産むことで出来るのですよ」

淀殿は張りのある乳房を秀頼の口に押し付け、うつむいたまま忍び笑いをもらす。肩をふるわせ額から垂れた黒髪をゆすり、喉《のど》の奥で声をかみ殺して笑っている。

狂気じみた笑い声は次第に大きくなり、やがて身を切り裂くような絶叫へと変わってゆく――。

三成は背筋にぞくりと寒気を覚えて目をさました。手足は冷えきっているのに、額や首筋にべっとりと汗をかいている。

床の間の明り障子はうっすらと白いが、あたりはまだ寝静まっていた。

「いやな夢だ」

三成はひとりごちて夜着の袖《そで》で首筋の汗をぬぐった。

大坂方との対決が明らかになった頃から、徳川方は秀頼が秀吉の子ではないという噂《うわさ》を方々にばらまいた。豊臣方の結束を崩すための中傷だが、噂は驚くべき速さで人々の心に浸透していったのである。

こうした噂は、長子鶴松《つるまつ》が生まれた頃からあった。当時日本に滞在していた宣教師ルイス・フロイスは次のように書き留めている。

〈彼（秀吉）には唯一人の息子がいるだけであったが、多くの者は、もとより彼には子種がなく、子供をつくる体質を欠いているから、あれは彼の子供ではないと密《ひそ》かに信じていた〉（『日本史』）

人々の心の奥底にあるこうした疑いを、徳川方はあらゆる手段を使ってあおり立てたのだ。大野治長《おおのはるなが》や石田三成の子であるという説までが、まことしやかにささやかれた。

武士にあるまじき卑劣な行いだが、この作戦は絶大な効果をあげた。

秀頼が秀吉の子ではないとすれば、秀吉の御恩に報いるために豊臣家を守らなければならぬという三成らの大義名分は一挙に崩れる。まして秀頼が三成の子だとすれば、三成の呼びかけに応じて挙兵するのは愚の骨頂ではないか。そんな意識が諸大名の心の奥に芽生えたからだ。

誰もが頭ではそうしたことはあるまいと考える。だが人が頭だけでは生きていないように、こうした疑いは心の奥深い所に黴《かび》のように住みつき、次第次第に人の意識を縛っていくのである。

しかもこうした噂は打ち消しようがなかった。秀頼が秀吉の子であるという明確な証拠を天下に向かって示すことは出来ないからだ。

また強権によって噂を取り締ろうとしても、人の口に戸は立てられないという結果に終わるばかりである。むしろ取り締れば取り締るほど、噂の真実性を裏付けるような結果になりかねなかった。

実を言えば、三成自身も半信半疑の状態だった。

淀殿が誰かと密通するようなことは絶対にない。だが秀吉に子種がなかったことも、本妻の北政所や十数人もいた側室たちに一人も子が出来なかったことを見れば事実と言わざるを得ないのだ。

ではどうして淀殿にだけ二度も子が出来たのか？

考えられる唯一の可能性は、秀吉自身が承知して誰かを淀殿の寝屋に送り込んだということだ。

そんな馬鹿なと、余人は言うかもしれない。

だが淀殿に対する秀吉の溺愛《できあい》ぶりを知っている三成には、さして不自然なこととも思えなかった。

淀殿に子を産ませて天下を引き渡すことが、父浅井長政《ながまさ》や母お市《いち》の方を殺したことや、織田家から天下の権を奪い取ったことに対する贖罪《しょくざい》である。秀吉がそう考えたとしても不思議はなかった。

しかしそうは言っても、割り切れない思いは厳然として残る。

淀殿を信頼しているはずの自分までがこんな夢に悩まされるのは、徳川方の策に落ちたも同じだけに、後味の悪さが首筋の汗のように心にへばりついていた。

「殿」

鎧姿の島左近が静かに襖《ふすま》を開けた。

「清洲城の敵が木曾川に攻め寄せております。仕度をお急ぎ下され」

「動いたのは誰じゃ。福島か黒田か」

「二手に分れて総攻撃に出たようでござる。米野と竹ヶ鼻から相ついで救援を求める使者が到着いたしました」

「徳川本隊の到着を待たずに、何ゆえ総攻撃など……」

三成はまだ悪夢のつづきをさまよっているような気がした。

「敵は総勢三万五千、大手と搦手から岐阜城に攻め寄せるものと見えまする。急ぎご出陣のご下知を」

三成は大垣城に入って以来、鎧直垂《よろいひたたれ》を着たまま寝ている。その上に籠手《こて》と脛当《すねあ》てをつけて大広間に出ると、すでに全軍の出陣の仕度は整っていた。

米野の兵は八千五百、竹ヶ鼻城は二千に過ぎない。他には墨俣に島津軍千五百。大垣城には石田三成、小西行長らの軍勢一万二千ばかりで、今からでは東軍三万五千にはとても太刀《たち》打ち出来ない。

やむなく竹ヶ鼻城は見殺しと決し、米野の織田軍を支援するために河渡に向かった。

一万弱の軍勢が大垣城を出陣したのは辰《たつ》の刻（午前八時）、揖斐《いび》川を渡って呂久の宿に着いたのは巳の刻（午前十時）を過ぎていた。

ところがこの時すでに、米野の織田軍は池田輝政を先鋒とする東軍に打ち破られ、岐阜城に敗走していた。竹ヶ鼻城の杉浦五郎左衛門の手勢ばかりが奮戦しているという報が届いたが、今からではどうしようもない。

結局三成は家臣の舞兵庫《まいひょうご》に二千の兵を付けて河渡の守りを固めさせたばかりで、その夜は呂久の宿に野営することにした。

米野と竹ヶ鼻に布陣した東軍が岐阜城を攻めるのか、それとも長良川を渡って大垣城に攻めかかるのか。

いずれの策を取ることも可能なだけに、河渡と墨俣、大垣城の中間に位置する呂久に布陣して様子を見る他はなかったのである。

だが、これではどこで異変があったとしても後手に回ることになる。徳川本隊が到着するまでは東軍は動かないという三成の読みちがいが、木曾川の防衛線をあっけなく破られ、死地に等しい立場に追い込まれる結果を招いたのだ。

「分らぬ。あの者たちは、何ゆえ動いたのじゃ」

三成は床几に腰を下ろしたまま、何度となくそう呟《つぶや》いた。

たとえ東軍が岐阜城を落とし、大垣城まで攻め落としたとしても、大坂方に勝ったことにはならない。三成らは佐和山城まで防衛線を下げ、畿内の軍勢と合流して迎え討てばいいからだ。

一方大坂方に対して戦を仕掛ければ、東軍先鋒の大名の妻子はことごとく殺されることになる。秀吉子飼いの大名たちは、骨身に徹してそのことを知っているはずだ。

（なのに何ゆえ徳川方の動向も確かめぬうちに動いたのか……）

敵の動きに即応するために一睡もしないまま、三成は闇《やみ》を見据えて考え込んだ。

八月二十三日の早朝、竹ヶ鼻城の福島正則の軍勢五千が岐阜城攻めにかかったという報が届いた。

夜間行軍して城の大手口へ急いだ福島軍に引きずられて、細川忠興、浅野幸長らの軍勢が城攻めに加わったという。

三成はかえってほっとした。もっとも危惧《きぐ》していたのは、竹ヶ鼻城の軍勢が長良川を渡って大垣城を攻めることだった。

大垣城には二千の軍勢を残しているばかりなので、城を攻められれば呂久の本隊は救援に引き返さざるを得なくなる。そこを池田輝政らの軍勢に背後から襲われたなら、大坂方は全滅するおそれがあった。

「岐阜城はどうじゃ。何日持ちこたえられる」

側に控えた島左近にたずねた。

「河渡の渡しから兵を出して敵の後方を攪乱《かくらん》しつづければ、四、五日は支えきれるものと存じます」

　米野の戦で敗退したとはいえ、岐阜城にはまだ四、五千の兵が立て籠っている。たとえ数倍の敵とはいえ、織田信長が築いた堅牢《けんろう》な城だけに易々《やすやす》と落ちるはずがなかった。

「ならば全軍を河渡まで進め、機を見て敵の後方を攻めよ」

「全軍でござるか?」

「大垣城には今夕、宇喜多秀家どのが一万の軍勢をひきいて入城なされる。たとえ我らが戻らなかったとしても、案ずるには及ばぬ」

　三成は東軍が動いたという報を得た直後に、伊勢の安濃津《あのつ》城を包囲している宇喜多秀家に急使を送って大垣城に駆け付けるように要請していた。

「毛利、吉川《きつかわ》勢も明後日には到着しよう。岐阜城を一両日守り通せば、敵を一挙に叩《たた》き潰《つぶ》すことが出来る」

「承知いたしてござる」

　左近が勇んで引き下がった。

　小西行長、島津義弘の了解を得て全軍出陣しようとした矢先に、大坂城からの使者が増田長盛の密書を届けた。

「内々にご披見いただくようにとのお申し付けでございます」

本陣とした旅籠の一室で、三成は長盛の書状に目を通した。

八月十六日に広橋大納言と勧修寺宰相《かじゆうじ》が勅使として大坂城を訪ね、このたびの天下の争乱には豊臣家は埒外《らちがい》に立つようにとの勅命を伝えた。

八月二十一日には中院通勝らが再び勅使として大坂城を訪ね、田辺城の細川幽斎への攻撃を中止せよと伝えた。

豊臣家としてこれにどう対応するか連日評定を開いて検討しているが、関白家としては勅命にそむくことは出来ないという意見が大勢を占めている。

長盛の書状にはそう記されていた。

三成は最初、書かれていることの意味が分らなかった。

あまりに意外な知らせだったせいか、字面《じづら》は読めているのにまるで異国の言葉のように意味がつかめない。二度三度と目をこらして読み返すうちに、ようやくすべてが見えてきた。

要は身方と頼んだ西洞院時慶が、朝廷内の争いに敗れたということだ。古今伝授を武器にして智仁親王を身方に引き入れた細川幽斎が、土壇場で朝廷の方針を引っくり返したのである。

だが豊臣家をつぶしては朝廷も大きな後ろ楯《だて》を失うだけに、東西どちらが勝ったとしても主家の地位を保てるように中立の立場を取れと命じたのだ。

そこまで考えて、三成はようやく清洲城の東軍先鋒が動いた理由が分った。八月十六日に勅使を下したことを、公卿《くぎょう》の誰かが清洲城に伝えたのだ。

（ということは、朝廷では豊臣家が勅命に応じると確信しているのだ）

三成は我知らず部屋を左右に歩き回った。

不思議と怒りや哀《かな》しみの感情は動かない。ただ頭の中が真っ白になって、「このままでは敗《ま》ける、このままでは敗ける」という言葉ばかりが早鐘のように鳴り響いていた。

それにしても、増田長盛はどうして八月十六日に勅命が下ったことを知らせなかったのか。清洲城より先にそのことが分っていれば、岐阜城の織田勢には初手から籠城《ろうじょう》策を取らせたものを。

（長盛どのもこの三成を見限られたか、それとも……）

絶望にうつろになった胸に、ふいに淀殿の面影がうかんだ。悪夢のつづきではない。佐和山城に蟄居《ちっきょ》している頃に木像に刻んだ慈母観音のような姿だった。

「殿、河渡からの急使でござる」

左近が敷居際に立って告げた。黒田長政、藤堂高虎、田中吉政《たなかよしまさ》らの軍勢七千ばかりが、河渡の渡しに攻め寄せているという。

「至急救援をと矢の催促でござる。急ぎ出陣をお命じ下され」

「出陣は取りやめじゃ」

「馬鹿な。敵は目前に迫っておりまするぞ」

「理由は後じゃ。全軍大垣城に退《ひ》くと、小西どの、島津どのに伝えい」

豊臣家が勅命に従って中立の立場を取れば、三成らは孤立し、捨て殺しにされるだろう。豊臣家の方針を元に戻すまでは、これ以上兵を損じることは出来なかった。

島左近から退却命令を聞いた島津義弘は、面長の顔を怒りに赤くして乗り込んできた。

「退却せよと聞いたが、貴公の存念をうけたまわりたい」

言葉こそ丁重だが、返答によってはただではおかぬという殺気がみなぎっている。

「敵はすでに河渡の渡しに攻めかかっておる。全軍出陣と触れておきながら、何ゆえ急に退却する」

「岐阜城中に内応者が出たとの知らせがござった。おそらく城は数刻のうちに落ちるものと存じます」

「それは、まことか」

「城にこもった柏原彦右衛門からの知らせでござる。間違いはございませぬ」

嘘《うそ》である。だが朝廷の勅命が下ったことを明かせば、大坂方の大名は我先にと領国に引き上げかねない。こうした方便でも用いて納得させる以外に方法がなかった。

「ならば河渡と墨俣の守りを固めるべきであろう。今退却すれば河渡の身方を見殺しにし、墨俣の我軍を敵中に孤立させることになるではないか」

義弘は甥《おい》の島津豊久《とよひさ》に千五百の兵をつけて墨俣の守りにつかせている。河渡の敵が一気に大垣城をつけば、退路を絶たれるおそれがあった。

「岐阜城が落ちた後では、退却もままならなくなりましょう。ここはひとまず大垣城にひいて、伊勢路の身方を待つほかはございませぬ」

「おのれは島津の将兵を捨て殺しにすると申すか」

「陣の周りに旗差し物を立て回し、在陣しているごとく見せかけなされ」

「今からでは間に合わぬ」

「それがしも河渡に二千の兵を出しております。間に合わなければ、敵中を切り抜けて大垣城まで戻られるがよい」

「何じゃと」

義弘の目が怒りにぎろりと吊《つ》り上がった。

「貴殿は先日、我ら主従の命を使い切ってみせよと申された。その覚悟のほどを今こそ見せていただきたい」

こんなことを言うつもりはなかった。だが真実を話せぬ苦しさと、事は一刻を争うという焦りから、反射的に高圧的な態度をとったのである。

呂久の全軍が退却を終えて間もなく、金華山《きんかざん》の頂上で爆発音があがり火柱が立った。敵が岐阜城の煙硝庫に火を放ったのだ。皮肉なことに城は数刻で落ちるという三成の嘘が現実となったのだった。

その夜、伊勢から宇喜多秀家が一万の兵を率いて大垣城に駆け付けた。秀家は赤坂に布陣した東軍先鋒に夜襲をかけるべきだと主張したが、三成は身方の到着を待つべきだと主張してこの策をしりぞけた。

大坂城に出向いて勅命をくつがえさないうちは、動けば動くほど幽斎の罠《わな》にはまるばかりだった。

八月二十三日に岐阜城を落とされたことは、関ヶ原の合戦で大坂方が大敗した大きな要因とされている。

木曾川を第一次の防衛線とする戦略が崩れ、大垣城の真北にあたる赤坂まで東軍の進出を許したために、美濃、尾張の大半を東軍に制圧されることになったからだ。

また難攻不落と言われた岐阜城をわずか一日で落とされたことで、大坂方の士気は完全に沈滞した。戦となればやはり東軍は強いという印象を誰もが持ち、石田三成に対する信頼は大きく損なわれた。

その上三成は、墨俣の島津軍を見捨てる形で呂久から撤退したために、島津義弘との間に決定的なしこりを残した。関ヶ原の合戦当日に島津軍が三成に協力しなかったのは、この日のことが原因だと評されているほどだ。

二十三日の夜に一万の軍勢をひきいて大垣城に駆け付けた宇喜多秀家が、赤坂に野営している東軍に夜襲をかけるべきだと主張したのは、こうした不穏な空気を一掃するためだった。

この夜赤坂に布陣したのは黒田長政、藤堂高虎、田中吉政らの軍勢一万五千ばかりである。彼らは早朝からの戦に疲れている上に、陣構えも充分ではない。

これに対して大垣城には二万五千の無傷の軍勢がいるのだ。

敵が疲れに深々と寝入った頃を見計らって夜襲をかければ、一気に殲滅《せんめつ》することが出来る。最悪の場合でも敵を長良川の東岸にまで追い戻し、長良川を防衛線とする戦略を再構築することが出来る。

宇喜多秀家はそう主張した。おそらく合戦の経験豊富な武将なら十人中十人がこの策を取っただろうが、三成は頑として許さなかった。

「天下を争う戦に、夜討ちなどは用いないものだ」

そう言ったと多くの史書は伝えている。

このことが三成の武将としての器量が劣ることの証拠のように取り沙汰《ざた》されるが、その背後には朝廷の方針変更という隠された事情があった。

それにしても、八月十六日に広橋兼勝と勧修寺晴豊《はれとよ》が下向したことを、大坂城の増田長盛らはどうしてすぐに大垣城に伝えなかったのだろう。

三成が切歯して悔んだように、もしその知らせを清洲城の東軍より早く入手していれば、これほどたやすく木曾川の防衛線を破られることはなかったはずだ。

原因は朝廷にあった。

近衛前久と中院通勝が、勅使下向の知らせが三成のもとに届くのを遅らせるように工作したのである。

細工は簡単だった。

勅使を二度に分け、豊臣家に勅命の真意が伝わるのを遅らせたのだ。

八月十六日に送った勅使には、天下の無事を図るために豊臣家は戦の埒外に立つようにとだけ伝えさせ、詳細については後日再び勅命が下されると告げた。

これでは朝廷の考えが奈辺《なへん》にあるのか分らない。淀殿はじめ豊臣家の重臣たちが首を長くして次の知らせを待つところに、中院通勝が勅使として下向したのである。

〈也足軒富小路八条殿ノ甚介ハ大坂徳善院へ丹後国 拵《こしらへ》ノ義ニ越エラレ候《さうらふ》〉

八月二十一日の『時慶卿記』はそう伝えている。

この日の夕方、大坂城を訪ねた通勝は、徳善院前田玄以に対してはっきりと朝廷が徳川家支持に回ったことと、豊臣、石田分離策を伝えた。

その上で細川幽斎が立て籠る丹後の田辺城への攻撃を中止し、和議の交渉に入るように命じたのである。

増田長盛がこの事実を知ったのは、八月二十二日の戦評定の席でのことだ。事の重大さに仰天して三成のもとに急使を送ったものの、すでに手遅れだった。

一方の罪は西洞院時慶にもあった。

三成から朝廷工作を依頼された時慶には、八月十五日に朝廷の方針が変更されたことを大垣城に知らせる義務があった。ところが近衛前久に政治向きのことには関《かか》わるなと鋭く釘《くぎ》を刺されたために、その意向にそむいてまで使者を送る勇気がなかったのだ。

岐阜城が落ちた八月二十三日の午後、中院通勝、大石甚助らの一行は、田辺城の一里ほど南に広がる九文明の村に入った。細川幽斎に和議の勅命を伝えるためである。三十人ほどの供の中には、石堂多門と夢丸の姿もあった。

通勝は玄以の次男前田茂勝の本陣を訪ね、勅命によって入城する旨を伝えた。玄以からの早馬で知らせを受けていた茂勝は、城を包囲した大名たちに軍勢を本陣まで退却させるように命じ、大手口へつづく道を掃き清めていた。

道の両側には鎧をみがき上げ、槍を手にした兵たちが警固に当たっている。

「それでは参ろうか」

通勝は狩衣《かりぎぬ》姿で白馬にまたがっている。裃《かみしも》を着た茂勝が、自ら馬の轡《くつわ》を取って城まで案内した。

多門は最後列を歩きながら、あたりの様子を見回した。

二十日ほど前に出てきた時より城はかなり痛手を受けている。大手門の屋根の一部が大砲の砲撃で吹き飛ばされ、多聞櫓《たもんやぐら》の数ヵ所に穴が開いていた。

城の東側に伊佐津川が流れ、二ツ橋がかかっている。その橋と城との真ん中あたりに、高さ十間《けん》(約十八メートル)ばかりもある巨大な井楼《せいろう》が築かれていた。

大坂方は火の見櫓のような形をした井楼から城内をのぞき込み、弱点を狙《ねら》って大筒を撃ち込んでいたのである。

一行が大手門前の杉の馬場口にさしかかった時、突然鉄砲のつるべ撃ちが起こった。警固の兵の外側に控えていた黒ずくめの鎧をまとった一団が、百挺《ちょう》ばかりの鉄砲を空に向けていっせいに放ったのである。

驚きに恐慌をきたした白馬は、非力な茂勝を突き飛ばして轡の手をふりほどき、前足を高々とふり上げて棹立《さおだ》ちになった。

並の公家《くげ》なら鞍《くら》からふり落とされ、地面に叩きつけられたはずである。だが通勝は大きくたづなを引き絞り、四、五拍の間白馬を空中で静止させ、その場にぴたりと着地させた。驚いたことに馬の動揺も静まっている。

「蒲生どの、無礼であろう」

茂勝が黒ずくめの兵たちの中央に立つ蒲生源兵衛にくってかかった。

「勅使に対し鉄砲を放たれるは、いかなるご存念じゃ」

「南蛮人どもの祝儀の作法にならって、空砲を撃たせたのでござる」

源兵衛は兜《かぶと》の目庇《まびさし》を低く下げたまま答えた。

「警固の者以外は本陣に待機するように命じてあるではないか」

「戦場にありながら空砲かどうかの見極めもつかぬ者に、勅使の警固をまかせてはおけませぬのでな」

源兵衛は平然とうそぶいた。

面目を失った若い茂勝は、何かを言い返そうと力みかえったが、武将としての力量の差が歴然としているだけに二の句がつげない。通勝に先を急ぐようにうながされると、ほっとしたように歩き始めた。

「戦はこれからじゃ。心しておけ」

源兵衛が聞こえよがしに呟いた。

桝形《ますがた》の田辺城大手門を入ると、幽斎はじめ城内の者たちが総出で出迎えた。

一ヵ月におよぶ籠城のために、服も鎧も汗と血と泥にまみれて異臭を放ち、疲労と栄養不足に頬の肉はそげ落ちている。だが戦の先行きに何の不安も覚えていないことは、目の輝きに表われていた。

「このたびは帝《みかど》の使者として参りました」

通勝が馬を下りて幽斎に歩み寄った。

「遠路大儀でございました。奥御殿に湯の用意がございます。まずは汗とほこりを流しておくつろぎ下され」

幽斎は他の兵と同じように汗まみれの鎧を着ていた。籠城の兵にとって水は命綱なので、風呂《ふろ》に入るような贅沢《ぜいたく》は出来ない。それだけに湯の用意は何物にも勝る馳走《ちそう》だった。

「そなたらの分は一如院に用意してある。後ほど都での手柄話など、ゆっくりと聞かせてくれ」

炎にあぶられて黒ずんだ多門の頰を軽くなでると、幽斎は通勝を追って本丸へと入って行った。

通勝と幽斎の対面は、奥御殿の大広間で行われた。前田茂勝も大坂方の和議の使者として同席していた。

「慎んで帝のお言葉をお伝えいたします」

通勝は束帯に着替えている。二位法印の位を朝廷から与えられている幽斎は、墨染めの衣に木蘭《もくらん》の袈裟《けさ》という姿である。

「今度田辺籠城につき、細川幽斎討ち死にこれあるにおいては、本朝の神道奥儀《おうぎ》、和歌の秘密永く絶えて神国の掟《おきて》も空《むな》しかるべし。双方すみやかに和議を取り結び、幽斎を城外に退去せしめ、古今伝授を禁裡《きんり》に伝えしめよ。以上の通り勅命が下されました」

通勝が勅命を記した奉書を幽斎に向けてかざした。

「豊臣家ではすでに勅命に従うことに決し、前田どのを使者としてつかわしております。二位法印どのにも相応のご決断をいただきたい」

「まことに恐れ多きことながら、和議の儀については平にご容赦いただきとう存じます」

幽斎が両手をついて言上した。

「何ゆえか、子細を申されよ」

「それがしは倅《せがれ》よりこの城の留守役をおおせつかっております。ひとたび留守役を引き受けたからには、いかなる大軍に攻められようとも城を守り抜き、城と運命を共にするのが武士たる者の作法でございます。大坂方の軍勢に囲まれて城を明け渡したとあっては、内府さまに従って東国に出陣中の倅にいかような迷惑が及ぶやもしれませぬ。武士道のため、かつは倅と細川家の行末のため、老い先短い命をこの城で散らす所存にございます」

「細川どの、勅命でござるぞ」

茂勝が鋭くたしなめた。一月にも及ぶ攻城戦に疲れ果てた茂勝は、一刻も早く和議を結んで帰国したがっていた。

「いかに勅命とは申せ、城を明け渡したとあれば、腹を切って倅に詫《わ》びるより他はござらん。同じ死ぬなら、武士としての道をまっとうし、後の世に名を残しとうござる」

「承知いたしました。さっそく都に戻り、その旨奏上いたしまする」

通勝が引き下がり、和議の談判は不成立に終わった。

「身にあまるご配慮をたまわりながら、心苦しい限りでござる。茶など点じますゆえ、也足軒さまには別室へお移りいただきとう存じます」

幽斎は通勝だけを茶室に招き、二人だけの密談に入った。

「あそこも哀れなことになりましたね」

通勝が茶室の明り障子を開けて、屋根が吹き飛ばされた也足櫓をながめた。櫓の下の喜瓢庵で、通勝は十九年間過ごしたのである。

「敵はこの十日ばかり、三百匁《もんめ》の大筒を撃ちかけてきたのでな。和議の勅命がもう四、五日遅れていれば、この城も伏見城と同じ道をたどったであろうよ」

幽斎は弟子に対する口調に戻って、軽やかな手つきで茶をたてはじめた。

「あれだけの軍勢に攻められて、この平城でよく一月も持ちこたえたものです。後々までの語り草になりますよ」

「そなたを勅使として下されたということは、龍山公はわしの申し入れを承諾なされたと見てよいのであろうな」

「今のところ六分勝ちというところでしょう」

通勝が束帯の袖を払って席についた。

「ほう、四分も勝ち残したか」

「帝や准后《じゅごう》さまと豊臣家との長年の結び付きを思えば、急に徳川家支持には回れぬと龍山公は申されました。それゆえこたびの戦は内府さまと石田治部との豊臣家内での争いという扱いとし、秀頼公や淀殿には中立を保つように申し付けられたのです」

「さすがに世慣れたお方よの」

幽斎が渋い表情をして茶を差し出した。通勝はゆっくりとした動作で茶碗《ちゃわん》を取り、しばし目を細めて香りを楽しんだ。

「朝廷が徳川方を支持すれば、内府さまの勝ちは疑いありますまい。しかし豊臣家が総力をあげて決戦にのぞめば、国を二分した大戦《おおいくさ》となりましょう。それでは我国の力を疲弊させ、南蛮人どもに付け入る隙《すき》を与えることになりかねませぬ。また内府さまが一人勝ちに勝たれたなら、朝廷としても扱いに手を焼くこととなりましょう」

「すると、わしの申し入れに対してはどのような返答があったのじゃ」

「細川忠隆どのを当主として新家を立てることにも、連判状に署名血判した大名たちを家臣とすることにも異存はない。新家は足利の家名に復し、太政《だじょう》大臣家の格式をもって朝廷に仕えるがよいと申されました」

足利三代将軍義満《よしみつ》は、将軍を辞した後に太政大臣に任じられた。幽斎は十二代将軍義晴の実子なのだから、細川新家が足利家を名乗って太政大臣家の格式を与えられることには何の不都合もないのである。

「朝廷の管領《かんれい》家には、任じていただけるのであろうな」

「連判大名の所領はいったん皇室領として召し上げ、しかる後に管領家に預け置かれるという形になります」

「当家に不都合があった場合は召し上げるということか」

「皇室領にしておけば、内府さまが天下の権を握られた後にも安泰でございましょう」

「双刃《もろは》の剣じゃが、いたし方あるまい」

「皇室領となれば、年貢のうちのいくばくかを朝廷に納めていただくことになりますが」

「いかほどご所望じゃ」

「百万石のうち十五万石分、毎年春と秋の二度に分けて銭納していただきたいと」

「濡《ぬ》れ手に粟《あわ》の十五万石か」

かつては日本全国に分布していた皇室所領も、戦国大名たちに次々と奪い取られ、今では有名無実と化している。織田信長が押し進めた楽市楽座《らくいちらくざ》によって市や座からの上納金も途絶えた朝廷にとって、十五万石分の現金収入は大きな魅力にちがいなかった。

ちなみに江戸時代に幕府が安堵《あんど》した皇室所領は、三万石というのが定説である。五公五民の配分比率だとしても、実質収入は一万五千石。近衛前久の申し出は、この十倍にも当たっていた。

「ご不満でございましょうか」

「十五万石分の銭納ということは、三十万石の所領を寄こせというのと同じじゃ。何ひとつ苦労もせずにな」

「朝廷には他に守り通さねばならぬものがございます。幽斎どのが管領家を立てられるのも、それを守ろうとしてのことでございましょう」

通勝が言うのは日本古来の文化・伝統のことだ。幽斎の二十年来の弟子とはいえ、公家の生まれだけにこうした点では明確に前久支持に回るのである。

「良かろう。ただし天変地異による凶作の年には、不作の率に応じて納める額を免じていただかねばならぬ」

「細かな点については後日取り決めることとして、まずは内府さまから連判大名の所領を皇室領と認める誓書をいただかねばなりません」

「もとよりそのつもりじゃ。こうして籠城策を取ったのも、家康どのに我らの動きがはっきりと見えるようにするためだからな」

「その誓書さえ届けば、内府さまに征夷《せいい》大将軍に任じる内命を下すと申されております」

「当家にも管領家に任じる奉書をいただけような」

「ご安心下さい。龍山公も足利家の再興を望んでおられますから」

「何やら妙な三すくみじゃが、これで手筈《てはず》が整ったわけだな」

幽斎が相好をくずして自分の茶碗に湯をそそいだ。

朝廷は家康に征夷大将軍に任じる内命を与えるかわりに、皇室領を安堵する誓書をもらう。家康は細川新家を朝廷の管領家と認めるかわりに、今度の合戦において連判大名を身方とすることが出来る。

幽斎は朝廷に古今伝授をさずけるかわりに、細川新家を朝廷の管領家に任じてもらう。

これが古今伝授と連判状を武器にして幽斎が築き上げた戦略だった。

「内府さまへの使者はいかがいたしますか？」

「多門と夢丸に行ってもらう。東西両軍が対峙《たいじ》する美濃尾張を抜けられるのは、あの二人しかおるまい」

「何か手みやげがなければ、内府さまも容易には動かれぬと存じますが」

「手みやげは大津城じゃ。まあ見ておるがよい」

大津城主の京極高次も連判大名の一人である。頃合いを見て行動を起こす手筈はすでに整えていた。


本丸御殿の茶室の北側には、二の丸の足軽長屋があった。

茶室とは築地塀《ついじべい》と幅三間の内濠《うちぼり》でへだてられたばかりだが、こちらには吐き気を禁じえないような異臭がたちこめていた。

板張りの縦長の長屋には、戦で重傷をおった三十人ばかりの将兵が収容されていた。

銃弾に腹を撃ち抜かれた者、崩れた壁の下敷きになって足をつぶされた者、棒火矢を消し止めようとして大火傷《おおやけど》を負った者……。

治るあてもない者たちが、横一列に横たわって痛みと絶望とに耐えている。海風に湿った空気のせいか傷口の化膿《かのう》が早く、黄色い膿《うみ》と腐臭を放ちながら将兵たちの体をむしばんでいく。

自決して果てた者も十数人いた。傷口から忍び込む破傷風のために死んでいく者も多い。

間口十間、奥行き二間ばかりの長屋の中には、絶望のどん底に沈んだ者たちのため息が瘴気《しょうき》となってたちこめ、腐臭をいっそう陰惨なものにしていた。

そうした中にあって、瑞光寺《ずいこうじ》の僧明慶《めいけい》は必死の治療に当たっていた。金創医の心得がある彼は、三人の助手を従えて城内三ヵ所の長屋を飛び回っている。人手が足りないために、小月春光も助手の一人に加えられていた。

「突助、火薬じゃ」

明慶が太い手をぬっと差し出した。小柄だががっしりとした体付きをした五十がみの男である。春光は火薬入れの蓋《ふた》を開けて素早く渡した。

手当てを受けている足軽は気を失っている。化膿した右太股《ふともも》を切り開く時に暴れるので、体術の心得のある明慶が頸動脈《けいどうみゃく》を締めて失神させたのだ。

「暴れるぞ。猿轡《さるぐつわ》をかませて肩をしっかりと押さえておけ」

僧形の二人の助手が肩を押さえ、春光が両足を受け持った。明慶は長さ五寸ばかりの傷口に火薬をふりかけ、火縄の火を近付ける。春光は足軽の膝頭《ひざがしら》にのしかかるように体重をかけた。

「南無阿弥陀仏《なむあみだぶつ》」

明慶は小さく呟いて火を落とした。火薬が一瞬に燃えあがり、肉の焦げる臭いがたち込めた。

足軽は激痛に暴れようとするが、釘付けにされたように体を押さえられ、叫ぼうにもしっかりと猿轡をかまされている。赤く充血した目を大きく見開いて激しく首を振るばかりで、再び気を失った。

「いささか手荒いが、何もせずに死ぬよりはましじゃ」

明慶は焼いた傷口に薬草の汁を塗りつけ、馬の鬣《たてがみ》で傷口を縫い合わせた。傷口の化膿の進行を防ぐには、火薬で焼くくらいしか手立てがないのだ。

「人間という奴《やつ》は、度し難い生き物じゃ」

足軽長屋を出て一如院へ向かいながら、明慶がやり切れなさそうに吐き捨てた。

「戦になれば多くの死人や怪我人《けがにん》が出る。その苦しみがどれほどのものか承知していながら、人は戦をやめようとはせぬ。やめぬばかりか、戦に勝ち抜いた者を英雄、豪傑ともてはやし、自らそやつらの足元にひれ伏しておる」

「な、なぜ人は、戦を、や、やめようとはしないのでしょうか」

春光は手際の良さを買われて明慶の助手に任じられてからも、吃音《きつおん》を装うことをやめなかった。

「欲があるからに決っておるではないか」

「よ、欲ですか」

「戦になれば人を殺し、女を犯し、財産を奪い、所領を広げることが出来る。上は大名から下は足軽雑兵《ぞうひょう》まで、皆この欲に狂って戦場に向かう。女も子供も欲の後押しをする。たとえどのような大義名分をとなえようと、つまるところは欲の亡者になり下がっておるのだ。信長、秀吉、皆然《しか》りじゃ」

「で、ですが、い、戦で亡《ほろ》ぶ者もいます」

「戦は博打《ばくち》じゃ。賭《か》ける物が大きいほど面白い。命を賭け国を賭け天下を賭け、欲に狂った夢を見る。牛馬にも劣るたわけ者よ」

「さ、さきほど、み、都から勅使が来たと聞きました」

「どうやら和議の勅命が下ったようじゃ。この戦も長くはつづくまい」

「そ、そうなると、良いのですが」

春光はもう少し勅使のことを探りたかったが、これ以上深入りしては正体を疑われる恐れがあった。

明慶は一如院に部屋を与えられている。春光も大野善左衛門とともに一如院の離れに住んでいた。

頼みの息子が戦死して以来、善左衛門はすっかり生きる気力を失い、痴呆《ちほう》が日に日に進んでいる。今では自分がどこにいるのかも分らないほどで、武勇の士の末路を哀れんだ幽斎が一如院に住むことを許したのだ。

本堂と長い渡り廊下で結ばれた離れの縁側に、善左衛門は一人ぽつねんと座っていた。庭には鶏頭《けいとう》の赤い花が咲いている。その根元を焦点の定まらぬ目でじっと見つめていた。

「と、殿さま、ただ今戻りました」

声をかけたがふり返ろうともしない。春光は善左衛門の後ろに立って庭を見つめた。鶏頭の根元に落ちたとんぼの死骸《しがい》に蟻《あり》が群がり、巣へ引きずっていこうとしている。

「と、殿さま」

間近で声をかけたが、善左衛門は何の反応も示さない。

春光は厠《かわや》に行く風をよそおって離れを出ると、素早く納戸《なんど》に身をすべり込ませた。食器棚の上の天井板を横にずらし、身軽に天井裏へと忍んでいく。

本堂の庵室《あんしつ》には瑞光寺の明哲和尚《めいてつおしょう》が住んでいた。明哲は明慶の師であり、幽斎とは古くからの知己である。

春光が納戸から天井裏へ忍び込む道をつけたのは、明哲や明慶の話から秀吉の密書のありかを探り出す手がかりを得るためだった。

幽斎は田辺城に籠城する以前は、瑞光寺で信長の月の法要を行っていたという。だとすれば明哲は法要の日に密書をどの位置に置くかを知っているかもしれない。そう考えてのことだ。

まだ何の手がかりも得てはいないが、この道は思わぬところで生きた。勅使の供をして来た多門が、明哲らの部屋の隣に泊ることになったからだ。

春光は梁《はり》の上を音もたてずに歩くと、目当ての部屋の天上板に耳を当てた。

誰もいないことを確かめると、板をそっとめくり上げ、下がのぞけるほどの小さな切り込みを入れた。

やがて軽い足音がして夢丸が入って来た。手桶《ておけ》を前に置き、片膝立ちになって双肌を脱ぐ。胸にはさらしをきつく巻いている。

（怪我でもしているのか？）

いぶかっている間に、夢丸がさらしを解きはじめた。手早く巻き取っていくにつれて、小ぶりだが形のいい乳房が現われた。

（あやつ、女子か……）

夢丸は上半身裸になると、手桶の水で手ぬぐいを絞り、体をふきはじめた。首筋から肩口、胸元へと、丹念に手ぬぐいを当てていく。

外の気配を気にかけながら手早く行水を終えると、新しいさらしを巻き、元のように身づくろいを整えた。

「夢丸、入るぞ」

聞き覚えのある声がして、多門が入ってきた。

こちらは庫裏《くり》の湯に入ってきたらしく、湯気が立ちそうなほどほてった顔をしている。

「久々にのんびりと湯に入った。お前が入れぬのが残念だな」

「お顔の傷は痛みませんか」

「ほれ、この通り」

多門は赤らんだ顔を二、三度両手で叩いた。

「お前の手当てのお陰じゃ。もう痛くも痒《かゆ》くもない」

「それは良うございました。間もなく大殿さまがお見えになります」

「通勝卿もご一緒か」

「はい。何やら頼みごとがあると申されておりました」

「やれやれ、戻ったばかりというのに人使いの荒いことだな」

多門がどかりとあぐらをかいてふくべの栓を抜いた。

春光は息を殺して聞き耳を立てた。

幽斎の計略を知る絶好の機会が眼前に訪れようとしていた。

# 第二十二章　秘策

関ヶ原には秋の気配がただよっていた。

中山道を中心にした狭い盆地にはすすきが生い茂り、白い穂が伊吹山《いぶきやま》から吹く風にゆれていた。

八月二十六日の早朝、大垣城を出た石田三成は、豊臣家の使番《つかいばん》であることを示す黄色い旗を背中に立て、ただ一騎西にひた走っていた。

垂井宿を過ぎ関ヶ原に入ると、視界は急に狭くなる。北と西に伊吹山の、南に霊仙《りようぜん》山の山裾《やますそ》が迫り、東には南宮《なんぐう》山が象が伏したような形で横たわっている。

その間に広がる関ヶ原は、東西一里、南北半里ばかりの広さしかない。

この地には古くから不破関が置かれ、東国と西国とを分ける関門とされてきた。

都の朝廷にとって美濃より東は蝦夷《えみし》の国と認識された時代があり、不破関は夷狄《いてき》の畿内への侵入を食い止めるための砦《とりで》の役割をになってきた。

こうした地理的条件のせいだろう。かつてこのあたりでは二度、天下を分ける戦が行われている。

最初は壬申《じんしん》の乱の時の大海人皇子《おおあまのおうじ》と大友皇子《おおとものおうじ》の戦いであり、この一戦に勝った大海人皇子は天武《てんむ》天皇となって朝権を掌中にする。関ヶ原の入口に位置する桃配山《ももくばりやま》の名は、決戦前に大海人皇子が配下の兵士に桃を配った故事に由来する。

二度目は南北朝時代に起こった青野《あおの》ヶ原《はら》の戦いである。南朝の窮地を救うために奥州《おうしゅう》軍を率いて上洛《じょうらく》しようとした北畠顕家《きたばたけあきいえ》は、土岐頼遠《ときよりとお》らの北朝軍に関ヶ原の東方の青野ヶ原で敗れ、伊勢に向かわざるを得なくなったのである。

(戦場はここにすべきかもしれぬ)

三成がふとそう考えたのは、二度の故事を知っていたからばかりではない。木曾川の防衛線を破られ、赤坂にまで東軍の侵攻を許した今では、関ヶ原の地の利を頼むしか態勢を立て直す方法はなかったからだ。

不破関を越えると、北に城山《しろやま》、南に松尾山《まつおやま》が中山道を扼《やく》する位置にそびえていた。

(あのどちらかに本陣を置き、秀頼公をお迎えするのだ)

豊臣家に勅命が下った今では、形勢を逆転する方法はそれしかない。三成は山頂を見やってそう思った。

単身大垣城を出ることに、島左近は強硬に反対した。

「今この城を出られては、大将としての責任を投げ出したと見られまするぞ」

岐阜城を落とされ、島津義弘や宇喜多秀家との確執も深まっているだけに、左近の言い分はもっともだった。戦場離脱、敵前逃亡と言われても仕方がないことは三成自身が一番よく知っている。

だが自ら大坂城に出向いて淀殿や増田長盛らを説き伏せ、勅命をくつがえさなければ、三成の戦略は根底から崩れ去るのだ。

「わしは後備《あとぞな》えを固めるために佐和山城へ向かった。諸氏にはそう触れておいてくれ」

困惑する左近にそう命じ、夜明けとともに大垣城を飛び出して来たのだった。

大津と伏見の宿で馬を替え、大坂についたのは昼過ぎだった。

三成はひとまず木津にある増田長盛の下屋敷に入った。大和郡山《こおりやま》二十万石を領する長盛が、領国との往復の際に休息所としている所である。

三成は増田家の重臣に面会し、至急長盛を呼んでもらいたいと申し入れた。大坂城中に詰めていた長盛が急を聞いて駆け付けたのは半刻《はんとき》の後である。

「治部どの、申しわけござらぬ」

顔を合わせるなり長盛は詫《わ》びた。

秀吉に豊臣家五奉行の一人に抜擢《ばってき》されていたが、さしたる武功があるわけではない。検地や年貢収納などの領国経営の才を買われた官吏肌の男で、三成よりひと回り以上年上だった。

額が広く下ぶくれの丸い顔をしているので、七福神の恵比寿《えびす》様によく似ている。性格も円満そのもので、常に周囲への目配り気配りを忘れない。

だが天下の大事を処するには明らかに器量不足だった。

「勧修寺宰相と広橋大納言は、秀頼公の見舞いに来たと申されたばかりで、はっきりとしたことは何ひとつ申されなかった。まさかあのような大事を秘められていようとは、誰《だれ》一人思わなかったのでござる」

「過ぎたことを悔やんでも致し方ない。要はこの先どうするかでござる」

深々と頭を下げる長盛を、三成は冷えた目で見やった。本来なら長盛の役を自分が務め、前線の指揮は大谷刑部が取るはずだった。詮方《せんかた》ないとは知りつつも、そんな思いが頭をもたげてくるのである。

「お手を上げて下され。豊臣家はやがては朝廷をしのぐ力を持たなければなりませぬ。こたびの勅命をくつがえしてその先鞭《せんべん》をつけることが出来れば、災い転じて福となすことが出来ましょう」

豊臣家を中心とした中央集権国家を作ろうとすれば、朝廷の存在は邪魔になる。秀吉のように関白《かんぱく》の立場で諸大名に君臨すれば、朝廷の意向に逆らうことが出来なくなるからだ。

今度の勅命問題は、こうした関係を清算して豊臣家が朝廷の権威から独立する絶好のきっかけになる。三成はそこまで考えていたが、長盛に明かすことはさし控えた。

「勅命をくつがえすなどということが出来ましょうか」

「今度の戦に豊臣家が中立の立場を取ったなら、毛利輝元どのは動かれますまい。当然吉川、小早川も動きませぬ。所領にして四百万石、軍勢にして十二万の勢力が、一気に失われるのでござる。何としてでも勅命をくつがえさぬ限り、我らに勝ち目はありませぬ」

「しかし、今さらどうやって」

「それを談じるために、こうして立ち戻ったのでござる」

三成は長盛の反応の鈍さに苛立《いらだ》ち、思わず語気を荒くした。

「朝廷のこととなると、やはり徳善院どののお智恵《ちえ》を拝借するべきと存ずるが」

三成の剣幕に恐れをなした長盛は、あいまいな笑みを浮かべた。

「あのお方は、もはや頼むに足りません」

「しかし、これまで朝廷との折衝はすべて徳善院どのが行ってこられた」

「それゆえ斯様《かよう》な仕儀に立ち至ったのでござる。あのお方は早くから敵に通じておられたのです」

「まさか、徳川方に……」

「細川幽斎どのとしめし合わせておられた。八条宮さまが古今伝授を受けることを拒まれた時、家康どのに伝授の口添えをするように働きかけられたのは徳善院どののでござる」

「それが、何か不都合でも？」

「貴公は……」

何ひとつ気付いておらぬのか。三成はそう怒鳴り付けたい衝動をぐっと抑えた。

「こたびの勅命が何ゆえ出されたと考えておられようか」

「お二人の勅使は、天下の無事と豊臣家の安泰を図るためと申されましたが」

「朝廷を動かして勅命を出させたのは、細川幽斎でござる。古今伝授を八条宮さまに授けたのは、勅命を出させるための切り札とするためだったのです」

「では、徳善院どのは初めからそのつもりで」

「それゆえ、今後あのお方には大事の用件は何ひとつ伝えてはなりませぬ」

三成にも前田玄以が初めから幽斎と組んでいたという確証があるわけではない。だが幽斎が親王へ古今伝授を始めた目的を、玄以が知らないはずはなかった。

「徳善院どのまで信用出来ぬとあらば、この先どうすれば良いのであろうか」

長盛が垂れ下がった眉《まゆ》を頼りなげにひそめた。

「もはや頼みは貴公ばかりでござる。貴公のお力で淀殿を支え、我らの後ろ楯《だて》となっていただかねばなりませぬ」

「されど淀殿とて勅命に背くことは出来ますまい」

「これからそれがしが大坂城に出向いて説き伏せます。恐縮だが、小袖《こそで》と裃《かみしも》をお貸しいただきたい」

秀頼を出馬させる以外にこの戦に勝つ策はない。三成はそう思い定めていたが、これは容易ではなかった。

第一に淀殿に会ったことを他の者に知られてはならないからだ。誰かに知られれば、すぐに前田玄以に察知され、幽斎や中院通勝に筒抜けになる。

第二に淀殿が秀頼の出陣にすんなりと同意するとは思えなかった。淀殿は秀頼を危険にさらすことを何より恐れている。その上出陣が勅命にそむくとなれば、困難は二倍にも三倍にもなるはずだった。

三成もそれは十二分に承知している。それでもあえて大垣城を出てきたのは、淀殿を翻意させる秘策があったからだ。

秀吉の側室となってからの淀殿は、虚構の世界を生きているといっても過言ではない。父と母を殺し、伯父《おじ》の家から天下を奪った男に抱かれるには、己れの心を嘘《うそ》の真綿でくるまなければ耐えられるものではないからだ。

これは淀殿の弱さゆえではない。人は誰しも多かれ少なかれ現実から目をそむけ、きれいな嘘で身を包まなければ生きられないものなのだ。戦に敗れ、無念と屈辱とに腸《はらわた》もねじ切れんばかりの思いをした者はなおさらである。

ある意味では歴史そのものが虚構の連続と言えるかもしれない。

勝者は敗者の歴史を抹殺し、輝かしい己れの物語を語る。

敗者はそれが嘘と知りつつも、忍従と屈服の日々に耐えなければならない。耐え抜いていくためには、虚構という強い酒が必要なのだ。

父浅井長政の小谷《おだに》城が落城した時、淀殿は五歳だった。母お市の方が越前の北ノ庄城で柴田勝家とともに自刃《じじん》したのは、十五歳の時である。

淀殿は二度とも落城寸前の阿鼻叫喚《あびきょうかん》の城中から脱出し、命を長らえている。しかも、仇《かたき》である秀吉に身を任せるという数奇な運命をたどったのだ。

虚構という酒を人一倍必要としたとしても、責められることではなかった。

三成はこれから秀吉が生涯最大の汚点といった秘密を明かして、その虚構をはぎ取らねばならない。

勅命にそむく決断をさせるには他に方法がないからだが、淀殿にとってそれがどれほど辛《つら》いことか分るだけにためらいがあった。


夕刻、大坂城奥御殿の御錠口《おじよう》の鉄門が閉まる寸前、三成は淀殿の乳母である大蔵卿《きよう》の局《つぼね》の手引きで局の間に入り、侍女たちが寝静まるのを待って寝所をたずねた。

部屋の片隅に行灯《あんどん》が置かれ、御簾《みす》の奥に淀殿の姿が黒い影となって浮かび上がっている。

「大蔵卿、灯《あか》りを」

淀殿が行灯を近くに運ぶように命じ、御簾を上げさせた。三成が来ることは伝えてあったらしく、垂髪を元結で結び、朽ち葉色の打掛けを着て、居ずまいを正している。

背後の床の間には、三成が佐和山城に蟄居《ちつきよ》していた時に刻んだ赤ん坊を抱いた慈母観音像が置いてある。

「このような刻限にご対面いただき、かたじけのうございます」

「岐阜城が落ちたそうですね」

「申し訳ございませぬ」

「織田秀信どのは、ご無事でしょうか」

「剃髪《ていはつ》して高野山《こうやさん》に入られた由にございます」

「そうですか。わたくしの過ごした城が、またひとつ失われたのですね」

淀殿が低く呟《つぶや》いて目をつぶった。北ノ庄城が落城した後、淀殿は叔父《おじ》、有楽斎長益《うらくさいながます》のもとに身を寄せ、数年間を岐阜城で過ごしたのである。

「岐阜城が敵の手に落ちたのは、勅命ゆえでございます」

「どうしてですか」

「豊臣家が勅命に従って中立を保たれると知った徳川方の諸将は、人質をおもんばかることも、太閤《たいこう》殿下の御恩をはばかる必要もなくなったのです」

三成は木曾川を防衛線とする戦略が、勅命のために崩された事情をこと細かに語った。淀殿も三成の話を細大もらさず理解するだけの器量をそなえている。

「そうですか。昨日江戸のお江与《えよ》から文《ふみ》がまいりました」

お江与は淀殿の妹で、徳川秀忠《ひでただ》の妻になっている。

「この戦で不逞《ふてい》の輩《やから》を討ち果たした後には、大老として豊臣家のために力を尽くす。徳川どのはそう申しておられるそうです」

「それは策略です」

三成は言下に断じた。八月十六日に中立の勅命が下ったことを、誰かが家康に知らせたのだ。家康はすかさずお江与を使って、淀殿が勅命に従うように説得させようとしたらしい。

「太閤殿下がご他界なされた後、家康どのが天下を私せんとしておられることはご承知の通りでございます。それを防ぐために起《た》った我らが敗れ去ったならば、家康どのは遠慮会釈なく豊臣家をつぶされることでしょう」

「では、どうせよと申されるのですか」

「秀頼公に全軍の総大将としてご出馬いただきたい。毛利輝元どのの軍勢とともに、関ヶ原に金瓢箪《きんびょうたん》の馬標《うまじるし》を立てていただきたいのです」

「勅命にそむけと申されるのですか」

淀殿の切れ長の目が急に険しくなった。

額の広いふっくらとした顔立ちで、日頃《ひごろ》は声を荒立てることもない穏やかな気性だが、ひとたび感情の平衡を失うと頑なに我を押し通そうとする。

「この勅命は細川幽斎どのが古今伝授と引き替えに出させたものです。しかも幽斎どのは、和議の勅命に背いておられるではありませんか」

「豊臣家は関白家です。細川家とは重みがちがいます」

「幽斎どのが勅命に背かれるのは、朝廷や家康どのと交渉する時間を稼ぐためなのです。戦に勝つために勅命を利用しておられます」

「豊臣家は太閤殿下が一代で築かれた家です。朝廷の後ろ楯なくしては、天下に君臨する名分を失います」

「たとえ秀頼公がご出馬なされても」

三成は話の矛先を変えた。

淀殿は秀頼を危険にさらすことを病的なほど恐れている。幼少の秀頼の身を案じるからばかりではなく、万一秀頼が死ねば豊臣家は一挙に崩壊するからだ。

淀殿が勅命に背けないと言い張るのは、秀頼を出陣させないための口実に過ぎなかった。

「秀頼公ご自身が戦場に立たれるわけではありません。関ヶ原には松尾山と城山という恰好《かっこう》の要害があり、山頂から指揮を取っていただけばよいのです」

「しかし、万一戦に敗れたなら」

「ご出馬いただければ、身方の将兵は百万の身方を得たごとく奮い立ちましょう。また徳川方となった殿下子飼いの武将たちも、御陣に弓引くことは出来ますまい。敗れるようなことは、万にひとつもございませぬ」

「勝ったとしても、勅命に背いた罪で討伐されるのではありませんか」

「徳川どの亡き後、誰が豊臣家を討つと申されるのですか」

「上杉や毛利、島津などに勅命が下れば、どうなるか分らないではありませんか」

淀殿は左手の指の股《また》をせわしなくさすっている。苛立った時の癖で、不安の水位が上がるにつれて手の動きはあわただしくなった。

「ならばこの国から、朝廷を無くしてしまえばよいのです」

「治部どの、血迷ったことを申されますな」

「血迷ってなどおりませぬ。唐天竺《てんじく》、果ては宣教師らの母国である奥南蛮にも、朝廷のように何の力ももたない者が君臨するという例はありません。力のある者が前の国王を倒して王座につきます。豊臣家が天下の覇者となったあかつきには、秀頼公が帝《みかど》にかわってこの国に君臨なさればよいのです」

「お黙りなさい。そのような話など聞きとうはありませぬ」

淀殿が両手で耳を押さえ、目を吊《つ》り上げて立ち上がった。

る」


「待たれよ」

三成の鋭い一喝に、淀殿はびくりと身をすくめた。

「秀頼さまのご出馬なくば、この戦は負けと決まり申した。多くの身方、配下の将兵を死なせた後に果てるよりは、この場で腹切って太閤殿下に非力を詫びる所存にござる」

裃、帷子《かたびら》ごと双肌《もろはだ》脱ぎになると、秀吉から拝領した貞宗《さだむね》の脇差《わきざ》しを膝《ひざ》の前においた。

小太刀《こだち》の修行で鍛え抜いた細身の体が、灯に照らされて染っている。

「殿下に殉ずるべき命を今日まで長らえたのは、豊臣家を守れとのご遺命を果たすためでござった。されど天下を分ける戦の直前になって主家に見捨てられるとあらば、もはや生きる甲斐《かい》とてござらん。これにてお暇《いとま》つかまつる」

三成は背筋を伸ばしてにらみ据えた。淀殿が一歩でも動けば、躊躇《ちゅうちょ》なく貞宗の切っ先を腹に突き立てる覚悟である。

「分りました」

息を詰めたにらみ合いの後に、淀殿がふっと肩の力を抜いた。

「話を伺います。ですから身を改めなさい。ここは女子《おなご》だけの奥御殿なのですよ」

「かたじけのうございます」

三成は淀殿の着座を待って服を改め、脇差しを鞘《さや》におさめた。

「朝廷を廃すると申し上げましたが、これはそれがし一人の考えではございませぬ。伯父上にあらせられる信長公も、天下を統一して強大な国を作り上げるためには朝廷など無用であると申しておられました」

「何ゆえ無用なのです。帝がおられるからこそ、この国の平穏が保てるのですよ」

「源頼朝公が幕府を開かれた時から、朝廷と寺社と武家が一体となってこの国を治めてまいりました。朝廷と寺社は何の実権も持たぬ身でありながら、神仏の力をふりかざして民に君臨してきたのでございます。信長公はこうした輩を廃して武家のみが天下の権を握るべきだと考えておられました。それゆえ比叡山を焼き討ちにされ、一向《いっこう》一揆《いっき》を根絶やしになされたのです」

信長は朝廷と寺社と武家の三位一体で治めてきたこの国を、武家だけが治める強大な中央集権国家にしようとしていた。天下布武《てんかふぶ》の印章を用いたのは、万民に己れの目標を知らしめるためである。

「ところがこれを恐れた近衛前久公は、細川幽斎どのや明智光秀どのと語らって本能寺で信長公を討ち果たされました。こたびの戦に勝って朝廷を廃するは、信長公のご遺志をつぐことでもあり、仇を報じることでもあるのです」

「たとえそうだとしても、何ゆえわたくしが伯父上の仇を報じなければならないのですか」

淀殿が憎しみのこもった低い声でたずねた。

「浅井家を亡《ほろ》ぼし、父長政を死に追いやったのは伯父上です。母も常々伯父上は父の敵だと申しておりました。また神仏をうやまう心を忘れ、数々の悪行を重ねたためにあのような報いを受けたのだとも申しておりました。わたくしは伯父の死を喜びこそすれ、悲しんだことなど一度たりともございませぬ」

「お袋さま……」

「人は神仏のご加護なくしては生きてはゆけませぬ。太閤殿下が関白の職を受けられ、朝廷と寺社に手厚い保護を加えられたのもそう考えておられたからです。わたくしも秀頼さまに同じ道を歩いていただきたいと念じております」

淀殿はうつむいて再び左手の指の股をさすり始めた。

「それに、秀頼さまが出陣しなければ負けると申されますが、大坂方の軍勢は徳川方よりはるかに多いではありませんか。きっと勝ちます。いいえ、勝たせるのが治部どのの務めではありませんか」

「加賀の前田利長どのが、徳川方につかれたのは」

事ここに至っては、三成も鬼の手をふるわざるを得なくなった。

「細川幽斎どのの働きかけがあったからなのです」

「あのお方にそのような力があるはずがないではありませんか」

「力はあります。古今伝授で朝廷を動かされたように、数人の大名が署名血判した連判状を用いて家康どのを動かそうとしておられるのです」

「連判状？　どうしてそのようなものを」

「太閤殿下はかつてそれがしに、生涯最大の汚点となる文を幽斎どのに送ったと申されたことがあります。それを公《おおや》けにされれば、豊臣家は一夜にして亡び去るとも申されました。おそらく幽斎どのはその文を利長どのに示し、豊臣家に身方することの無益を説かれたのでございましょう」

「嘘です。そのような文があるのなら、殿下がわたくしに話されぬはずがありませぬ」

「お袋さまだからこそ話せぬこともございましょう」

「まさか……、まさか秀頼さまの」

淀殿がきつく握りしめた手をはっと口に当て、救いを求めるように大蔵卿の局を見やった。

（やはり秀頼さまは殿下のお子ではなかったのだ）

三成は淀殿の取り乱した様子からそう察したが、表には露ほども現わさなかった。

「それがしにも確たることは分りませぬが、秀頼さまには あらず、信長公に関《かか》わることかと存じます」

「伯父上の何です」

「近衛前久公が細川幽斎、明智光秀の両名と語らって信長公を本能寺に討たれた時、太閤殿下も何らかの形で関わっておられたのでございましょう」

それが事実なら、豊臣家を奉じて兵を挙げた三成にとっても最悪の事態である。だが今となってはそれ以外に考えられなかった。


石田三成が豊臣家の使番に身を替えて大坂を訪ねたように、中院通勝も幽斎の計略をおし進めるために隠密《おんみつ》行動をとっていた。

勅使として田辺城を訪ねた通勝は三日間を城内で過ごし、八月二十八日には大石甚助らと共に都に戻っていた。

丹後からの帰途、高雄山神護寺に参籠《さんろう》すると見せかけたために、大坂方の公卿《くぎょう》は誰も二人の帰洛《きらく》に気付いていなかった。

西洞院時慶でさえ、八月二十八日の日記に次のように記している。

〈八条殿甚介へ人ヲ遣シ候処《さうらふところ》、イマダ丹後ヨリ上洛無シト〉（『時慶卿記』）

時慶は甚助が帰ったかどうかを確かめるために八条殿に使者を送ったが、まだ帰っていないという返事を受け取ったというのだ。

ところがこの時、通勝も甚助も八条殿にいたのである。

「まだ戻っておらぬと伝えておけ」

取り次ぎの者にそう命じたのは他ならぬ通勝だった。近衛前久に幽斎の計略を話して了承を得るまでは、大坂方に動きを察知されたくはなかったからである。

石堂多門と夢丸も八条殿にいた。

幽斎から通勝の供をして上洛するように命じられたのだが、二人とも今度の使命がそればかりではないことは察していた。田辺城を出る時、幽斎がずしりと重い路銀を渡したからだ。

夕方、多門は古今伝授の間に呼び出された。智仁親王が幽斎から伝授を受けるために作らせた板の間である。

「そなたはこれから夢丸とともに東に向かい、内府さまにこれを届けよ」

通勝が油紙に包んだ幽斎の文を差し出した。

「口上は次の通りじゃ。連判大名の所領百万石を皇室所領とすること。前田利長、利政どのの所領百万石を安堵《あんど》すること。この二点を認める誓紙《せいし》を差し出されるなら、朝廷からは征夷《せいい》大将軍に任ずる内命が下され、幽斎どのからは身方をする証《あかし》として連判状が渡される」

多門は暗記した証に二度口上をくり返した。万一敵に捕われた時にそなえて、書状には時候の挨拶《あいさつ》程度のことしか記さない。機密事項はすべて口頭で伝えるのだ。

「内府さまがこれを拒まれるなら、連判大名と前田家は身方にはならぬ。また朝廷も豊臣家へ先に下した勅命を撤回することになろう。両軍の決戦の三日前までにそなたが戻らなかった場合にも、拒否と見なして同様の措置を取る。内府さまから誓書を受け取ったならば、真《ま》っ直《す》ぐにこの八条殿に届けてくれ」

「徳川どのはどこにおられるのでござろうか」

「いまだに江戸におられるようだが、数日のうちには江戸を発《た》ち、東海道を西上されることになろう」

通勝は文箱《ふばこ》から紙と筆を取り出して地図を書きはじめた。

「都はここ、江戸はここじゃ」

それぞれの位置に印を打ち、東海道を表わす一本の線で結んだ。

「内府さまがこの道を上られるなら、そちは江戸に向かって下ればよい。どこかで必ず行き合おう。問題はいかにして大坂方の陣地を切り抜けるかだ」

通勝は近江を通る中山道と北陸道を地図に書き加えた。

いずれの道を取るにしても、石田三成、長束正家、大谷吉継らの所領を通らざるを得ない。どの国でも徳川方と京、大坂との連絡を断つために、街道に関所をもうけて取り締っているはずだった。

鈴鹿峠を越えて東海道を東へ向かえば、伊勢の桑名《くわな》に出る。ここから船で海を渡り、尾張の熱田《あつた》に着くのが通常の道程だが、伊勢の中央にある安濃津城は大坂方の猛攻にさらされて落城したばかりだった。

徳川方についた安濃津城主富田《とみた》信高《のぶたか》は、千七百の将兵とともに城に立て籠《こも》ったが、毛利秀元《ひでもと》、吉川広家《ひろいえ》らの軍勢三万に攻められ、八月二十六日に城を明け渡し、剃髪して高野山に入ったのである。

「おそらく関や亀山の宿にも大坂方の軍勢が満ち満ちていよう。さりとて中山道を取れば両軍が対峙《たいじ》している真っ直中を抜けねばならぬ。北陸道を取って前田領に入れば後は容易であろうが、越前を抜けるのは至難の業じゃ」

戦は北陸道ぞいでも始まっていた。

一月前の七月二十六日、前田利長は二万五千の大軍をひきいて西に向かった。これは大谷吉継が田辺城攻撃に加わることを阻止するためで、多門を使者とした細川幽斎の救援要請に応《こた》えたものだ。

一刻も早く越前をおびやかす必要に迫られた利長は、小松城の丹羽長重を無視して山口宗永がこもる大聖寺城を攻めた。

八月三日に大聖寺城を攻め落とした利長は、北ノ庄城を攻めるべく南下したが、急を聞いた大谷吉継が脇坂安治《わきさかやすはる》、朽木元綱《もとつな》らの軍勢とともに北ノ庄城に救援に駆け付けたために、八月五日に反転して金沢城へと向かった。

まるで敵前逃亡するが如《ごと》き利長の退却の理由については、古来さまざまの憶測を呼んできた。

一説には徳川家康の会津征伐中止の報が入ったためと言い、またある説には大谷吉継が海路金沢城を攻めるという虚報を流したためとも言う。

だが利長の西上の真意は田辺城を救うことにあったのだから、大谷吉継を北ノ庄城まで誘い出した時点で所期の目的はとげたのである。

後は本国に兵を温存して幽斎の計略の進展を見届けるつもりだったが、金沢への帰途思いもかけない落とし穴が待ち受けていた。

八月八日に浅井畷《あざいなわて》を通過しようとした時、小松城の丹羽長重軍の急襲を受けたのである。前田軍は一時総崩れとなり、利長の本陣まで危うくなるほどの窮地におちいったが、前田家きっての猛将と謳《うた》われた太田但馬守らの働きによって、かろうじて死地を脱したのだった。

この行動によって利長が徳川方についたことが明確になったために、石田三成は前田家の南下に備えて大津城主の京極高次らを越前に向けて進発させたばかりだった。

「京極勢の小荷駄《こにだ》隊にでももぐり込めば越前まではたやすく行けようが、これでは時間がかかりすぎる。どの道を取るかは、そちの裁量次第だが」

どこを取るか返答せよ。通勝が身を乗り出して目で迫った。

「中山道を行きまする」

「ほう。何ゆえじゃ」

「徳川方の陣地まで一番近うござる。それに大坂方の軍勢の大半は大垣城にこもっておるとうかがいました」

「幽斎どのも同じことを申された。美濃尾張を抜けて行けるのはそちと夢丸しかおらぬとな」

「二人連れなら道中も楽しゅうございましょう」

「必ず内府どのの誓書を持って戻って来いよ。そのことに幽斎どのの計略が成るかどうかがかかっているのだからな」

通勝は幽斎の文に錦《にしき》の守袋をそえて手渡した。

伝授の間を出ると、あたりは薄暗かった。手入れの行き届いた松が、黒い影となって中庭を取り巻いている。池の面をさざめかせて吹き寄せる風は、すでに秋の冷たさを含んでいた。

廻《まわ》り縁を歩きながら多門は左のこめかみにふっと異変を感じた。中庭を見やったが人の気配はない。

（気のせいか）

そう思いながら池の面に目をやった時、影が動いた。多門の位置からは松にさえぎられて見えなかった人影が、さざ波の立つ水面にかすかに映っている。

多門は先に行くように通勝にうながした。相手の注意をそらして背後に回り込もうとしたが、庭に下りた時には人影は跡形もなく消え失《う》せていた。

松の木の背後に回り込んでみると、根元をおおった柔らかい土の上にかすかに足跡が残っていた。

「何事じゃ」

通勝が足袋跣《たびはだし》で庭に下りてきた。

「何者かがここに潜んでおりました。大坂方の忍びかもしれませぬ」

「田辺城から尾《つ》けられていたのではあるまいな」

「道中不審な気配はありませんでした。八条殿に張り付いた忍びでございましょう」

「こちらの動きが敵に察知されてからでは、そちの務めはますます難しくなろう。今すぐ都を発つがよい」

「では、これにて」

多門は表門に控えていた夢丸と共に、今出川通りを粟田《あわた》口へと向かった。

同じ頃、小月春光は一如院の天井裏にひそんでいた。

夕方から降りはじめた雨が、しきりに板屋根を叩《たた》いている。間断なくつづく豆を炒《い》るような雨音にさえぎられて、眼下にいる明哲と明慶の話を聞き取ることは出来なかった。

かすかに開けたのぞき穴にぴたりと耳を寄せ、半刻ばかりも息を殺していたが、時おり聞こえるのは明慶のくしゃみばかりである。ここ数日つづいた明け方の冷え込みのために、さすがの金創医も風邪《かぜ》をひいたのだ。

それでも春光は辛抱強く同じ姿勢を取りつづけた。屋根側の耳を綿でふさいで雨の音を遮断し、一方の耳だけに全身の神経を集中している。

まるで春光自身が一個の巨大な耳と化したようだった。

九月二日の織田信長の月の法要までにはあと三日しかない。それまでに幽斎が連判状をどの位置に置くかをつきとめなければ、三成の命令を果たすことは出来ないだろう。十月の法要までには、戦の決着がついているはずだからだ。

いっそ明哲を襲って口を割らせようか。そう考えたこともある。だが老齢の明哲は一如院を出ることは少なく、常に近侍の僧が従っているために、襲う隙《すき》はまったくない。

敵に正体を知られれば万事休すだけに、よほどの勝算がなければ危険を冒すわけにはいかなかった。

明哲と明慶の話し声は小さかった。日頃から寺では小声で話す習慣《もの》らしく、雨の音がなくとも聞き取れないほどだ。

ふいに耳に集中していた春光の意識が乱れ、下腹に尿意を覚えた。

考えてみれば昼飯の後に用を足したのが最後である。近頃では飲み水さえも充分には行き渡らないので、用便は間遠になっている。そのせいか忍び用の竹筒を身につけるのを忘れていた。

こうした場合、竹筒を持参するのは忍びの鉄則だった。竹筒に尿をため、喉《のど》が乾くとそれを飲んで飢えと乾きをいやす。他にいくらかの塩と乾飯《ほしい》があれば、半月ばかりは充分に過ごすことが出来た。

尿意は次第に強くなり、四半刻ほどすると耐え難いほどになった。外に出ようとする物と、それを押さえようとする力が下腹の一点で激しくせめぎ合っている。

それでも春光は立ち去ろうとはしなかった。額に脂汗を浮かべて聞き耳を立てていると、やがて腹の底からあぶくのように笑いがこみ上げてきた。

(お前はいったい何をしているのだ)

春光は薄笑いを浮かべて己れをののしり、子供の頃のことを鮮やかに思い出した。

あれはたしか、五歳の夏のことだ。

琵琶湖の水軍として名を馳《は》せた小月党では、夏至を祝って船祭りを行う習慣があった。それぞれの家で船神様に供物《くもつ》をささげ、夜を徹して飲み明かすのである。

船神様にささげられる供物は、祭りの当日まで白木の箱に入れて家の神棚にそなえられる。真っ白な紙に包まれたこの箱は、何人《なんぴと》たりとも開けてはならない決りだった。

ところが双子の兄の宗光《むねみつ》が、面白半分にこの箱を開けたのである。紙の破れからこのことを知った父は、宗光と春光を神前に呼んで誰がやったかと問い詰めた。

子供の頃から立ち回りがうまかった宗光は、自分がやったのではないと言い張り、こいつの仕業だと言わんばかりの目を春光に向けた。春光はその仕草から兄の意図を読み取り、頼まれもしないのに自分がやったと白状した。

それは兄を庇《かば》おうという思いやりからでも、兄にいい所を見せようという功名心からでもない。

父は犯人を求め、兄はやっていないと言い張るなら、自分が白状する以外にこの場を丸く治める方法はないではないか。漠然とそう感じたからだ。

だが父も、宗光のしわざであることを察していたらしい。宗光に白状するように迫り、春光には嘘をついてはならぬと厳しくさとした。

それでも宗光は自分ではないと言い張り、春光も殴られながら自分がやったと言いつづけた。

この時、春光の腹から奇妙な笑いがこみ上げてきたのである。

激怒する父としらを切り通す兄、やってもいない罪を認める自分を、もう一人の自分が他所《よそ》ながらに見つめる錯覚にとらわれ、狂言でも見ているような気がしたのだ。

春光はふいに物悲しくなった。

思えば子供の頃から何も変わっていない。周囲の求める人間を必死で演じようとし、そんな自分をどこかで冷やかに笑っていた。

眼下では用談を終えた明慶が、くしゃみをしながら部屋を出て行った。春光も天井裏を忍び出、納戸《なんど》に下りて厠《かわや》へ行った。

「善左衛門どのの姿が見えぬが、どこに行かれたのかな」

厠を出ようとした時、ばったりと明慶と出くわした。

「さ、さて、は、はばかりにでも入っておられるのではないかと」

春光は吃音《きつおん》をよそおって間をかせぎ、探しに来たようなふりをした。

「あの御仁の徘徊《はいかい》にも困ったものじゃが、人はあのようにでもならねば執着を絶てぬのかもしれぬ」

明慶は鼻水をすすりながら厠に入っていく。春光はちらりと背中を見やってから部屋に戻ったが、やはり善左衛門はいなかった。

「お、大殿さま」

大声で呼びながら表に飛び出し、どしゃ降りの中を喜瓢庵から也足櫓《やそくやぐら》へと回ってみたが、善左衛門の姿はない。さては大手門の方へ行ったかと引き返した時、本丸御門から声をかける者があった。

「突助、ここじゃ」

初老の門番が善左衛門の腕を取って本丸御門をくぐり出て来た。

「本丸に入り込んで、御殿の中庭に腰を下ろしておられた。大殿が好きにさせておけと申されるのでな」

「そ、それは、ご、ご迷惑を」

善左衛門の腕を取ると、ぷんと異臭がした。どうやら失禁しているらしい。

「早く連れ帰ってふいてさしあげろ。風邪でもめされては体にさわる」

「か、かたじけのうございます」

春光は善左衛門を一如院の離れに連れて行き、手桶《ておけ》に湯をくんでから服を脱がせた。下帯は糞尿《ふんにょう》の重みでだらりと垂れ下がっていた。腹の具合だけは良好なようで、便の色も固さも上々である。

春光は慣れた手付きで処置を終えると、体を湯で丹念にぬぐった。やせ衰えたとはいえ、戦場往来の古強者《ふるつわもの》の体はなまってはいない。春光とは比較にもならないほど堂々たる骨格をしていた。

新しい小袖を着せ、雨に濡《ぬ》れた服を片付けていると、帯にがさりと手応えがあった。何かが中にはさみ込んである。開いてみると小さく折り畳んだ紙片が出て来た。

――明慶も存じ候――

春光はどきりとして善左衛門を見た。

すでに寝そべっていびきをかいている。空いびきではないことを確かめてから、もう一度紙片に目を落とした。

――明慶も存じ候――

確かにそう記してある。

衝撃のあまり春光の体中の毛穴が開いていた。自分の正体を知っている者がいる。しかも「明慶も」と記してあるからには、明哲から密書のありかを探ろうとしていることまで承知しているのだ。

（いったい、誰が……）

細川家の者ならこんなことを知らせてくるはずがない。とすれば大坂方の密偵が他にも城内にいる、しかも本丸御殿で仕えるほどに幽斎の信頼を得ているということだ。

（だが罠《わな》かもしれぬ）

自分の行動を疑った細川家の者が、明慶を囮《おとり》にしておびき出そうとしている可能性もある。あるいは明慶本人が仕組んだことかもしれないのだ。

（敵か身方か）

春光はそれをさぐろうと一心に文を見つめた。

文章は男のものだが、筆《て》は女のようでもある。男がわざと女の筆を真似《まね》たようにも、女が男に似せた書き方をしたようにも見える。

春光は判断がつかないまま、文を帯の中に戻した。気付かないふりをして、しばらく様子を見ようと思ったのである。

# 第二十三章　信長供養

伏見から鴨《かも》川ぞいの道をさかのぼっていた石田三成は、六波羅《ろくはら》の辻《つじ》で馬を止めた。

右手には豊臣秀吉を供養した方広寺の朱色の伽藍《がらん》がそびえている。高さ十七丈（約五十メートル）の本堂を、東西百間《けん》、南北百二十間の廻廊《かいろう》で囲った巨大な建物だ。その奥には秀吉の御霊《みたま》を祭った豊国神社がある。

三成は一瞬参拝して行こうかと考えたが、馬上で一礼しただけで通り過ぎた。

八月二十九日の午《うま》の刻（午前十二時）過ぎである。

三日前に膝《ひざ》を詰めての談判の末に淀殿に秀頼の出陣を承諾させた三成は、さっそく増田長盛の屋敷にこもって作戦を練った。

決戦の場所は関ヶ原。北陸の大谷吉継、伊勢の毛利秀元らの軍勢をすべて関ヶ原に結集し、西上してくる徳川方を一気に叩《たた》き潰《つぶ》す。

笹尾山《ささおやま》、天満山、城山に陣を築いて北陸道と中山道を押さえ、松尾山には秀頼を総大将とする毛利輝元軍三万を入れる。

幸い松尾山の山頂には浅井長政時代の山城の跡があり、本丸、二の丸、三の丸の曲《くる》輪《わ》と土塁、空濠《からぼり》がそのまま残っている。周りの木を切り払い、板壁と櫓《やぐら》を立てただけで、遠目にも鮮やかな城が完成するはずだった。

笹尾山、天満山には毛利秀元らの伊勢軍を、城山には大谷吉継の北陸軍を入れ、三成は宇喜多秀家らと大垣城に留《とど》まることにした。赤坂に布陣した東軍先鋒《せんぽう》三万を釘付《くぎづ》けにしておくためだ。

大垣城の兵まで関ヶ原に移せば、徳川家康は赤坂の軍と清洲城で合流し、鈴鹿峠をこえて近江に出るおそれがある。だが赤坂の軍を釘付けにしておけば、単独で東海道を取るはずは絶対になかった。

赤坂に布陣している大名の大半は、豊臣恩顧の者たちである。秀頼の本陣を前にして動揺する彼らを身方につなぎ止めておくためには、家康自身が彼らと共に戦う以外に道はないからだ。

万一家康が東海道か伊賀越えの道をとったとしても、大津城か大和郡山城に大坂城の後詰《ごづめ》の軍勢をくり出して食い止め、関ヶ原の軍勢に背後をつかせればよい。

三成は計略を練り上げた後、毛利輝元をひそかに長盛の屋敷に呼んで承諾を求めた。

「確かに、これなら勝てよう」

輝元は鷹揚《おうよう》にうなずいた。三成より七つ年上にもかかわらず優柔不断な所があるが、秀頼を奉じて出陣する役割に大いに気を良くしていた。

「毛利どのの軍勢が頼みでござる。両川家《りようせんけ》にも遺漏なきようお伝えいただきたい」

両川家とは毛利の分家である吉川、小早川のことだ。三成はかねてから挙動に不審のある吉川広家、小早川秀秋を輝元の力で意に従わせるよう念を押し、二十九日の夜明けとともに大坂を出て都に向かった。

西洞院時慶に再度働きかけて、細川幽斎の朝廷工作を封じ込めるためである。

建仁寺《けんにんじ》の前を抜けて四条大橋を渡りながら、三成はふいに淀殿のことを思い出し、内懐《うちぶところ》を鋭く刺されたような痛みを覚えた――。

秀吉も何らかの形で本能寺の変に関《かか》わっていたはずだ。そう告げると、淀殿はびくりと体を震わせ、両目を大きく見開いて三成をにらんだ。

「それは……、何らかの形とはどういうことですか」

「おそらく殿下は近衛前久公の計略に同意なされたのでございましょう。備中高松城《びつちゆうたかまつ》からあれほど迅速に兵を返すことが出来たのは、事前に変が起こることをご存知だったからに相違ございませぬ」

「まさか、そのようなことが……」

「幽斎どのが持っておられる密書は、このことに関わりがあるものと存じます。その密書を見られたゆえに、前田利長どのは豊臣家を見限られたのでございましょう」

「治部どの……、空言《そらごと》だと申して下され」

気丈な淀殿がそう言うなり泣き出した。唇をきつく引き結び、声を押し殺して涙を流している。

三成は手を差し伸べてやりたくなったが、心を鬼にして沈黙をつづけた。

豊臣家が置かれた立場を骨の髄に徹して分らせなければ、淀殿には勅命に背いて秀頼を出陣させることなど出来ないと思ったからだ。

「殿下がそのような企《くみ》てに与されるはずがありませぬ。空言だと申して下され」

突き上げてくる思いを抑えた低い声で、もう一度くり返した。

秀吉が信長暗殺に関わっていたとすれば、淀殿の運命はあまりにも悲惨だった。

主殺しとして悪名高いのは明智光秀や松永弾正だが、秀吉が信長殺しに手を貸していたとすれば、彼らよりはるかに罪は重く醜悪である。天下人の栄光に包まれた豊臣家の名と淀殿の立場は、一夜にして汚辱にまみれたものとなるだろう。

もし幽斎が証拠の文を天下に公表したなら、諸大名ばかりか朝廷でさえ豊臣家を見限るにちがいない。

そうなった時に豊臣家が生き延びられる可能性は万に一つもなかった。

「空言だと、どうか」

淀殿が三度迫ったが、三成は沈黙を守り通した。

薄闇《うすやみ》の中で二人は仇敵《きゅうてき》を見るような目を見交わし、ついに淀殿が自制心を失った。

「治部、この無礼者が」

そう叫ぶと、慈母観音像をつかんで投げつけた。

高さ一尺ばかりの木像がまともに三成の頭上に落ちかかった。咄嗟《とっさ》に首を傾けると、左の肩にしびれるような衝撃が走った。

それでも淀殿は秀頼の出陣を承諾した。かくなる上は、三成に賭《か》ける以外に生き延びる道はない。そう判断するだけの冷静さを取り戻したのである。

三成の左の肩の腫《は》れは、今もひいてはいなかった。

弓手《ゆんで》のたづなを引くたびに激痛が走ったが、淀殿が受けた衝撃に比べれば何ほどのこともない。今は一刻も早く近衛前久と幽斎の動きを封じ込め、禍根を断たなければならなかった。

四条大路を右に折れて西洞院通りに入った時、突然行手を黒ずくめの騎馬の一団にさえぎられた。旗差し物を伏せて身元を隠した三十騎ばかりが、大路一杯に広がって行手をはばんでいる。

三成は一瞬徳川方の待ち伏せかと思った。

だが、徳川方ならわざわざ人目につく洛中《らくちゅう》で待ち伏せするはずがない。そう思い直し、大路の真ん中を傲然《ごうぜん》と進んだ。

「増田《ました》右衛門尉《うえもんのじょう》さまの使いの者じゃ。早々に道を開けられい」

使番《つかいばん》であることを証《あか》す札をかざして声高に叫んだ。

「その使番どのに所用でござる。こちらに入られい」

道端の町屋からだみ声が飛んだ。狭い土間の上がり框《かまち》に蒲生源兵衛が腰を下ろしている。

三成は背中の黄色い旗差し物を抜いて中に入った。

下駄《げた》職人の店だが、都が戦に巻き込まれることを恐れて避難したらしい。店の中には障子戸一枚残ってはいなかった。

「危のうござるな。石田治部どのともあろうお方が、お一人で使番をなされるとは」

源兵衛が兜《かぶと》をつるりと脱いで片膝をついた。

「天がわしを必要としているのなら、このような所で殺しはせぬ」

「何事にも用心というものが肝要でござる。少しは敵の大将を見習いなされ」

「何ゆえ田辺城を離れた」

三成は上がり框に乱暴に腰を下ろした。左の肩に、たったいま殴られたような痛みが走った。

「城中の小月春光より、石堂多門が勅使の供をして都に上るとの知らせがござった。それゆえ伊助を八条殿に先回りさせ、中院通勝らの動きをさぐらせていたのでござる」

青ぶさの伊助は八条殿に潜入して様子をさぐっていたが、多門に気付かれて脱出したのだという。

「通勝は神護寺に参籠《さんろう》といつわってひそかに都に戻り、近衛殿を訪ねております。その後、八条殿に戻り、多門に東国への使いを命じました」

「東国？　何ゆえそうと分る」

「多門と夢丸の両名が粟田口を出て東に向かうのを、伊助が確かめております」

「そうか。家康どのへの使いか」

朝廷の後ろ楯《だて》を得た幽斎は、家康との交渉に入ろうとしているのだ。その切り札となるのは、秀吉の密書が添えてあるという連判状にちがいなかった。

「そちは今すぐ二人を追い、生け捕りにして口上を聞き出せ。それが無理なら討ち取るだけでもよい」

「すでに手配りをいたしております。ご安心下され」

「頼むぞ。それにしても、ここに来ることがどうして分った」

「佐和山城までひと走りし、兄上どのに都に向かわれると聞き申した」

三成は佐和山城にいる兄正澄《まさずみ》にだけは行動を逐一報《し》らせている。緊急事態にそなえてのことだ。

正澄から都に向かうと聞いた源兵衛は、西洞院邸に行くものと当たりを付けて待ち受けていたのである。

源兵衛と別れた後、三成は西洞院時慶邸をたずねた。

世情物騒の折の鎧武者《よろいむしゃ》の来訪だけに、館《やかた》の者たちは緊張に固い表情をして出迎えたが、使番が三成本人だと知った時慶の驚きは尋常ではなかった。

「じ、治部、いったい何ゆえ」

「宰相さまに願いの儀あって推参いたしました」

時慶に動揺から立ち直る間を与えず、三成は客間に上がり込んだ。

「大垣城におるものとばかり思うておった。この大事の折に総大将ともあろう者が戦場を離れてよいのか」

「総大将は毛利輝元どのでござる」

「だが実際に兵を動かしておるのは治部ではないか」

時慶は丸く太った体を落ち着きなくゆすった。豊臣家に勅命が下ったことを大垣城に知らせなかったことが後ろめたいのだ。だがそれをとぼけ通そうと思っているのか、おもねりと強がりが半ばする態度をとっている。

「傷でも負われましたか」

三成は時慶の腕の白い布に目を止めた。

「なに、ただのかすり傷じゃ。案ずるには及ばん」

「御身大切になされますよう」

「うむ、先ほどの地震はひどく揺れたの」

「馬を駆っておりましたゆえ、気付きませんでしたが」

「あの石塔が、倒れんばかりであった」

時慶が池のほとりの五輪塔に目をやった。額にうっすらと汗が浮いている。早く追い返したい気持は見え見えだが、三成はわざとゆったりと構えていた。

「ぎ、岐阜城が、落とされたそうじゃの。織田秀信は剃髪《ていはつ》して高野山に入ったそうではないか」

「天下の名城に立て籠《こも》りながら、信長公のご嫡孫《ちゃくそん》とも思えぬ体《てい》たらくでございました」

「それで、用向きは何じゃ」

居心地の悪さに耐えかねた時慶は、ついに自分からそうたずねた。

「宰相さまのご存念を伺いとう存じます」

「身共《みども》の？」

「豊臣家が勅命に従って中立を保てば、我らは滅亡する他はございませぬ。宰相さまはそれでよいとお考えでしょうか」

「そのようなことは考えてはおらぬ。それゆえ身共も出来る限りの手は尽くした。尽くしはしたが、龍山公が土壇場になってあのように決められたのだ」

「つまりは我らを見捨てるということでございましょう」

三成の口調は次第に凄《すご》みを増してくる。時慶は泣きそうな顔をして懐紙を取り出し、額の汗をぬぐった。

「この場になって知らぬ存ぜぬと申されるのであらば、それがしにも考えがござる」

「考え……、考えとは何じゃ」

「事の次第を准后《じゅごう》さまに訴え、先にお渡しした一万両の返還を求めまする」

「あの銭は御家門さまに渡した。身共の手元には一銭も残っておらぬ」

「それゆえ准后さまにお願いするのでござる」

「治部、そちは身共を威《おど》しにかけるつもりか」

「一万両は大切な軍資金でござる。約束を果たされぬのなら、返していただくのが筋でございましょう」

「今さら御家門さまに返してくれとは言えぬ。それに勅命はすでに下されたのじゃ。身共にはどうすることも出来ぬではないか」

「まだ策はございまする」

「ど、どうすればよい」

「田辺城に和議の勅命を下されましたが、幽斎どのはこれを拒んでおられます。再度勅使をつかわし、すみやかに勅命に服させるよう、帝《みかど》にご奏上いただきたい」

幽斎が和議の勅命を拒んだのは、徳川家康との交渉の時間をかせぐためだった。

勅命が下った以上、大坂方は攻撃することが出来ないので、城内にいれば絶対に安全である。しかも一万五千の軍勢と天下の耳目を引きつけ、家康に己れの存在を知らしめることが出来る。

まるで将棋の「穴熊《あなぐま》」のように巧妙な戦法を破るには、幽斎を田辺城から引きずり出すしか方法がない。城から出しさえすれば、連判状を奪うことも幽斎を殺すことも容易になるからだ。

そのためには勅命を用いた幽斎の計略を逆手に取り、一刻も早く和議を結んで開城させる以外に手はなかった。

「なるほど、それは名案じゃが、御家門さまが何と申されるか」

時慶は近衛前久にひと睨《にら》みされて以来、すっかり怖気《おじけ》づいている。前久にとって代ろうという野心は消え去り、今の立場を守ろうと汲々《きゆうきゆう》としていた。

「勅命に従わせることは公卿《くぎよう》たる者の務めでございましょう。龍山公に遠慮は無用のはずでござる」

「しかし……、身共の立場としては」

「ならば准后さまに訴え出るばかりでござる。一万両を袖《そで》の下にした奸物《かんぶつ》となるか、身命を賭《と》して帝に奏上するか、貴公のお考え次第でござる」

三成は屋敷中に聞こえるほどの声で迫った。

まるでそれを見計らったかのように激しく地が揺れ動き、五輪塔の九輪が音をたてて地に転がり落ちた。

「分った。だが身共の一存ではどうにもならぬ。広橋大納言どのと談じて決めるゆえ、しばらく待っておれ」

時慶は揺れが治まるのを待たずに、たたらを踏むような足どりで出て行った。

地震はたいしたことはなかった。最初に大きな横揺れが来て、柱や梁《はり》をきしみ鳴らせたばかりである。

心配なのは佐和山城のことだった。

昨夜と今朝《けさ》早く、徳川方の軍勢が城下に放火したのだ。敵は城の大手門近くまで迫り、城内から打って出た時にはすでに退散していたという。

被害はそれほどなかったらしいが、城下に放火されたことは三成の外聞に関わる失策だった。

半刻《はんとき》ほどして時慶が広橋兼勝と連れ立って戻って来た。

兼勝は近衛一門の中でも切れ者との評判が高く、前久にも重く用いられている。八月十六日の勅命を豊臣家に伝えたのもこの男だった。

「話は聞いた。治部も多忙じゃの」

兼勝は悠然と上座についた。顎《あご》に鋭い刃傷《にんじょう》の跡があるので、風貌《ふうぼう》に公家《くげ》らしからぬ凄みがただよっている。

「豊臣家が勅命に従って中立を保てば、その方らに勝ち目はない。今さら頼られても迷惑なばかりだが、そちがわざわざ出向いてくるからには、何か策があってのことであろうな」

「ございます」

「聞こう」

「秀頼さまはこたびの戦に出陣し、陣頭で采配《さいはい》をふるわれます」

「関白家《かんぱく》でありながら、勅命にそむくと申すか」

「恐れ多いことではございますが、出陣なさらねば武門の棟梁《とうりょう》としての面目が立ちませぬ」

朝廷より武家としての立場を優先するのは当然のことだ。やがて貴様らなどこの国から葬り去ってやる。そんな反発心が腹の底で頭をもたげていた。

「佐和山城下が放火されたそうじゃの」

兼勝も耳が早い。いや、おそらく都中の者がその噂《うわさ》を聞いているにちがいなかった。

「徳川方の名を騙《かた》る野盗の仕業でございましょう」

「そちの申し出通り、田辺城を開城させたらこの戦に勝てるか」

「万にひとつも敗れることはございませぬ」

「勝った後には朝廷はどうなる。聞くところによると、そちは朝廷を廃すべきだと公言しておるらしいな」

「滅相もないことでございます。それがしを陥れるために敵が流した飛語にございます。勝ち戦の後には、朝家に関わることは何事もお二方のご指図をあおぐ所存にございます」

「武士に二言はあるまいな」

「御意」

「ならば勅使を送る策を講じよう」

兼勝があっさりと請け負った。

「手立てはございましょうや」

「懸念には及ばぬ。日野大納言どのに下向したき旨を奏上していただけばよい」

日野大納言輝資はこの六月に勅使として田辺城を訪れている。智仁親王への古今伝授を終えるように幽斎に申し入れるためだ。

しかも姓こそちがうが、輝資は兼勝の実兄である。再度の勅使としてこれほどの適任はいなかった。

「そちはあと一万両ばかり用意し、吉報を待っておれ」

兼勝は頭の回転も速く度胸もある。初めからこの男に朝廷工作を頼んでおけば、幽斎につけ込まれることはなかっただろう。時慶に相談するよう勧めたのは、徳川家康と好《よしみ》を通じた前田玄以の周到な策略だったのかもしれなかった。

同じ日、丹後の田辺城にも異変が起こっていた。

八月二十四日に和議の勅使が城を訪れて以来戦意を喪失していた大坂方が、一夜のうちに城を封鎖したのである。

城から五町ばかり離れた所に一間おきに柱を立て、鹿垣《ししがき》、虎落《もがり》を結い廻《まわ》し、一町ごとに番屋を建てて城の周囲を完全におおった。

包囲網は陸ばかりではなく海にも巡らされた。

〈海手磯辺ニハ虎落ヲ結ヒ廻シ、ソノ際ニハ番船数多《あまた》付置キ申候《さうらふ》〉

北村甚太郎は後に『丹後田辺籠城《ろうじよう》覚書』にそう記している。

これは細川幽斎と城外との連絡を遮断するために、石田三成が命じたことだ。使者の出入りを断つことで、幽斎が中院通勝と連絡を取って新たな朝廷工作に動くことを封じようとしたのである。

幽斎の動きを封じて豊臣秀頼を出陣させられるかどうかに勝敗の行方がかかっているだけに、監視は厳重をきわめていた。

洗濯用の水を汲《く》みに外濠に下りた小月春光は、注意深く包囲網の様子をうかがっていた。

首尾よく密書を奪って城から脱出出来た場合、包囲網をどうやって突破するのか。あるいは降人のふりをして番屋に駆け込むべきなのか。それを見極めようとしていた。

高さ一間ばかりの鹿垣や虎落は人の通行を遮断しただけで、戦の上では何の役にも立たない。敵はそれ以上内側には攻めて来ないと言っているも同然なので、城方としてはかえって安心なくらいである。

だが猫の子一匹はい出る隙間《すきま》もなく包囲されたという心理的な圧迫感はやはり大きかった。

水汲み場は外濠の水面より三尺ばかり高くなっていた。春光は縄のついた水桶《みずおけ》を濠に投げ入れ、縄をたぐって引き上げた。二つの水桶に七分目ほど水を入れると、天秤《てんびん》棒《ぼう》で一如院まで担《かつ》ぎ上げる。

大野善左衛門の失禁が近頃《ちかごろ》ひどくなったので、春光は毎日水汲みをし、着物や夜具を洗わなければならなかった。

庭のたらいに水を張り、春光は黙々と汚れ物を洗った。善左衛門に少しでも清潔な着物を着せてやりたいという思いに偽りはない。置かれた立場に何の抵抗もなく同化し感情移入まで出来る自在さが、春光に天が与えた密偵としての資質だった。洗い物に精を出しながらも、一方では密書を奪う方策を思い巡らしていた。

明日の夜、細川幽斎は織田信長の月の法要のために一如院に参籠する。その時に密書をどの位置に置くかを明日までに突き止めなければ、機会は永遠に失われるだろう。

（やはり明慶どのを……）

責めにかけて口を割らせるしかないという思いと、無慈悲なことはしたくないというためらいが、心の中で激しくせめぎ合っていた。

北から吹く風に乗って、波のざわめきが聞こえてくる。迷いが深くなるにつれて、ざわめきは次第に大きくなっていくように感じられた。

「突助、おるか」

怒鳴りつけるような声がして、当の明慶が急ぎ足に入ってきた。この一月あまり負傷者の手当てに追われているために、顔がやつれて黒ずんでいる。僧形にした頭までがしぼんだようだった。

「三の丸の怪我人《けがにん》が血を吐いたそうじゃ。診《み》に行くゆえ手伝ってくれ」

「た、た、ただいま」

春光は洗いかけの小袖とふんどしを固く絞ると、手早く竿《さお》にかけて干した。

「そなたもよう尽くす。善左衛門どのは幸せじゃ」

「と、殿さまには、ご、ご恩がありますので」

治療の用具が入った明慶の頭陀袋《ずだぶくろ》を預かって、春光は三の丸まで供をした。

あたりはすでに夕暮れの薄闇におおわれ、城内の掛け小屋では足軽や雑兵《ぞうひょう》たちが、配給された粥《かゆ》を大事そうにすすっていた。籠城も二ヵ月近くになり、兵糧《ひょうろう》の貯《たくわ》えも底をつきかけている。朝夕二回の粥の中身も日に日に薄くなっていた。

「人間という奴《やつ》は、まったく度し難い阿呆《あほう》じゃ」

二の丸に出て沖合いに張り巡らされた虎落を見ると、明慶はほえるように悪態をついた。虎落の外側には十艘《そう》ばかりの番船が出て、船縁《ふなべり》に松明《たいまつ》をたいて見張りに当たっている。

「すでに和議の交渉に入っているのじゃ。あのような柵《さく》など何の役にも立たぬわ」

「て、敵は、ひ、兵糧攻めに」

「兵糧攻めだろうが水攻めだろうが勝手にすればよい。だが、城中には救いの手を待ちわびておる病人や負傷者が大勢おる。もはや戦うことをやめた者たちじゃ。その者たちの命までも奪うことが、武士たる者のすることか」

明慶は桂林寺の僧に命じて夜半ひそかに舟を出し、近隣の村々から薬草や傷口に巻く布などを運び込ませている。それを中断せざるを得なくなったために、怒り心頭に発していた。

「わしらのやっていることは一体何じゃ。賽《さい》の河原《かわら》の小石積みと同じではないか。傷付くのが嫌なら戦をやめればよい。戦が好きなら黙って死ね」

明慶は感情の自制が効かなくなったのか、春光に向かって怒鳴り散らした。

ちょうど海辺に建てられた土蔵の側《そば》にさしかかっていた。日常は諸道具を入れておくためのものだが、今は海に捨てる死体置場となっている。

春光はちらりとそちらに目をやり、誰《だれ》もいないことを確かめた。

「執着を断たぬかぎり人は同じことをくり返す。我欲と敵意に駆り立てられ、已れの正義、已れの利害を言い立てて戦に血道をあげる。最後の一人になるまで殺し合うのが、愚かな人間の行きつく果てじゃ」

「め、明慶さま」

「何じゃ」

「あ、あの中で何やら、も、物音が」

春光は土蔵に歩み寄り、戸を開けて中に入った。

土蔵の板の間には、十数人の遺体が無雑作に積み上げてある。高い位置にあけた明り窓から、月の光が斜めにさし込んでいた。

「どうした」

明慶が外から声をかけた。

「た、大変です。は、早く」

春光は声をひそめて呼びかけると、戸の陰に立って頭陀袋をふり上げた。

波のざわめきが次第に大きくなり、激しくなる胸の鼓動とあいまって耳を圧するばかりになった。

「どうした。何があったのじゃ」

明慶が土蔵に足を踏み入れた瞬間、春光は頭陀袋を思いきり脳天に叩きつけた。中には火薬筒や薬の木箱などが入っている。明慶は声をあげることも出来ずに昏倒《こんとう》した。

春光は足元に倒れ伏した明慶の背中を動かぬ目で見つめた。

手を下してみれば、事は意外に簡単である。頭の中で執拗《しつよう》につづいていた波のざわめきも、ぴたりとおさまっていた。

恐ろしいばかりの静寂があたりを包んでいる。春光は戸をぴたりと閉め、明慶の僧衣をはぎ取り、後ろ手に縛りあげて猿轡《さるぐつわ》をかませた。

あお向けにすると、明慶はうめき声をあげて両足を大きく広げた。足をばたつかせて暴れないよう両足首と太股《ふともも》をしっかりと縛った。すべて明慶から教わったことである。

春光は不思議なほどに落ち着いていた。頭陀袋から火薬筒を取り出して胸にふりかけ、火縄の火を落とした。シュッという音とともに火薬が赤く燃え上がり、明慶がびくんと体を波打たせて正気づいた。

自分に何が起こったのか理解出来ないらしく、丸い目を一杯に見開いてあたりを見回している。春光に気付いて何か叫ぼうとしたが、猿轡にはばまれて声にならなかった。

「明慶どの、教えていただきたいことがあって、かような振舞いに及びました。お許し下され」

春光は侍言葉で流暢《りゅうちょう》に言って明慶の目をのぞき込んだ。

「明日の信長公の月の法要の折、幽斎どのは諸大名と密約した連判状を、他の遺品とともに並べられるはずでござる。その位置を教えて下され」

明慶は春光をカッとにらんで身をよじった。怒りと敵意に煮えくり返るような目の色である。

「お教えいただかねば、手荒なことをしなければなりませぬ」

火薬を腹の上にふりかけて火をつけた。再び炎が燃え上がり、肉の焦げる生ぐさい臭《にお》いが土蔵の中にただよった。

だが明慶は痛みに耐え抜いている。両の目には敵意と闘志がみなぎっている。

春光は目の色から冷静に明慶の心理を読み取りながら、両耳に火薬をつめて火をつけ、左目の眼球を押し広げて火薬をふりかけた。

「ううう……」

明慶が声にならない悲鳴をあげ、体をくねらせて逃れようとした。右目の瞳孔《どうこう》が恐怖のあまり開き切っている。月の光でそれを確かめてから、春光は火を落とした。

赤い炎と異臭のする煙が上がった。目尻《めじり》からどろりと何かが流れ出し、眼球が真っ白に焼けただれた。

残った右目に火薬筒を近付けると、明慶は頭を激しく左右にふって涙を流した。何としてでもこの責苦《せめく》から逃れたい。その一心に意地も張りも失っているのを見定めて、春光は口にかませた猿轡をはずした。

九月一日の早朝、細川幽斎は也足櫓《やそく》に登って敵が張り巡らした包囲網を見物した。わずか数日の間によくぞこれだけの物を作ったと感心するほどの出来映えだが、もはや手を打ち終えた幽斎にとって、鹿垣や虎落など何の意味もなかった。

「城に盗人《ぬすつと》でも入らぬかと案じてくれておるのであろう。ご苦労なことじゃ」

「しかしあれでは糞や仏を城外に運び出すことが出来ませぬ」

城内の糞尿《ふんにょう》や死体は、船で沖へ運んで捨てていた。一月半もの間籠城しながら城内の清潔を保つことが出来たのはそのためである。

「穴を掘って地中深く埋めておけばよい。この戦も長くはつづかぬ」

「無論そのように命じてはおりまするが、戦がないことに将兵の気がゆるみ、規律が乱れております」

東西二百三十間、南北四百二十間しかない城内で、将兵の家族まで合わせると千人以上が不便な生活をつづけているのだ。喧嘩《けんか》口論の末に刃傷沙汰《にんじょうざた》を起こす者もいる。水と兵糧の不足に耐えかねて、敵に下った者もかなりの数に上っていた。

「落ちる者は落としておけ。鉄砲の備えさえ怠らねば、敵に付け入られることはない」

「瑞光寺の明慶も落ちたそうでございます」

「明慶？　明哲どのの弟子の金創医か」

「昨夜から姿が見えぬそうでござる。あのような者まで落としては、将兵の士気に関わりましょう」

「まさか。あの者が落ちるとは思えぬ。もう一度城中をくまなく捜してみよ」

明日は織田信長の月の命日である。天正十年六月二日に信長が本能寺で不慮の死をとげて以来、幽斎は一日の夜から二日の朝までただ一人で参籠して供養をつづけてきた。

参籠の場には信長ゆかりの品々を律義に並べるようにしている。どこに何を置くかを知っているのは、妻の麝香と瑞光寺の明哲和尚、それに明慶だけである。

その明慶が参籠の前日に行方知れずになったことに幽斎はかすかな危惧《きぐ》を覚えたが、麝香が入って来たために意識がほかに流れた。

「そろそろ一如院に法要の品をお運びいたしましょうか」

多くの将兵は戦の疲れと兵糧不足にやせ衰えているというのに、麝香の丸い顔は相変わらずふっくらとし、腰は臼《うす》のような頑丈さを保っている。侍女のお千代はかえって肥《ふと》ったくらいだった。

「こちらでよろしゅうございますか」

下の間で朝粥をよそっていたお千代が、幽斎の視線に気付いてふり向いた。

胸と腰は丸みを増しているのに、頬《ほお》はわずかにやつれて刷毛《はけ》で掃いたほどの翳《かげ》りがある。それが華やかな顔立ちに匂《にお》い立つような色気を添えていた。

「ああ、そこで良い。お千代どのも後ほど法要の仕度に手を貸してくれ」

「そなたは下がっていなさい」

芳春院の侍女だけに幽斎はいくらか気を遣っているが、麝香は他の侍女と同じ扱いをしている。退出を命じる口調には、不快をおし隠したようなひびきさえあった。

「お千代に法要の手伝いをさせてはなりませぬ」

「何ゆえじゃ。そなた一人では荷が重かろう」

「どうやら身ごもっておるようでございます」

「身ごもる……、児《やや》が出来たのか」

「本人から聞いたわけではありませぬが」

体から妊婦の匂いを放っている。そう言う麝香の目には鋭い非難の色があった。

「良いではないか。子を産む者もおらねば、殺し合いばかりでは先行きに何の楽しみもない。この城で新しい命が生まれるとはめでたいことじゃ」

「ですが、どこの馬の骨とも分らぬ者の子を」

「馬の骨は多門じゃ。あやつの種に決っておる」

幽斎は二人が同じ船で金沢から戻った時から、おおよそのことは察していた。

「でも多門どのと戻ってから、まだ一月しかたっていないではありませぬか」

老女というものは、こうした醜聞には誰よりも厳しい。日頃は福の神のごとき麝香も例外ではなかった。

「多門の子じゃ。並の子よりも早く育つに決っておるではないか」

家康への使いを終えた多門がこの知らせを聞いたら、どんな顔をするだろう。幽斎はその時の様子を想《おも》い浮かべ、初孫の忠隆が生まれた時のような幸せな気分に包まれた。

「生まれたなら千丸と名付けよう。千丸の亡骸《なきがら》を大坂屋敷から運んでくれたのは多門じゃ。千丸の生まれ代りに相違あるまい」

「まあ、そうでしょうか」

「そうに決っておる。そなたの供養の心が実を結んだのじゃ」

「そのような嬉《うれ》しがらせを申されても」

そう言いながらも麝香の目頭は感激にうるんでいる。新しい生命の誕生を双手《もろて》をあげて受け入れる気持になったのか、先刻の眉間《みけん》の皺《しわ》もどこへやら、足取りも軽やかに引き上げていった。

夕方、幽斎は麝香の手を借りて、法要に必要な品々を一如院の本堂に運び込んだ。仏壇の左右の棚に鎧や鞍《くら》、太刀《たち》や茶碗《ちゃわん》など、信長から拝領した品々を整然と並べた。一段高くなった神棚には、正親町天皇や後陽成天皇、智仁親王ゆかりの品を、毎月の法要と寸分変わらぬ位置に納めていく。

「お雛《ひな》さまの飾り付けのようですね」

いつか麝香はそう冷かしたものだが、それほど厳粛に供養を行わなければ気持の治まりがつかなかった。

すべての仕度を終え、僧衣に着替えて仏壇の前に座った幽斎は、参籠に入る前の名状しがたい緊張をそらそうと棚の書状に手を伸ばした。

「折紙披見候、いよいよ働き候事候

油断無く馳走《ちそう》候べく候　かしく

働き手柄にて候　かしく

十月二日　　　与一郎《よいちろう》殿」

天正五年（一五七七）に松永弾正の軍勢がこもる大和の片岡《かたおか》城を攻めた時、十五歳の嫡男与一郎忠興は城への一番乗りを果たした。これを聞いた信長が、直々に書状をしたためて手柄をほめたものである。

字は荒々しい速筆だが、文面には忠興への思いやりがあふれている。「働き手柄にて候」という一文をわざわざ加筆しているのは、年若い忠興を発奮させようとの配慮からだ。冷酷非情な面ばかりを取り沙汰されがちな信長にも、こうした温かい一面があったのである。

信長とは同年だけに、幽斎もそのことはよく知っていた。

「大殿、よろしゅうござるか」

境内から甚太郎が声をかけた。

「今朝から明慶の行方をたずねておりまするが、城を落ちた様子はございませぬ」

「どういうことじゃ」

「明慶は昨夕一如院に戻った後、三の丸の足軽の容体が急変したと聞いて治療に出かけております。それ以後、行方知れずになったようでございます」

「一人か」

「突助という小者《こもの》が供をしております」

「何やら聞いた名だな」

「当院の離れに養生しておられる大野善左衛門どのに仕える者でござる。当人にたずねたところ、途中で供はいらぬと言われたために離れに引き返したと申しておりまする」

目下突助や瑞光寺の僧に命じて城内を捜させているという。

「大坂方の間者《かんじゃ》が城内に潜入しているおそれもござる。今宵《こよい》の参籠は中止なされるべきと存じまするが」

「この十八年間、わしが月の法要を一度たりとも欠かさぬのは、供養のためばかりではない。亡き信長公と語り合うことで、智恵《ちえ》のひらめきを授けていただけるからじゃ」

「ですが、万一のことが」

「さほどに心配なら、そちが宿直《とのい》の番をすればよい」

幽斎は本堂の戸板を閉め切ると、仏壇に灯明《とうみょう》をともして参籠に入った。念仏を唱えるわけではない。瞑目《めいもく》して心気を澄まし、ありし日の信長や秀吉の姿を心に描くのだ。

その様子を、小月春光は天井裏にひそんでうかがっていた。明慶を捜すふりをして三の丸へ向かったが、ひと足先に一如院に戻ったのである。

「仏壇の右の……、天目《てんもく》茶碗の横に置かれた、……縦長の桐《きり》の箱に」

昨夜明慶が恐怖に舌をもつらせながら白状した位置に、確かに桐の箱が置かれている。あれを奪い取った後、どうやって警固の武士をふり切って城外に脱出するか。それが最後の難問だった。

（火をつけるしかあるまい）

一如院に火を放ち、火事の混乱にまぎれて秀吉の密書を奪い取り、大坂方の砲撃で大破した也足櫓から外濠に飛び下りる。

大坂方が虎落《もがり》を巡らしたのは計算外だが、番屋に駆け込んで蒲生源兵衛の名を出せば通じるはずだった。

密教の行法に阿字観《あじかん》というものがある。一切万有を含むとされる「阿」の一字を観想することによって、悟りに至ろうとするものだ。

阿の字と何日も向き合うことで心気が研ぎ澄まされ、生涯の記憶を自在にたどることが可能になり、ついには生まれる前の記憶に達することが出来るという。

幽斎の参籠もこれに似ていた。

仏壇のまわりに並べた数々の品は「阿」の字と同じである。六十七年の生涯を飾った品々で、幽斎は戦国曼陀羅《まんだら》を描いているのだ。その中心には、信長という巨大な存在があった――。

永禄十一年（一五六八）九月に織田信長が足利義昭を奉じて上洛《じようらく》し、義昭が十五代将軍となった時には、幽斎は我事成れりという喜びに震えたものだ。

これ以後は管領《かんれい》として義昭を守り立て、将軍家の復興に尽くせばよい。そう考えていたが、義昭は三歳上の異母兄である幽斎がうとましくなったらしい。将軍となった途端に幽斎を遠ざけ、信長との関係も険悪になるばかりだった。

幽斎は何度も義昭と信長の関係を修復しようとしたが、義昭はこれを聞き入れないばかりか、武田信玄、上杉謙信、浅井長政、朝倉義景、毛利輝元、石山《いしやま》本願寺などと結んで信長を討とうとした。

業を煮やした信長は大軍を率いて上洛し、義昭のいる二条城を包囲した。足利将軍家滅亡の危機に直面した幽斎は、近衛前久に働きかけて朝廷に和議の勅命を出させ、信長に兵を引かせることに成功した。

ところが義昭は愚鈍だった。

今では何の力もない将軍家の権威を頼んで、和議の二ヵ月後に反信長の兵を挙げた。これには信長も激怒し、ついに義昭を追放して足利将軍家を亡《ほろ》ぼしたのである。

これを黙視しては、忠義の道にそむくことになる。だがこれ以上義昭に肩入れしても無益なことは分っている。進退に窮した幽斎は剃髪して信長の前に出た。

信長が受け入れてくれるなら、一家臣として信長に仕えようと決心したのだ。義昭が将軍位についてわずか五年後のことである。

以後、長岡《ながおか》と姓を改めた幽斎の活躍はめざましかった。石山本願寺や紀州《きしゅう》の雑賀《さいが》衆、松永弾正久秀《ひさひで》らとの戦に数々の手柄を立て、天正五年からは明智光秀と力を合わせて丹波、丹後平定を成功させた。

こうした働きを認められ、天正八年（一五八〇）七月には丹後十二万石を与えられ、四十七歳にして国持ち大名となったが、信長との蜜月《みつげつ》も長くはつづかなかった。

不和の原因は両者の朝廷に対する考え方のちがいである。

足利将軍家の血を引き、明経博士である祖父清原宣賢の薫陶《くんとう》を受けて人となった幽斎は、朝廷に対する尊崇の念が強かった。朝廷が千年近くの間守り通してきた日本古来の文化、伝統に慣れ親しんで育ったからである。

天皇や朝廷というものがなければ、神道《しんとう》の考え方に基づいた年中行事も有職故実《ゆうそくこじつ》もありえない。また王朝文化から派生した文芸、諸芸も存立の基盤を失うとさえ考えていた。

これに対して信長は、日本古来の考え方を徹底して否定しようとした。

天下布武《てんかふぶ》――。

武家が治める国を築くのだと宣言した信長にとって、古い権威や神仏の力を背景に勢力をふるう朝廷や寺社は許し難い存在だった。

比叡山を焼き討ちにし、石山本願寺を叩き潰して仏教勢力を屈服させた信長の次なる目標は、朝廷が長年保持してきた数々の特権を剝奪《はくだつ》することだった。

そのためには人望もあり政治力もある正親町天皇は邪魔である。信長は天皇から誠仁《さねひと》親王に譲位させて、朝廷を意のままにしようと目論《もくろ》んだが、信長の真意を見抜いた天皇は頑強にこれを拒んだ。

苛立《いらだ》った信長は、天正九年（一五八一）二月と三月の二度にわたって御所の東側で馬揃《うまぞろ》えを強行する。強大な軍事力を見せつけ、朝廷などいつでも踏みつぶすことが出来ると脅しをかけたが、それでも正親町天皇は屈しなかった。

武力による脅しが無効と見た信長は、精神的な面から揺さぶろうと奇想天外な策に出る。安土城内の摠見寺《そうけんじ》に己れを神として祀《まつ》る廟《びょう》を建て、家臣や領民に参拝を強いたのである。

これは当時日本に滞在していた外国人宣教師が評したように、権力者の思い上がりによる自己神格化などというものではない。

この日本で現人神《あらひとがみ》と称する権利を有するのは、ただ一人天皇のみである。「現《あき》つ神わが大君の」と詠んだ万葉集の昔から、天皇は現人神と意識されてきたのだ。

信長は天皇からこの座を取り上げようとした。そしてやがては全国の神社に己れを神として祀らせ、完全に武家の支配下におこうとした。

「あないな悪党を、いつまでものさばらせておいてええんか」

幽斎にそう持ちかけたのは近衛前久だった。

前久は本願寺の顕如《けんにょ》と足利義昭を動かして信長包囲網を築いた張本人だけに、信長に対する敵愾心《てきがいしん》が人一倍強い。朝廷をここまで愚弄《ぐろう》されては、「葬らなあかん」と決意するのは当然だった。

幽斎も朝廷に対する思いは同じである。信長を取るか朝廷を取るかと迫られれば、朝廷と言わざるを得ない。

だがどうやって信長を討ち、その後どうすればよいのか。

「備後《びんご》の鞆《とも》にいる義昭を呼び戻し、足利幕府を再興しようやないか」

前久はすでにそこまで考えていた。

朝廷の存続と足利幕府の再興を図るために信長を討つ。この計画を実現することこそ己れの生き甲斐《がい》だと幽斎は思った。

生き甲斐は死に甲斐でもある。この計画が成るのなら、信長と刺し違えても悔いはなかった。

幽斎は真っ先に明智光秀に打ち明けて助力を求めた。光秀とは長年の盟友であり、嫡男忠興は光秀の娘玉子をめとっている。

また明智氏の出た土岐《とき》氏は清和源氏《せいわげんじ》であり、尊氏の頃から足利幕府において重きを成した家だった。

「与一郎を副将軍とし、十五郎《じゅごろう》を管領とする」

幽斎はそう申し出た。

十五郎とは光秀の嫡男である。光秀も信長のやり方に危機感をつのらせていた上に、土岐家の旧領である美濃、尾張、伊勢を与えると言われて合力を決意した。

二人は極秘のうちに足利家ゆかりの家に廻状《かいじょう》を回し、打倒信長と幕府再興を誓う連判状を作った。署名血判したのは筒井順慶、京極高次、武田元明《たけだもとあき》、朽木元綱など、畿内に所領を持つ大名十数人である。

だが強大な信長軍団に対抗するには、この勢力だけではいかにも弱い。信長を討った後に織田家を亡ぼすためにも、信長配下の有力武将をもう一人身方に引き入れる必要があった。

「羽柴筑前《はしばちくぜん》がよかろう」

近衛前久は秀吉なら身方にする目算があると言った。

光秀はもっとも油断がならない男だと反対したが、柴田勝家や丹羽長秀《ながひで》ら織田家譜代の武将を動かすことは不可能である。

長い議論の末に、秀吉との折衝はすべて前久に任せることにした。

前久は後に、秀吉を近衛家の養子として関白職につく道を開いてやるが、この頃からすでに何らかのつながりがあったのだろう。それから半月もしないうちに、秀吉は摂津、播磨《はりま》、丹波の三ヵ国をもらえるなら身方をすると伝えてきた。

「今度惟任日向守《これとうひゅうがのかみ》、勅命を蒙《こうむ》り義兵を挙げる段、尤《もっと》も然《しか》る可《べ》くと存じ候」

幽斎のもとにそんな密書が届いたのは、天正十年五月十八日のことだ。

これで信長包囲網は完成した。後は征夷《せいい》大将軍に任ずるという名目で信長を本能寺に誘い出し、丹波亀山城に待機していた光秀軍一万三千に急襲させればよかったのである。

だが、やはり光秀の懸念は当たっていた。身方となるはずの秀吉は、急遽《きゅうきょ》備中高松城の囲みを解いて兵を返し、信長の仇《かたき》を討つと称して光秀軍に襲いかかった。

奇跡の中国大返しなどと呼ばれるこの行動は、事前に本能寺の変が起こることと、近衛前久の根回しによって毛利軍が追撃して来ないことを知っていたからこそ出来たのである。

とはいえ秀吉は戦の天才である。幽斎も前久も完全に意表をつかれ、なす術《すべ》もなかった。

一人光秀だけがこのことあるを読んで備えを固めていたが、形勢不利と見た幽斎や前久が光秀を見限ったために、連判大名にも見放され、山崎《やまざき》の合戦において大敗したのだった。

胸に熱くこみ上げてくるものがあり、幽斎は目を開いた。思い出の品々が作る戦国曼陀羅の中には、光秀から贈られた太刀や茶碗、文《ふみ》もあった。

幽斎は一通の文に目を止めた。山崎の合戦が起こる四日前に、光秀が幽斎の上洛を求めてきたものだ。形勢不利と見て忠興と共に剃髪した幽斎に対して、光秀は次のように記している。

「御父子もとゆひ御払ひの由尤《もつと》も余儀なく候。一旦《いつたん》我等も腹立て候へ共、思案の程かやうにあるべきと存じ候。然りと雖《いへど》も此《こ》の上は大身を出《い》でられ候て入魂せしめ希《ねが》う所に候事」

信長を討てとけしかけておきながら、形勢不利と見るや出家して逃げたのだから、光秀が腹を立てるのは当たり前である。

だが幽斎や近衛前久に見放されては挙兵の大義名分を失うだけに、光秀は膝を屈して出兵を願うしかなかったのだ。

「五十日百日の内には近国の儀、相堅むべく候間、其《そ》れ以後は十五郎、与一郎殿などへ引渡し申し候て何事も存じ間《ま》敷《じく》候」

光秀が近国を治めたのちに十五郎と与一郎に天下を引き渡すと記しているのも、足利幕府を再興した後には与一郎忠興を副将軍に十五郎を管領にするという約束があったからである。

だが幽斎も前久もついに動かなかった。

秀吉が信長の仇を報じることを大義名分に兵を挙げた以上、光秀に身方をすれば織田軍団すべてを敵に回すことになる。それではとても勝利の見込みはなく、朝廷の存続さえ危うくしかねないからだ。

(十兵衛どの、許されよ)

幽斎は心の中で手を合わせて頭を垂れた。

天井裏にひそんでいた小月春光は、眼下の様子に目をこらしていた。

すでに火薬筒を数ヵ所に仕掛けてある。後は火縄に火をつけて本堂に乱入し、桐の箱に入った密書を奪い取るばかりだったが、ひとつだけ気がかりがあった。

密書のありかを白状した時の明慶の様子が、何か腑《ふ》に落ちないのだ。左目の眼球を焼かれ、苦痛と恐怖に耐えきれなくなってすべてを話したはずの明慶の顔に、かすかに敵意の残照があったのである。

「死んでもお前の思い通りにはならぬ」

残された右目にはそう言いたげな強情と、勝利の輝きさえ浮かんでいたようなのだ。あの目が春光の脳裡《のうり》にこびりついていた。死の間際にまで嘘《うそ》をつき通して自分を罠《わな》に落とそうとしているのではないか。そんな疑いがぬぐい去れないのだ。

機会はたった一度である。万一桐の箱に密書が入っていなければ取り返しがつかないだけに、疑わしい点がある以上うかつには動けない。

（幽斎どのが、あの箱を開けてくれれば）

そんな天佑《てんゆう》を期待しながら一刻延ばしにしてきたのだが、すでに寅《とら》の刻（午前四時）を過ぎている。これ以上ためらうわけにはいかなかった。

# 第二十四章　東への使者

九月二日の明け方に目を覚ました石堂多門は、上体を起こそうとして床下の柱に頭をぶつけそうになった。

二刻《ふたとき》ばかりの間深々と寝入っていたために、自分が昨夜どこにもぐり込んだかを忘れていたのである。

（ここは……）

すでに関ヶ原に入っていたことを思い出し、多門はほっと胸をなで下ろした。

一昨日、大津城下で蒲生源兵衛らに急襲されたことが、心《しん》の臓にこたえているらしい。負傷した夢丸を抱えて脱出し、夜になるのを待って何とかここまでたどりついたものの、いつ源兵衛らが襲ってくるかと気が気ではなかった。

周辺の村々と同様に、この村にも人が住んでいる気配はなかった。東西両軍の決戦が迫るにつれて、軍勢の往来が頻繁になっている。関ヶ原が決戦場になるという噂《うわさ》におびえた中山道ぞいの村人たちは、荷物をまとめて山中に避難していた。

仮寝の宿には恰好《かっこう》の空家が街道ぞいにはたくさん並んでいたが、多門は村はずれの杉林の中にある朽ちかけた祠《ほこら》で夜を明かすことにした。

大垣城には石田軍の本隊がいる。源兵衛が本隊と連絡をとって街道筋を固めているおそれがあった。

夜が明けきる前に関ヶ原を抜け、垂井あたりまで出ておかねばならぬ。そう考えて床下から出ようとした時、馬のひづめの音が聞こえ、数名の足軽を連れた鎧武者《よろいむしゃ》が近付いてきた。

「何だ。このような所にも祠があるではないか」

馬上の武者が従者を怒鳴りつける声がした。

「へい。これは月見の祠と申しまして、その昔にやんごとなき方々があの山にかかる月を愛《め》でられた所でございます」

そう答えたのは案内に立った土地の者だろう。

「あれは南宮山か」

「さようでございます。美濃《みの》の中山《なかやま》とも申しますが」

「念のためじゃ。中を改めよ」

「滅相もございません。仲秋の名月以外には、祠の扉を開けぬのが里の決りでございます」

「手配の男がひそんでいるやもしれぬ。構わぬ。開けてみよ」

足軽たちが数人、祠の階段を踏みならして扉を開けた。ジジッという松明《たいまつ》の脂の燃える音までが聞こえてくる。

（やはり手を回していたのだ）

夜も明けぬ前から見回りに出ているところを見ると、よほど厳重な命令が出ているのだろう。すでに街道ぞいの空家はしらみ潰《つぶ》しに調べているにちがいない。

（だが、それならなぜ不破関の警戒があれほどゆるやかだったのか）

一行が立ち去ったのを確かめると、多門は悪い予感を覚えて床下から這《は》い出した。あたりは暗く、静まりかえっている。杉林の向こうには、兵たちが持つかがり火が中山道を西に向かっていた。

多門は杉林の中を手さぐりしながら不破関まで引き返した。小高い丘の頂きに関所の跡があり、傍《かたわら》を中山道が通っている。人の通行を改めるには恰好の場所だが、昨夜と同じように監視の兵は一人もいない。

（街道を固めているのではないのか）

あるいは徳川方の密偵を追っているのかもしれぬ。そう思いながら道ぞいに丘を下りていると、前方の民家から物音がした。灯はともしていないが、数人がひそんでいる気配がする。

側《そば》まで忍び寄って板壁に耳を当てると、中からかすかに話し声が聞こえた。やはり街道を見張っているらしい。家の東側ばかりに寄っているのは、東から西に向かう者を標的にしているからだ。

（まさか……）

多門は再び杉林の中にもぐり込むと、事前に頭に叩《たた》き込んだ地図を頼りに関ヶ原の南にあたる烏頭《うとう》坂に回ってみた。南宮山と松尾山にはさまれた狭隘《きょうあい》の地には、美濃の中道と呼ばれる伊勢街道が通っている。

烏頭坂は関ヶ原から伊勢街道への出口に当たる坂だが、ここには通行人を改めるための柵《さく》と番小屋が設けてあり、物具を着込んだ兵が不寝番についていた。

幸い夜はまだ明けていない。

多門は物陰に身をひそめながら関ヶ原を北に横切り、相《あい》川を渡って明神の森の山裾《やますそ》の茂みに飛び込んだ。

森づたいに東へ向かうと、北の額堂山《がくどうさん》と南の桃配山に挟まれてひときわ狭くなったところがある。そこにも柵と番小屋があり、兵が中山道の監視に当たっていた。

（要するに、わしは袋のねずみというわけか）

多門はようやく蒲生源兵衛が仕掛けた罠《わな》に気付いた。

関ヶ原は四方を山に囲まれた東西一里、南北半里ばかりの狭い盆地である。すすきの原におおわれたこの地で、東西に走る中山道と南北を結ぶ北国街道、伊勢街道とが斜め十文字に交差している。

つまり出口は四つしかないということだ。一方の口を開けて獲物を誘い込み、四つの出口を固く閉ざせば、逃げ道を完全に封じることが出来る。

考えてみれば簡単な仕掛けだが、地形を熟知していない多門にはこんな罠が張られていようとは想像も出来なかった。

（だが、まだ策はある）

敵はまだ多門が罠に落ちたことに気付いていない。しかも三里先の赤坂には東軍先《せん》鋒《ぽう》三万が在陣しているだけに、包囲している石田勢も気が気ではあるまい。

そこに付け入れば、敵に気付かれずに脱出する手だてが見出《みいだ》せるはずだった。

まず身をひそめる場所を確保して、敵の動きを見極める必要がある。行動を起こすのはそれからだ。

多門は額堂山の中腹にある炭焼き小屋にもぐり込んだ。あたりの雑木林を伐《き》り払っているので、中山道と関ヶ原を見下ろすことが出来る。見回りに来る者がいても、ふもとから山を登っている間に脱出する余裕は充分にあった。

このまま山づたいに東に向かおうかとも考えたが、街道とちがって山中では他所者《よそもの》は人目につく。それにこの先の菩提山《ぼだいさん》には大坂方についた竹中重門の城があるので、源兵衛からの廻状《かいじょう》を受けて警戒を強めているおそれがあった。

（しばらくここに腰を据えるしかあるまい）

多門は炭小屋の土間の上に横になった。喉《のど》の渇きを酒でしずめたいところだが、愛用のふくべは大津で源兵衛らに襲われたときに失っていた。

夜が明けると、敵の様子がはっきりと分った。

桃配山の北側と烏頭坂、それに池寺池《いけでらいけ》の北側ににわか作りの関所を設けている。それればかりか関ヶ原のいたる所に兵を配し、間道や川づたいに脱出する者がいないかどうか見張っていた。

多門は一日炭焼き小屋を動かなかった。横になったまま隙間《すきま》だらけの壁ごしに石田勢の動きをながめながら、源兵衛の気持になって石田勢の布陣を考えてみた。

こちらの居場所が分らないだけ、焦りは源兵衛の方が強いはずだ。おそらくこちらは赤坂の細川家の陣所に駆け込むものと読んで、中山道の警備を厳重にしているだろう。

中山道を通り抜けることが不可能だとすれば、烏頭坂を突破して伊勢街道へ回らざるを得ない。そう考えて源兵衛自身は伊勢街道の方に待ちかまえているのではないか。いずれにしてもこのままでは包囲網から逃れることは出来ない。赤坂の東軍が奇襲でもかけて石田勢を追い払ってくれない限り、西にも東にも動くことは出来なかった。

「果報は寝て待てというでな」

多門は独言を呟《つぶや》いて横になった。腹に常ならぬ重みがあり、忍び袋を懐《ふところ》に入れていたことに気付いた。大津の寺で別れる時に夢丸がくれたもので、中には三本の火薬筒と鉤《かぎ》のついた忍び縄が入っていた。

「女か……」

忍び袋からかすかに涼やかな香りがする。夢丸が忍び装束にたき染《し》めていたのと同じ香りだった。

大津城下で蒲生源兵衛の待ち伏せにあった二人は、街道筋の民家に火を放ち、混乱にまぎれて脱出しようとしたが、その寸前に夢丸が敵のつぶてを脛《すね》に受けて歩けなくなった。

多門は夢丸を背負って炎の中を駆け抜け、音羽山《おとわやま》のふもとの一向宗の寺に身を寄せた。顔見知りの住職にしばらく匿《かく》まってくれるように頼み、荒れ果てた庵室《あんしつ》に夢丸を置いて立ち去ろうとすると、もう四半刻でいいからここにいてくれと言う。

源兵衛らが追跡していることを考えれば、少しでも早く関ヶ原を抜けたかったが、多門は足を止めた。

「どうした。痛むか」

「痛みまする」

夢丸が上体を起こして多門をにらんだ。

「どれ、見せてみろ」

多門は夢丸の裁《た》っ付《つ》け袴《ばかま》の裾を切り裂き、脛をあらわにした。多門の腕ほどもない華奢《きやしや》な足が大きく腫《は》れ上がっている。

「こんな細い足で、よくわしについて来たものじゃ」

腫れ具合を見ただけで骨が折れているのが分る。多門は壁の板を引きはがして添え木にし、布で巻いてしっかりと固定した。

「これで半月もすれば歩けるようになる。それまでここに潜んでおれ」

「多門さまは、どうなされますか」

夢丸が睫毛《まつげ》の長い大きな目を向けてたずねた。

「わしか。わしは幽斎どのに命じられた通り、書状を家康どのに届ける」

「おやめなされませ」

「何ゆえじゃ」

「大殿は多門さまを利用しておられるだけでございます。家臣でもないのに、死地に飛び込むような命令に従うことはないではありませんか」

「わしは幽斎どののために働いているのではない。千丸どのとの約束を果たし、この国の心を守るために、東に向かわねばならぬのだ」

「多門さま、いっそこのまま私と」

夢丸は多門ににじり寄ろうとしたが、足が痛んだのか険しく顔をしかめた。

「どうした。痛むのか」

「痛みまする。足をさすって下され」

夢丸がいつになく我の強いことを言った。

「こうか」

多門は腫れにさわらぬようにふくらはぎの方をなでさすった。

「ひざも腰も痛みまする」

「そうか。難儀なことじゃ」

「背中もさすって下され」

「ならば少し横にならぬとな」

「多門どの」

背中に回ろうとした多門の襟元に、夢丸が怒ったようにつかみかかった。

「私は……、女子《おなご》でございます」

多門の太い首に手をまわしてすがりついた。

細い体が凍えた鳥のように震えている。多門は夢丸に添い寝し、四半刻のはずが一刻になり、やがて二刻になった――。

翌日の昼過ぎ、異変があった。数千の軍勢が北国街道を南下し、石田勢が関所を構えている池寺池の側に陣を張ったのだ。

前田利長の南下に備えて北陸の守備を固めていた大谷吉継の軍勢が、石田三成の要請にこたえて関ヶ原まで進出してきたのである。

やがて本陣とおぼしきあたりから、鷹《たか》の羽の家紋を染めた旗をかかげた使者が数騎、関所を抜けて中山道と伊勢街道を走り去った。大垣城と伊勢の身方に着到を告げる大谷吉継の使番《つかいばん》である。

大垣城への使者は半刻ほどで戻り、それを追うように石田家の旗をかかげた使番が大谷軍の本陣を訪ねた。

（あの使番になりすますことが出来れば）

多門はむくりと上体を起こし、茶筅髷《ちゃせんまげ》の汚れを払った。

九月三日の午後に何度か使番の往復があり、池寺池の側に布陣していた大谷勢は、夕方には南天満山の山裾に陣を移した。赤坂の東軍が佐和山城下に攻め入ることを警戒してのことだ。

多門は使番が眼下を通り過ぎるたびに腰を浮かしたが、白昼敵に気付かれずに使番を襲うことは不可能である。

夜になるのを待って再び関ヶ原を横切り、松尾村の南にある月見の祠に忍んだ。大谷軍の陣屋から鎧や馬を盗んで使番になりすまそうと考えてのことだが、さすがに大谷吉継の軍勢だけあって、着陣して半日の間に陣所の周囲に厳重な柵を巡らしていた。

南天満山のふもとから中山道を越えて松尾村にいたるまで、高さ一間《けん》ばかりの柵でぐるりと囲い、周囲には見張りの兵を立てている。柵の外側には騎馬武者が巡回して監視にあたっていた。

月見の祠から柵までは五、六町しか離れていない。杉林の端まで出て行けば、警固の兵の声が聞こえるほどだった。

まず鎧と旗を奪って大谷勢になりすまし、明け方に馬を奪って東に向かう。多門はそう心づもりをして、夜も更けてから月見の祠を出た。

杉林の中に狭い参道があり、半町ほどの間をおいて石仏が並べてある。八月十五日の仲秋の名月の時にでもかけたのか、石仏にはどれも赤い前だれがかけてあった。

多門は杉林の切れ目近くまで出た。

見張りの兵は二人一組で、一町ごとにかがり火をたいて周囲に警戒の目を光らせている。騎馬武者は右まわりと左まわりに一組ずつ、四半刻ほどの間をおいて巡回してくる。

これでは警固の兵を襲って鎧を奪い取ることは出来ない。関《せき》の藤川《ふじかわ》ぞいに布陣している脇坂安治や朽木元綱の陣屋に回った方がいいのではないか。

迷いながらも一刻ばかり身をひそめていると、不寝番の兵の交代が始まった。新手の兵が見張りに立ち、役目を終えた者たちは陣中に引き上げていく。その途中にほとんどの者は柵から離れて用を足す。

多門の頭にひらめきの稲妻が走った。

参道脇《わき》の石仏の後ろに回ると、一人の足軽が杉林の近くまで用を足しに来るのを見計らって、懐の銭をつかみ出して石仏の台座に落とした。

闇《やみ》の中で景気のいい金属音がして、銭が参道に飛び散った。

興味を引かれた足軽は、おそるおそる参道に足を踏み入れたが、飛び散っている銭に気付くと、まわりに誰《だれ》もいないことを確かめてから四つんばいになって拾い始めた。

「欲は身を亡《ほろ》ぼすもとじゃ」

多門はそう呟きながら、足軽の後頭部めがけて鉈正宗《なたまさむね》をふり下ろした。

足軽からはぎ取った鎧をつけ、陣笠《じんがさ》をかぶると、多門は杉林に身を伏せて次の交代を待った。

一刻か一刻半ごとに交代するとしても、夜明け前に必ずもう一度交代があるはずだ。

そう考えていたが、ついに朝まで見張りの交代はなかった。

柵の門が開き、数百人の雑兵《ぞうひょう》たちが外に出て朝飯を炊くかまどを作り始めた。杉の枯れ枝や薪《まき》を集めに杉林に入ってくるのは時間の問題である。

た。

（ええい、ままよ）

多門は背中に旗を差し、杉の枯れ枝をかかえて雑兵の中にまぎれ込んだ。

雑兵の大半は近在の村からにわかに寄せ集められた者たちなので、誰も不審を持つ者はいない。多門は馬をつないである場所の見当をつけて、陣中にもぐり込もうとした。

「おい」

突然背後から声をかけられた。

さきほどまで巡回の役についていた騎馬武者がすぐ後ろに立っていた。

「貴様はどこの組の者だ」

「はい、佐渡守さまの」

多門は咄嗟《とっさ》にそう答えた。どの家中にも、佐渡守の一人や二人はいるものである。

「ならばしばらくここで馬を預かっておけ。早朝の見回りで腹が冷えた」

馬のたづなを押し付けると、中年の武者は急ぎ足で杉林の中に消えていった。

栗毛《くりげ》の堂々たる馬で、金蒔絵《きんまきえ》をほどこした立派な鞍《くら》をつけている。多門は一瞬狐《きつね》につままれたような気がしたが、すぐに雑兵の群れから馬を引き出して東に向かった。

桃配山のふもとには、石田勢が柵を立てて関所を作っている。

「刑部少輔《ぎようぶしよう》さまの使番じゃ。大垣城に火急の用があって参る」

大音声《だいおんじよう》に呼ばわると、兵たちは馬も止めずに柵の扉を開けた。

だが幸運はそれほど続くものではない。

野上《のがみ》を抜けて垂井の宿に入ろうとした時、前方に数百騎がたむろしているのが見えた。大谷軍が関ヶ原に着陣したと聞いて、赤坂の東軍が偵察隊を出したらしい。

多門は馬のたづなを引き絞り、傍の空家に馬を入れた。しばらく身をひそめて、東軍が引き上げるのを待つしかなかった。

東軍が垂井宿まで迫っているという知らせは、烏頭坂で伊勢街道を見張りに当たっていた源兵衛のもとにも届いていた。中山道の関所にいた青ぶさの伊助が急を知らせたのである。

「敵は五、六百騎はいるようでございます」

「あわてるな。徳川家康が着くまでは赤坂の軍勢は動かぬ。それより多門はどうした。まだ網にかからぬか」

「それらしい者はみつかりませぬ。今朝《けさ》は大谷さまの使番が通ったばかりでございます」

「使番？　いつのことじゃ」

「四半刻ばかり前ですが」

「その頃には、赤坂の軍勢が垂井に出張《でば》っていたはずだな」

だとすれば大垣への道をふさがれて戻ってくるはずだ。常の使番が、捕えられる危険をおかしてまで敵中を突破するはずがないからである。

「ですが、戻ってはおりません」

「使番の顔を見たか」

「い、いいえ、見張りの者が馬も止めずに通したものですから」

「刑部どのの本陣に行く。そちは陣中に異変がなかったかどうか、雑兵どもにさぐりを入れてみろ」

源兵衛は大谷吉継の本陣をたずねて面会を求めたが、吉継は体調がすぐれぬので会わぬという。代りに渡辺《わたなべ》佐渡守《さどのかみ》という老臣が応対に出た。

「何かご不審の儀がおありとか」

「今朝の明け方、ご当家から大垣城へ使者をつかわされましたか」

「いいや。昨日は三度使者を立てたが、今日はまだ一度も出してはおらぬ」

「ならば、陣中で鎧や馬を盗まれた者はおりませぬか」

「そのような不届き者を、当家が扶持《ふち》しているとお思いか」

佐渡守があからさまに不快な表情をした。武士にとって戦場で武具を盗まれるほど不名誉なことはないからだ。

「ご無礼をお許しいただきたい。されど今朝方、中山道の当家の関所を、大谷刑部どのの使番と名乗って通り抜けた者がおるのでござる」

「当家からは使者など出してはおらぬし、陣中で盗まれた物もない。申し上げられるのはそれだけでござる」

古武士の一徹で取りつく島もない。源兵衛は兜《かぶと》を脇に抱えて本陣を出た。

「源兵衛さま、おりました」

柵の出口で待ち構えていた伊助が、南に広がる杉林を指さした。

「今朝あの月見の森で、身ぐるみはがれた足軽が見つかったそうでございます」

「得物は、厚刃の野太刀《のだち》か」

「それが頭を殴られて気を失っていたばかりだそうで」

「馬鹿《ばか》が」

源兵衛は多門という男が時々見せる甘さが我慢ならなかった。殺すか殺されるかの戦いに情けは無用だということを、今度会った時にはたっぷりと思い知らせてやらねばならぬ。

「馬はどうした。足軽風情《ふぜい》が馬を持っているわけがあるまい」

「どうやら多門らしい足軽に、馬を預けた侍がいるようでございます」

「関所はもうよい。すぐに出陣の仕度をして後につづけと伝えておけ」

「出陣とは、どちらに」

「多門は使番になりすまして垂井に向かった。だが徳川方の軍勢にさえぎられて、どこかにひそんでおるはずじゃ」

事は一刻を争う。源兵衛は配下の兵を待たずに、中山道を東に向かった。

九月六日の早朝、細川幽斎は久々に天守閣に登ってみた。

三層しかないとはいえ、ここに立つと城の四方を楽々と見渡すことが出来る。西に愛宕山《あたごさん》、東に五老岳《ごろうがだけ》がそびえ、北に広がる丹後の海はすでに晩秋の気配に包まれていた。

城の周囲には大坂方が築いた鹿垣《ししがき》や虎落《もがり》がぐるりと結い回してある。柵の内側の民家はことごとく焼き払われ、城の孤立感がいっそう際立っている。

初め幽斎はこんな柵など何の役にも立たぬと鼻で笑ったものだが、日がたつにつれて意外な効果を現わし始めた。完全に包囲されているという圧迫感に将兵が打ちひしがれ、城内が次第に重苦しい雰囲気に包まれていったのである。

その重圧に耐えかねたのか、足軽や雑兵たちの脱走があいついでいた。

大坂方は外濠《そとぼり》の際まで寄って投降を呼びかけていたし、幽斎も口べらしのために強いて引き止めようとしないので、今では足軽、雑兵の数は半分近くに減っている。

これでは籠城《ろうじよう》当初のような激戦には三日と耐えきれない。もはや勅命による和議を吞《の》む以外に、落城をまぬがれる術《すべ》はなかった。

（だが、早すぎる）

幽斎は愛宕山に向かって目を上げた。

明日未《ひつじ》の刻（午後二時）に和議の勅使が下向なされるので、お出迎えの仕度をお願いしたい。昨夜前田茂勝の使者がそう伝えてきたのだ。

これは幽斎にとって寝耳に水の知らせだった。

近衛前久との申し合わせでは、徳川家康から百万石の皇室所領を認めるという誓書が届いた後に、田辺城に勅使を下すことになっていた。

勅使は和議の勅命を伝えると同時に、皇室所領を治める管領《かんれい》に細川新家を任ずる旨の奉書を持参するはずだった。

その約束を取りつけた上で幽斎は城を明け渡して上洛《じょうらく》し、秀吉から受け取った密書をそえた連判状を家康に渡し、連判大名に徳川方の身方をするように指示をする。都で朝廷工作にあたっている中院通勝も、その計略は充分に呑み込んでいたはずである。

（それなのに、なぜ今頃《いまごろ》勅使を送ってきたのか）

幽斎は欄干をさすりながら思い巡らしたが、神ならぬ身にはそこまで見透かすことは出来ない。迷いに萎《な》えた足で本丸御殿まで戻ると、北村甚太郎が待ち構えていた。

「大殿、明慶の遺体が上がりましたぞ」

「明慶……」

勅使のことで頭が一杯になった幽斎は、明慶が行方不明になった瑞光寺の僧だということをすぐには思い出せなかった。

「何者かが体に錨《いかり》を縛り付け、三の丸の外濠に沈めていたのでござる」

外濠に泡が立ち上っているのを不審に思った甚太郎は、鉤のついた棒で濠の底をさぐらせたのだという。

「遺体はかなり腐り落ちておりますが、顔や胸にやけどの跡がありまする。なぶり殺しにされたか、拷問を受けたのでございましょう」

「行方不明になったのは、四、五日前であったな」

「月の法要の前夜でござる」

あるいは大坂方の密偵が潜入しているのかもしれぬ。幽斎はそう思ったが口にはしなかった。

「いかが計らいましょうか」

「もうじき勅使が入城なされる。浜に深く穴を掘って、他の死者と共に埋めよ」

「下手人の詮議《せんぎ》は」

「勅使が滞在しておられる間騒ぎ立ててはならぬ。明慶は大坂方との和議を望んでいたゆえ、籠城をつづけるべきだと言い張る者たちに殺されたのだ。そのような噂を流しておけ」

前田茂勝が知らせた通り、勅使は未の刻には大手門に到着した。

中院通勝、日野輝資、富小路秀直《とみのこうじひでなお》の三人を、前回と同じように茂勝が案内している。

幽斎も大手門を一杯に開き、城内を掃き清めて出迎えた。

ちなみに細川家の家伝ともいうべき『細川家譜《ほそかわかふ》』には、勅使の下向は九月十二日であり、使者は三条西実条《さねえだ》、中院通勝、烏丸光広の三人であったと記されている。

ところが当事者であった西洞院時慶は、日記の九月三日の条に、

〈丹後へ幽斎扱ニ日野大納言、中院、富小路同心ニテ下国也《なり》〉

と書き付けているので、勅使が前記の三人であったことは明らかである。

『細川家譜』が幽斎の歌道の弟子である三条西と烏丸の名をあげたのは、おそらく古今伝授による開城ということを強調したかったからだろう。

また九月十二日と日付を遅らせたのは、勅使が着いた六日から十二日までの間の勅使との虚々実々の駆け引きを、伝えたくなかったからにちがいない。

細川家を継いだ忠興は、幽斎が田辺城で巡らした計略については何ひとつ知らされていなかった。そのため事後にこれを知って激怒し、細川新家の当主となるはずであった嫡男《ちやくなん》忠隆を廃嫡し、幽斎とも断絶同然になった。

〈私は大外様《とざま》と申すものにまかりなり候《そうらい》て、幽斎と別家にまかりなり候。かくの如《ごと》くに御座候ゆえ、三淵《みつぶち》系図もまた幽斎系図も私ためには入り申さざるにつき一切存ぜず候事〉

後に家系について問い合わせてきた家臣に、忠興はそう書き送っている。ひたすら徳川幕府に恭順することで細川家を肥後五十四万石の大名にまで成した忠興としては、幽斎の計略ばかりか存在そのものを家伝から抹殺したかったのである。

三人の勅使を控えの間に案内し、風呂《ふろ》の馳走《ちそう》を申し出ると、幽斎は中院通勝を別室に呼んで早すぎる下向の理由をたずねた。

「どうやら石田治部の差し金のようです」

　通勝が声を落とした。

「治部は大垣城に出向いておるのではないのか」

「先月二十六日に城を出て、佐和山城に戻ったとの知らせがありました。以後の消息は定かではありませんが、大坂城を訪ねた後に上洛したとの風聞がございます」

　諸方にさぐりを入れて三成の行方を追ったが、確かなことはつかめなかったという。

「先月の晦日《みそか》に豊家の使番が西洞院家を訪ねております。この時、治部が連絡を取ったのかもしれませぬ」

「勅使下向の決定が下されたのはいつのことじゃ」

「九月一日でございます。一条太閤《たいこう》のご発議ですが、背後で動いたのは日野大納言どののようです」

「龍山公もご同意なされたのか」

「勅命に従わせるは朝廷の大義でございます。いったん議題にのぼれば、龍山公といえども異を唱えるわけには参りませぬ」

「西洞院邸を訪ねた使番とは、あるいは治部本人かもしれぬ」

幽斎はそう呟《つぶや》いた。時慶に日野輝資や一条内基を動かす度胸と才覚があるとは思えない。


「だとすれば、輝資卿《きょう》は治部と連絡を取っておられるということになる」

「狙《ねら》いは何でしょうか」

「わしをこの城から引きずり出すことだろうよ。狸《たぬき》も穴からいぶり出しさえすれば、捕まえる手はいくらでもあるでな」

「輝資卿は前田主膳《しゅぜん》とも何やらしめし合わせておられたようです。ご用心が肝要でございます」

「大津城の様子はどうじゃ。高次どのは動かれたか」

「手筈《てはず》通り、徳川方に付くと触れて城に立て籠《こ》っておられます」

これまで大坂方となっていた京極高次は、大谷吉継の軍勢と合流するために越前に向かったが、九月三日に急に兵を返して大津城に立て籠り、徳川方としての旗幟《きし》を鮮明にした。

このために関ヶ原に向かうはずだった毛利元康《もとやす》、立花宗茂《たちばなむねしげ》らの軍勢一万五千が、大津城攻撃にかからざるを得なくなったのである。

これは連判大名の力を見せつけて徳川家康との交渉を有利に運ぶために、幽斎が仕組んだことだ。我らを身方にしたなら、他にも数人の大名が御陣に参じまするぞ。大津城はほんの手みやげがわりでござる。家康の決断をうながすために、そう伝えるための挙兵である。

勅使下向が早まったこと以外、事はすべて順調に運んでいた。

「多門が家康どのの誓書を持参するまで、時間をかせぐしかあるまい。危うくなった時には、そなたも助け船を出してくれ」

幽斎は通勝と綿密な打ち合わせをして勅使との対面にのぞんだ。

本丸御殿の大広間には、すでに日野輝資、前田茂勝らが待ち構えていた。束帯に着替えた通勝は輝資の横に、法衣《ほうえ》をまとった幽斎は下の座についた。

「幽斎玄旨よ、身共《みども》らの手をわずらわすのもほどほどにせい」

輝資が高飛車に切り出した。

弟広橋大納言兼勝のように剣の心得はないが、腹に刃物を呑んだような凄《すご》みがある。

六月に一度勅使として田辺城を訪ねているが、あの時とは気構えがちがっていた。

「そちは武門の意地と細川家の面目を楯《たて》にとって、和議の勅命を拒んだそうじゃの」

「まことに恐れ多いことでございます」

幽斎はひたすら下手に出た。

「ならば何ゆえこの場に墨染めの衣などを着て出て来るのじゃ。帝《みかど》から二位法印の位をたまわったからではないのか」

「おおせの通りにございます」

「しかもそちは、古今伝授を受け継ぐただ一人の歌人でもある。それゆえ帝も特別のご慈悲をもって、和議の勅命を下されたのじゃ。それを断わるのは何か別の魂胆あってのことだと、都ではもっぱら噂されておるぞ」

「いかような噂でございましょうか」

「そちが八条宮さまへの古今伝授を途中で打ち切ったのは、これを餌《えさ》に朝廷を意のままにあやつろうとの思惑あってのことだとな」

「天地神明に誓って、左様なことはございませぬ」

「ならば勅命を受けよ。そちが武門の意地を言い立てて和議を拒むなら、大坂方も和議決裂と見なして城攻めを再開すると申しておる」

「明朝寅《とら》の刻を期して城攻めにかかるよう、全軍に下知しておりまする」

茂勝が輝資にうながされて口を開いた。

「日野大納言どの、幽斎どのは勅命に背くと申しておられるのではありません」

通勝が助け船を出した。

「留守役を任されながら城を明け渡しては、腹を切って越中守にわびるしかない。同じ死ぬのであれば、武士としてこの城で討ち死にしたい。それゆえ勅命を取り下げていただきたいと願っておられるのです」

「幽斎、まことか」

「そのようにお取り計らいいただければ、身に余る幸せに存じます」

「されど帝が三度勅使を下されたからには、その願いは聞き届けられぬ。勅命に従って城を明け渡すか、明朝の総攻撃を待つか、もはや二つに一つを選ぶ他はないのだ」

「三度もの勅命をいただくは当家末代までの名誉にございます。この上は何事もお申し付けに従う所存」

「殊勝じゃ。それでよい」

「ただし、倅《せがれ》忠興は内府さまに従って美濃の陣におりまする。田辺城が敵の手に下ったと聞こえれば、倅も大坂方に通じているとの疑いを招きましょう。美濃に使者を送って勅命の儀を伝える間、しばらくの猶予をいただきとう存じます」

「そなたの胸中分らぬでもないが、そのこと無用じゃ」

お前の手の内などお見通しだと言いたげに、輝資が鼻で笑った。

「都を発《た》つ時に、美濃赤坂の陣屋に向けて勅命和議を知らせる使者を立ててある。たとえ城を明け渡しても、越中守に危害が及ぶおそれはない」

「重ね重ねのご高配、痛み入りまする」

「では明日にでも城を出て上洛し、八条宮さまへの古今伝授を果たすがよい」

「恐れながら、今すぐというわけには参りませぬ」

「何ゆえじゃ」

「忠興の家臣の中には、城を枕《まくら》に討ち死にすると申す者が数多くおりまする。その者たちを説き伏せぬ限り、城をすみやかに明け渡すことは叶《かな》いませぬ」

「この期《ご》に及んで、用なき詭弁《きべん》を弄《ろう》するものよの」

「詭弁ではござらぬ。今朝も和議をとなえる瑞光寺の僧が惨殺体で見つかったばかりでござる。ご不審とあらば、城中の者に確かめてくだされませ」

輝資は前田茂勝を見やってその話が事実かどうかを確かめた。茂勝は入城と同時に城内にさぐりを入れていたらしく、小さくうなずき返した。

「万一それがしの独断で和議に応じたなら、その者どもが暴発し、皆様方にまで危害を及ぼすやもしれませぬ」

「説得に何日かかる」

「三日、いや四日は必要かと」

「重陽《ちょうよう》まで待とう」

重陽とは九月九日、三日後ということだ。

「その代り、それまでには荷物を運び出し清掃を終え、本丸を明け渡すことが出来るようにしておけ」

「承知いたしました」

幽斎はそう答えざるを得なくなった。

「細川家は足利将軍家につながる名家じゃ。家重代の名品もさぞ多いことであろうな」

輝資は満足気にうなずくと、茂勝を従えて席を立った。


その頃三の丸の外の砂浜では、小月春光らが明慶らの遺体をおさめた穴を埋めもどしていた。砂地を分けて深々と掘った穴に、十数人の雑兵たちが砂をかけていく。やがて満潮になれば、砂地は海の底に沈む。

春光は黙々と鍬《くわ》をふるっていた。外濠に沈めればやがて死体から気泡を噴いて発見されることは、以前に濠の死体をさらった時の経験から分っていた。

だがそうなるまでには数日の間がある。桐《きり》の箱に入った連判状を奪って城外に脱出する余裕は充分にあると見ていたが、明慶は死の間際まで嘘《うそ》をつき通していたのではないかという春光の予感は的中していた。

そのことに気付いたのは、仏壇にともした灯りのお陰だった。

明け方近くなって蠟燭《ろうそく》が燃えつきかけたために、幽斎が新しいものと取り替えた。その時、蠟燭の灯りが桐の箱を照らし、薄暗い中では見えなかった永楽通宝《えいらくつうほう》の家紋を浮かび上がらせたのだ。

永楽通宝は信長が好んで旗印に用いた紋である。几帳面《きちようめん》な幽斎が、信長ゆかりの品でもない密書を入れるわけがない。

そう考えて襲撃を見合わせていたが、その推測は見事に当たった。翌朝遺品を片付ける時に、幽斎が箱を開けたが、中には天下布武《てんかふぶ》と記した扇が入っているばかりだったのである。

満潮が近づくと、埋めもどした砂浜にさざ波が少しずつ迫り、やがて海の底へと呑み込んでいった。海水をすった砂はしっかりと穴を固め、明慶らを永遠に封じ込めてしまうだろう。

雑兵たちは足元まで迫った波を急に空恐ろしいもののように感じたのか、組頭《くみがしら》の許しが出るとそそくさと三の丸に引き上げていった。

春光は海の水で手足を洗って一如院に向かった。

明慶を殺したのは、勅命和議に反対する輩《やから》だという噂がもっぱらで、春光に疑いの目が向けられている気配はない。だがこれで密書がどこにあるかを知る手がかりも失われたのだ。

（こうなったら、一か八かだ）

その覚悟だけは定めていたが、この先どうしたら密書の手がかりが得られるのか皆目見当がつかなかった。

一如院の離れに戻ると、大野善左衛門が縁側に座って空をながめていた。細川家中随一と勇猛をうたわれた善左衛門も、今では自分がどこにいるのかさえ分らなくなっている。

戻ったことを伝えるために中庭に入ろうとした時、部屋の奥に人の気配がして、朽ち葉色の打掛けを着たお千代が出て来た。

春光は反射的に戸袋の陰に身をひそめた。お千代とは都や金沢で何度も顔を合わせている。眉《まゆ》を剃《そ》り落として雑兵の姿に身を替えているとはいえ、安心は出来なかった。

「さあ、仕度ができましたよ」

お千代は折詰を抱えて善左衛門の隣に座ると、手ぬぐいで前垂れをかけ、箸《はし》で取り分けて食べさせ始めた。

「都から帝のご使者がまいられまして、供応の宴をもよおすことになりました。お裾分けをこちらにもお届けするように、幽斎さまが申し付けられたのですよ」

赤ん坊にでも言い聞かせるように語りかけながら箸を運ぶ。善左衛門は空をながめたまま、頤《おとがい》を上下させて嚙《か》みくだいた。

「久々のご馳走ですもの。おいしゅうございましょう」

善左衛門は何も答えない。規則正しい咀嚼《そしやく》をくり返すばかりである。

「でも、ここにも明日までしかいられませぬ。帝のお申し付けで、お城を明け渡さなければならなくなりましたから」

善左衛門の唇の端から、米粒がぽろりと落ちた。お千代は前垂れに引っかかった米粒を甲斐甲斐《かいがい》しくつまみ上げ、もう一度口に運んだ。

「重陽の節句までに、本丸御殿の荷物をすべて一如院に移さなければならないのだそうでございます。ですからご隠居さまにも、足軽長屋の方にお移りいただかなければなりません」

荷物をここに移す？　ならばもう一度密書を奪う機会があるのではないか。

春光は思いがけない手がかりに胸をおどらせながら、そっと戸袋の陰から立ち去った。

大垣城下は賑《にぎ》わっていた。

八月十一日に石田三成、小西行長、島津義弘らが入城して、すでに一月近くが過ぎている。八月二十三日には伊勢に向かっていた宇喜多秀家の軍勢も到着したので、大坂方の総勢は三万にのぼっていた。

狭い大垣城ではこれだけの人数は収容しきれない。足軽、雑兵などは城下の町屋を占拠したり、空地に小屋を掛けたりして過ごしている。

軍勢三万とはいっても、半数近くは近在の村から駆り出され、荷物運びや陣所作りに当たる雑兵たちである。

彼らは非戦闘員であり、合戦となっても命の危険にさらされることは少ない。それだけに赤坂の東軍先鋒三万との対峙《たいじ》がつづいているとはいえ、案外のんびりと構えていた。

三万の軍勢は、三万の消費者でもある。

日々の食料や馬の飼い葉、武具、衣類から遊女まで、持ち込んで売れないものはない。金は持っているし、金使いも荒い。少々の危険に目をつぶる覚悟さえあるなら、これほど与《くみ》しやすい相手はいなかった。

そのことは商人たちが一番よく知っている。彼らは何両もの荷車を仕立て、米や野菜、魚などを山積みして大垣城下に持ち込んでいた。

この賑わいにまぎれて、石堂多門は三日の間城下の安旅籠《はたご》に留《とど》まっていた。十畳ばかりの板の間に、十二、三人が鮨詰《すしづ》めになっている。そのほとんどが商人だった。

彼らは驚くほど諸国の情勢に通じている。

徳川家康が三万の軍勢をひきいて江戸を発ったのは九月一日で、清洲城に着くのは十日か十一日になるだろう。多門は何人かの商人からそう聞かされていた。

三日の間城下に留まっていたのは家康軍の西上を待つためだが、蒲生源兵衛らの追跡を完全にふり切るという目的もあった。

垂井宿で徳川方の軍勢に行手をさえぎられた多門は、大谷家の合印の入った鎧を脱ぎ捨て、馬の鞍に鎧を結び付けて関ヶ原に向けて追い返した。

後を追って来る源兵衛がこのことを知れば、鎧を捨てたのは東軍に下るためだと見て追跡を諦《あきら》めるだろう。そう期待してのことである。

だが多門は、赤坂にいる細川忠興を頼るわけにはいかなかった。幽斎は今度の計略を忠興には何ひとつ知らせていないからである。

東軍が野営している赤坂よりは、西軍が籠城している大垣城下の方が警戒がゆるやかなはずだ。

そう判断した多門は、垂井宿を迂回《うかい》して城下にたどりつき、安旅籠に身をひそめて源兵衛が追跡を諦めたかどうかをうかがっていた。

だが、そろそろ出発すべき時期だった。

九月一日に家康が江戸を出発したのなら、今頃は駿河《するが》の島田《しまだ》宿あたりに着いているはずである。これから出れば白須賀《しらすか》か岡崎《おかざき》で行き合うことが出来る。

問題はどうやって長良川を渡るかということだった。

大垣から美濃道を下れば墨俣《すのまた》の渡、東南の清洲に向かえば大森《おおもり》の渡がある。だが渡し場には大坂方が見張りの兵を立て、徳川方の密偵や自軍からの脱走者の取り締りに当たっているという。

その中には源兵衛の配下もいて、多門の動きに目を光らせているはずだった。

（どこかで船を盗んで、夜の間に川を渡るしかあるまい）

上がり框《かまち》に座って草鞋《わらじ》をはいていると、初老の男が恐る恐る声をかけてきた。

「あの、これからどちらへ」

背中に魚の臭《にお》いのする大きな籠《かご》を背負っている。

「もしや、清洲の方面には参られませぬか」

石田家の密偵ではないか。多門は一瞬そう疑ったが、男は一人ではなかった。同じような籠《かご》を背負った男三人、女二人の連れがある。

「だとしたら、何の用だ」

「この先の森部《もりべ》まで、ご一緒してはいただけないでしょうか」

男たちは長良川ぞいの森部から川魚を売りに来たが、思いがけない高値でさばけ、持ちなれぬ大金を持ったために帰りの道中が心配になった。そこで頼りがいのありそうな男を捜していたという。

「お前たちは漁師か」

「百姓ではございますが、小さな川船を持っております。ご一緒していただけるなら、ここの払いは私共で持たせていただきますが」

「せっかくだが、もう済んでおる」

多門はそう言ったが一緒に行くことを承知した。そればかりか初老の男の籠まで背負い、魚臭い笠《かさ》を借りてかぶった。

「仲間と反りが合わず、武士を捨てて田舎《いなか》に帰るところじゃ。途中で顔見知りと会うと面倒でな」

大垣から清洲に向かう道の両側には、たわわに実った稲が頭《こうべ》をたれている。だが収穫しているのは丹精込めて育て上げた百姓たちではなく、大垣城にいる西軍の雑兵たちだった。

兵糧米《ひょうろうまい》の仕度がないまま大垣城に入った彼らは、周囲の稲を奪い取ることで急場をしのいでいたのだ。福島正則の清洲城から潤沢な兵糧の供給を受けている東軍とは、合戦の前から大きな差があった。

森部の村に着くと、多門は二百文の謝礼を受け取って百姓たちと別れ、長良川の河原《かわら》に向かった。

彼らが話した通り川ぞいには船小屋が十軒ほど並び、どの小屋の側にも大きな銀杏《いちょう》の木がそびえていた。長良川が氾濫《はんらん》した時に船を繋《つな》ぎ止めておけるように、数代前の先祖が植えたものだという。

多門は一軒の船小屋にもぐり込むと、川船に寝そべって夜を待った。

その頃、蒲生源兵衛は大垣城下の東のはずれの旅籠にいた。多門が美濃道を通って墨俣に向かった場合にそなえて、配下とともに見張りについていたのである。

一昨日垂井宿に駆け付けた時には、すでに東軍の偵察隊は赤坂に引き上げた後で、多門も姿を消していた。

源兵衛は宿場と中山道ぞいに住む者たちを徹底して取り調べ、多門が盗んだ鎧と馬を発見した。宿場はずれに住む馬借《ばしやく》が、馬小屋に隠していたのだ。

脅し付けて事情を聞くと、鞍に鎧を結びつけたまま関ヶ原に向かっていたので、これ幸いと我物にしたのだという。

金蒔絵をほどこした鞍だけでも、馬借の一年分くらいの稼ぎに当たるだけに、欲に目がくらんだのだ。

多門らしい男は見かけなかったかとたずねたが、四十ばかりの男は青くなって知らないと答えるばかりだった。源兵衛は他へのみせしめのために男を打ち首にすると、配下をひきいて大垣へと向かった。

多門は偵察隊に合流して細川家の陣所に向かったのだと最初は思った。

だが、それならなぜ馬まで捨てる必要があったのか?

敵と見られないために大谷家の鎧を脱ぎ捨てたのは当然だとしても、馬は赤坂まで乗って行ってもいいはずである。

これほど見事な馬を大谷軍の陣中から盗み出したとなれば、恰好の手みやげになる。しかも垂井まで出陣していた偵察隊はすべて騎馬だったのだから、合流するにも馬は必要だったはずだ。

それなのに馬を捨てたということは、東軍に合流しなかったからだ。とするなら赤坂ではなく大垣に向かったのである。そう考えた源兵衛は、大垣城下のすべての出入口に人を配して見張らせていた。

だが三日たっても、鉈《なた》のように身幅の厚い朱鞘《しゅざや》の太刀をたばさんだ男を見かけたという報告はない。

それでも源兵衛は諦めなかった。もし多門が赤坂に向かっていたならすべては終わりである。たとえ万に一つの可能性だとしても、大垣に向かった方に賭《か》けるしかなかった。

清洲口の見張りについていた伊助から使いが来たのは、申《さる》の刻（午後四時）を過ぎた頃だった。

「多門らしい男が、魚売りの者たちにまぎれて清洲へ向かっております。伊助どのが後を尾《つ》けておられますので、すぐに追手を差し向けられますよう」

「でかした。急ぎ出立じゃ」

源兵衛は二十人ばかりの手練《てだ》れを選び、五人には念のために馬上筒を持つように命じて後を追った。

長良川は増水していた。

上流の山間部でまとまった雨が降ったらしく、川はいつもより一尺ほど水嵩《みずかさ》を増し、船小屋の五間ほど先まで迫っている。

森部でも夜になって雨が降りはじめ、葦《あし》でふいた屋根からもれる雨が川船の中で眠っていた多門の顔に落ちかかった。

位置をかえようと寝返りを打った多門は、人の気配にはっとした。

河原に生い茂った葦を踏み分ける足音が、雨の音に混じって近付いてくる。それも一人ではない。十五人、いや二十人近くが、小屋を包囲する陣形をとって迫っていた。

多門は船の中に漁網を押し込み、むしろをかけて人が寝ているように見せかけると、むき出しになった梁《はり》に上った。葦の屋根を押し広げて外をのぞくと、闇の底に影どもがうごめいている。

頭上には大きな銀杏の木が、小屋におおいかぶさるように枝を広げていた。

(どうやらわしを、よほど気に入ってくれたようだが)

多門は懐から夢丸の忍び袋を出した。中には三本の火薬筒と鉤のついた忍び縄が入っている。懐炉《かいろ》の灰をかき回すと、小さくなった炭火が鈍い光を放った。

（追いかけっこもここで終わりだ）

火薬筒の火縄を短く切って、敵が小屋に踏み込んで来るのを待った。十八人の配下に小屋を完全に包囲させると、源兵衛は馬上筒を持った五人を四方に配した。

「伊助、火矢を射かけよ」

そう命じたが、伊助はしばらくためらった。

せっかくここまで追いつめたのに、密書まで燃やしては、多門が使者として東へ向かうと知らせてきた春光の手柄がふいになりはしないかと危ぶんでいるらしい。

「小屋が燃え落ちる前に、多門はかならず飛び出してくる。心配は無用じゃ」

源兵衛は音をたてて鞭《むち》をふるった。

伊助はぴくりと身をすくめ、油布をまいた矢に火をつけて船小屋に射込んだ。五、六本たてつづけに射た矢が、黒木の壁や葦の屋根に突き立って勢いよく燃え上がった。

風は上流から下流に向けて吹いている。源兵衛は槍《やり》を手にして下流に回った。多門は風下に流れる炎と煙にまぎれて脱出すると見たからだ。

だが小屋が炎に包まれ、長良川の水面を赤く染めるほどに火勢を増しても、多門は出て来なかった。

葦でふいた屋根が燃えつき、横に渡した梁が音を立てて崩れ落ちたが、猫の子一匹飛び出しては来ない。

「源兵衛さま、奴《やつ》は」

伊助が手槍を握りしめ、焦りに上ずった声を上げた。

もはや小屋は崩れ落ちていた。折り重なって炎をあげる柱や梁の下で、川船ばかりが元の形を保っている。その底に人が伏せたような盛り上がりが見えた。

「あれだ」

伊助が走り寄って手槍を打ち込んだ。それにつられて、数人が動いた。

「馬鹿者、下がらぬか」

源兵衛が叫んだ瞬間、川船が轟音《ごうおん》をあげて火柱を噴いた。爆風とともに炎に包まれた柱や梁が飛び散り、近寄ろうとした伊助らをなぎ倒した。

それでも残った者たちは包囲の陣形を崩さなかった。爆発の混乱をついて脱出するのではないかと、焼け跡に目をこらして待ち構えている。

多門は銀杏の木の上にいた。

伊助が火矢を射かける寸前に葦の屋根を破り、銀杏の枝に忍び縄をかけて移ったのだ。伊助らがそれに気付かずに近付くのを見計らって、焼け跡に火薬筒を投げ込んだのである。

「木の上だ。撃て」

いち早く多門に気付いた源兵衛が声を張り上げた。

小屋の四方に配していた五人が、馬上筒の筒先を上げた。つるべ撃ちの銃声がして、黒い影となってそびえる木を弾《たま》が突き抜けた。

だが、それより一瞬早く多門は枝から飛び下りていた。飛びながら小屋の表口で銃を構えた者たちに火薬筒を投げつけ、木の真下にいた男を蹴倒《けたお》した。

長良川の川岸近くで爆発音が上がり、火柱が噴き上がった。その隙に多門は上流の船小屋に三本目の火薬筒を投げ込み、さらに上流を目ざした。

闇の中で行方を見失った源兵衛の配下は、一軒一軒小屋を改めている。二軒目の小屋の爆発に四、五人が巻き込まれた。

「二手に分れよ。一手は上流に回れ」

源兵衛は馬に乗ると片手に槍、もう一方の手に松明をつかんで真っ先に上流に向かった。

多門は二町ばかり先にある最上流の船小屋に駆け込み、川船を繋いだ艫綱《ともづな》を切って川に押し出そうとした。

だが地べたにじかに置いた船は、押せども引けども動かない。松明をかかげた源兵衛はすでに一町ばかりの所に迫っている。

前から引いてみようと舳先《へさき》に回っていると、丸太を踏んで転倒しそうになった。あわてている上にあたりが暗いので、地べたに転がっていた数本の丸太に気付かなかったのだ。

（ありがたい。これだ）

多門は舳先を抱え上げて船底に丸太を当て、船を川まで滑り落とそうとした。川まではゆるやかな傾斜がある。丸太に乗った船はやすやすと動いたが、川まで二間ほどに迫った所で横倒しになった。

再び船底に丸太を敷き、舳先がようやく水面に届いた時、上流に回り込んだ源兵衛が馬上から松明を投げた。

松明が炎の放物線を描いて船の舳先に落ち、船底に敷いたむしろに燃え移った。

「ここまでたどりついたことだけは誉《ほ》めてやろう」

源兵衛が悠然と馬を下り、無造作に槍を下げて歩み寄った。

「だが、この川を渡らせるわけにはいかぬ」

多門は船を押した。船底の三分の二ほどが水面に浮かび、川の流れに押されて舳先とする。

を下流に向けはじめた。

源兵衛は船越しに槍を突いた。

胸元を狙った鋭い突きを、多門は横に動いてかわした。かわしながらも船を押そうとする。

源兵衛は大車輪に槍をふり回し、多門を船縁から追い払った。

「三途《さんず》の川には渡し守がおる。船はいるまい」

そう言うなり槍の穂先で船尾を払った。船はやすやすと川に弾《はじ》き飛ばされ、岸にそって少しずつ流れ始めた。

流れ去る前に、何としてでも飛び乗らねばならぬ。多門はじりじりと後退しながら隙をうかがったが、源兵衛に背中を向けたら命はない。前に出ながら活路を見出す他はなかった。

「家康への密書を渡せ。さすれば命ばかりは助けてやろう」

源兵衛は言葉で隙を誘いながら、中段の構えから槍をくり出した。

息つく間もなくくり出す浅い突きを、多門は鈍正宗をふるってかわしながら懸命に内懐に入ろうとした。

「こしゃくな」

源兵衛が槍を横に払って足元を狙った。多門は前に飛んでそれをかわし、源兵衛の眉間《みけん》に鉈正宗をふり下ろした。

「馬鹿が」

源兵衛は軸足を前に送って半身になり、槍の石突きで宙に浮いた多門の腹を突いた。

多門は一間ほども後ろに突き飛ばされ、背中から河原に落ちた。懐に夢丸の忍び袋が入っていなければ、串刺し《くしざ》になっていたところである。

あお向けになってあえぐ多門の胸に、源兵衛がとどめの槍を突いた。

多門は横に転がり、かろうじてこれをかわした。槍は雨に濡《ぬ》れた粘土質の河原に深々と突き刺さった。

源兵衛がそれを抜くより一瞬早く、多門は槍の柄《え》を両断し、肩から体当たりをくれた。源兵衛は鎧の音をたてて尻餅《しりもち》をついた。

川船はすでに岸を離れ、川の流れに乗って遠ざかっていた。舳先の炎が黒い水面に映って、まるで鵜飼《うか》い船のようである。

多門は下流に向かって走り出した。前方からは源兵衛の配下が松明をかざして迫っている。いきなり銃声が上がり、肩口に蜂《はち》が刺したような痛みが走った。

多門は懐から忍び縄をつかみ出し、岩場から眼下の川に飛び込んだ。飛びながら川船目がけて鉤を投げている。

「南無三」

水面から顔を出し、泳ぎながら縄をたぐった。二度三度とたぐると、手応《てごた》えがあった。鉤が船縁《ふなべり》を嚙んだのだ。

多門は黒い水に押し流されながら、少しずつ船にたぐり寄っていった。

多門が徳川家康の本陣にたどりついたのは九月九日の正午過ぎだった。

前日遠江《とおとうみ》の白須賀に泊った家康は、この日赤坂宿に足を止めて昼食を取った。宿場の出入口に関所をもうけ、東海道ぞいには三万の軍勢が左右に列をなして警戒に当たっている。

だが関所の兵に細川幽斎の使者であることを告げると、さしたる詮議もなく家康が本陣としている旅籠まで案内された。

各大名からの使者が頻繁に訪ねて来るためか、家臣たちの応対は驚くほど迅速で丁重だった。

旅籠の庭でしばらく待つと、錦《にしき》の鎧直垂《よろいひたたれ》を着た三十五、六歳の武士が濡れ縁まで出て来た。

「細川幽斎どのの使者と申したな」

「ははっ」

多門は作法通り地にひれ伏している。

「ならば用件を聞こう」

「恐れながら、内府さまに直《じか》にお伝えするようにとのお申し付けでござる」

「わしは本多正純じゃ。使者の接見はすべて任されておる」

「直にというお申し付けでござるゆえ」

多門はゆずらなかった。長良川を越えた後、二日の間東海道を駆け通している。顔はほこりにまみれ、体は疲れ切っていたが、眼光ばかりは獣のように鋭かった。

「近頃めずらしく強情な奴じゃ。内府さまのご意向を伺って参るゆえ、幽斎どのの書状をこれに」

正純は油紙に包んだ書状を受け取って奥に引き下がった。

四半刻ばかりも待たされた後で、多門は庭伝いに奥に案内された。鈍正宗は取り上げられ、屈強の武士四人が両脇に付き添っている。

中庭に面した部屋の沓脱石《くつぬぎいし》の前にひざまずいて待つと、縁側の向こうの襖《ふすま》が半間ほど開けられた。

家康は昼寝の後らしく、蒲団《ふとん》の上に上体を起こしている。小柄だが肩幅が広く、前かがみになるのが窮屈なほど肥《ふと》っていた。

「幽斎どのの用向きは分った。内府さまがお許しになられたゆえ、口上を申し上げるがよい」

正純にうながされて、多門は面を上げた。

「連判大名の所領百万石を皇室所領とすること。前田利長、利政どのの所領百万石を安堵《あんど》すること。この二点を認める誓紙《せいし》を差し出されるなら、朝廷からは征夷《せいい》大将軍に任ずる内命が下され、幽斎どのからは身方をする証《あかし》として連判状が渡されまする」

家康が正純を呼んで何事かをささやいた。

「否《いな》と申したなら何とする。内府さまがそうお訊《たず》ねじゃ」

「拒まれるなら、連判大名と前田家は身方にはならぬ。また朝廷も豊臣家へ先に下した勅命を撤回するとのことでござる」

「弥八郎《やはちろう》」

家康が蠅《はえ》でも追うように手を払った。風邪《かぜ》をひきかけているのか、声が少しひび割れている。

「遠路の使い大儀であった。表でしばらく待っておれ」

正純は多門を下がらせると、襖を閉めて指示を待った。

家康は幽斎の書状を見つめたまま長々と黙り込んでいる。

「いかが計らわれますか？」

正純は家康の近習筆頭として諸大名との折衝を任されている。幽斎が古今伝授と連判状を武器にして策謀を巡らしていることは、会津征伐に出発する前から知っていた。

「吉川、小早川への調略はどうした？」

「吉川広家どのとは和議を結べるものと存じますが、小早川どのの方はいまだに目処《めど》が立っておりませぬ。目下甲斐守《かいのかみ》どのが交渉を詰めておられます」

南宮山に布陣した吉川広家とは、黒田甲斐守長政の仲介によって和議を結ぶ約束が出来ていた。

「すると百万石分の大名の動向が、勝敗を分けることになるかもしれぬな」

「前田家も加えれば二百万石でございます」

「百万石じゃ。前田家のことは、案ずるには及ばぬ」

利長、利政の所領を安堵するという条件で、前田家はすでに身方に引き入れてある。その仲介をしたのは、江戸に人質として下った芳春院だった。

芳春院は幽斎の計略に従って動いていたが、徳川方に利ありと見て土壇場で家康に通じたのだ。

「ならば他の連判大名を身方につけずとも、戦に勝つ方策はあるものと存じます。されど豊臣家に下された勅命が撤回されるようなことがあれば、輝元どのが秀頼さまを奉じて出陣なされるやもしれませぬ」

「うむ、そのことよの」

「ひとまず幽斎どのの申し出を容《い》れられ、朝廷を身方につけるのが得策と存じまする」

「だが百万石もの皇室所領を認めるわけにはいかぬ。それではたとえ豊臣家を亡ぼしたとしても、余計に厄介な敵を抱え込むことになる」

朝廷の権威はこの国の何人《なんぴと》も侵すことが出来ないものだけに、豊臣家よりはるかに御し難い相手だった。

「出来ることなら、美濃での戦の決着がつくまで、あの男を都に帰したくはないが」

何かよい智恵《ちえ》を絞らぬか。家康はそう言いたげな目を正純に向けて立ち上がった。

# 第二十五章　密謀の行方

九月九日は重陽《ちょうよう》である。

陽数である九が重なるという意味で、三月三日や五月五日などと並ぶ五節句の一つである。

菊の節句とも呼ばれるのは、宮中ではこの日に観菊の宴を催したからだ。菊の花を愛《め》で、歌を詠み、菊を浸した酒を飲む。まことに雅《みやび》やかな風習である。

丹後の田辺城でも、この日観菊の宴が催されていた。本丸御殿の対面所に三人の勅使を招き、幽斎が自ら包丁をふるってもてなした。

緋毛氈《ひもうせん》を敷きつめた上段の間には中院通勝、日野輝資、富小路秀直がつき、幽斎はじめ一門や重臣たちが相伴をする。酒宴が一段落したあとに歌の会を始めることになっているだけに、歌の心得のある者ばかりを選んで列席させていた。

幽斎は苦しい立場に追い込まれていた。

日野輝資と約束した家臣説得の期限は今日である。城を明け渡す時に持ち出す荷物もほとんど二の丸の一如院に移し、城内のすみずみまで清掃を終えている。それでも多門が徳川家康の誓書を持って戻るまでは、城を出るわけにはいかなかった。

かといって和議の勅命を拒むことも出来なかった。

一万五千の敵の総攻撃を受ければ、今の城兵の数では守りきれる見込みはない。それ以上に、都における広橋兼勝や西洞院時慶らの動きが不気味だった。

彼らは近衛前久の子信尹《のぶただ》を抱き込み、勅命によって東西両軍の和睦《わぼく》をはかろうとしていたのである。

このことについて『時慶卿記』の九月七日の条には次のように記されている。

〈近衛殿へ参上シテ御目ニ懸《かか》ル。天下扱ノ義ニ付テナリ〉

八条殿の大石甚助からこの知らせを受けた幽斎は、時慶らの真の狙《ねら》いは先に近衛前久らが豊臣家に下した勅命を撤回させることにあると見ていた。

だが公然と勅命の撤回を求めることは出来ないので、東西両軍の和睦という要求を突き付けることで議論をふり出しに戻そうとしたに違いない。

幽斎が和議を拒否出来ないと判断したのはそのためだが、かといって明日城を明け渡すわけにはいかない。残された方法は日野輝資らを手厚くもてなし、遊興に時を忘れさせることだ。

そこで幽斎は今日の観菊の宴を皮切りに、茶会、能会、連歌の会、流鏑馬《やぶさめ》など、持てる技のすべてを尽くして接待に努めることにしたのだった。

「さて、それでは重陽の節句の恒例に従いまして、歌の会に移りたいと存じまする」

幽斎の発声を待ちかねたように、あでやかに着飾った侍女たちが短冊《たんざく》と筆を運んできた。

侍女たちの後からは小姓たちが花器に生けた菊の花を、上段の間の廻《まわ》り縁に並べていく。花と女の色香に、あたりは急に華やかなまめかしさに包まれた。

日野輝資は無類の酒好きである。公家《くげ》の例にもれず色好みでもあり、歌道にも造詣《ぞうけい》が深い。配慮の行き届いたもてなしに満足したのか、心地良さそうに短冊に筆を走らせていた。

「まずは日野大納言さまに一首頂戴《ちょうだい》したく存じますが」

幽斎はすかさず水を向けた。

「いやいや、そうはいかぬ」

「ならば私が務めましょう」

中院通勝も宴を盛り上げようと気を配っている。

「幽斎玄旨は古今伝授の正統を受け継ぐただ一人の歌人じゃ。それを絶やさぬがために、身共《みども》らはこうして下向しておる。本日の歌会の発句《ほっく》は、幽斎こそ適任というものじゃ」

上機嫌に酔いながらも、輝資の言葉には鋭い敵意の棘《とげ》がある。

「されば僭越《せんえつ》ながら、勅命を拝しましたるただ今の胸の内を」

幽斎は短冊に一首の歌を書きつけて読み上げた。

いにしへも今もかはらぬ世の中に
　心のたねを残す言《こと》の葉

さして興趣深いものではないが、古今伝授にかける幽斎の決意がにじみ出たような歌である。輝資でさえ、虚を衝《つ》かれたようにしばらく黙り込んだほどだった。

幽斎の歌に刺激されたのか、それから一刻《いっとき》ばかりは皆が先を争って歌を詠み、短冊の数を重ねていった。

歌に熱中して酔いが醒《さ》めると、再び酒宴になる。正午過ぎから夕方まで、その繰り返しだった。

「ところで幽斎、主殿には細川家重代の家宝が納めてあるそうだな」

輝資が酔いに赤らんだ顔を向けた。

「荷物はすべて一如院に運べとのお申し付けでございましたが、万一家宝を損なうようなことがありましては、先祖にも子孫にも申し訳が立ちませぬ。それゆえ城を出るまで手元に置かせていただきとうございます」

「もっともな申し様じゃ。細川家は清和源氏の名家ゆえ、由緒ある品々もさぞや多いことであろうの」

「さほどのこともございませぬ」

「どうじゃ。菊の宴の趣向に、この場で披露してはくれぬか」

「それは、構いませぬが」

輝資の狙いが連判状の所在を確かめることにあることは幽斎も察している。だが断わって不興を買うわけにはいかなかった。

対面所の正面には能舞台が建てられている。

舞台の後方には橋掛りがあり、東側の楽屋とつながっていた。楽屋には演能のための衣裳《いしょう》や道具を納めた納戸《なんど》がいくつもある。

小月春光はその中のひとつに身をひそめて対面所の様子をうかがっていた。雑兵《ぞうひょう》の身ではうかがうことの出来ない本丸御殿の様子を知らせたのは、一如院の離れに残された一通の文《ふみ》だった。

この三日の間、一如院は本丸御殿からの荷物の運び入れのためにごったがえしていた。その混乱のさなかに、誰《だれ》かが春光の荷物の中に文を忍ばせていたのである。

それには幽斎が菊の宴で家宝に類する品々を披露することと、本丸御殿の地図と脱出路が記されていた。

右上がりの角張った字は、前に「明慶も存じ候《そうろう》」と知らせて来たのと同じ筆《て》だった。

春光にはもはやためらっている余裕はなかった。

これが身方からの知らせであることに賭《か》け、昨夜のうちに東側の内濠《うちぼり》と多聞櫓《たもんやぐら》を越えて楽屋の納戸に忍び込んだのである。身につけているのは、腰に巻いた火薬袋ひとつだけだった。

本丸御殿は表御殿と奥御殿とに分れていた。表御殿には幽斎が政務をとるための主殿と、客を迎えるための対面所があり、常の住居である奥御殿には妻の麝香や侍女たちが住んでいる。

表と奥の間は土塀で厳重に仕切られ、出入口は主殿の側《そば》の表口と対面所の側の木戸しかなかった。

たとえ密書を奪ったとしても、警戒の厳重な表御殿の正門から脱出することは出来ない。多聞櫓を乗り越えても、内濠に手間取っている間に包囲されてしまう。

それゆえ木戸を通って奥御殿に逃げ込み、天守横の橋を渡って二の丸に出よ。文の主は地図の上に脱出路の線を記すことでそう教えていた。

春光は夜の間に地図が正確であることを確かめていた。

対面所の脇《わき》の土塀には、人が腰をかがめてくぐり抜けられるほどの木戸があった。ためしに開けてみようとしたが、奥御殿の側から閂《かんぬき》がさされているらしく、厚い扉はびくともしなかった。

それでもここを通れと指示しているのは、当日には開けておくということだろう。

(文の主は女か)

春光はそう思った。

幽斎の侍女として奥御殿に入っている者しか、この閂を抜いておくことは出来ないはずだからである。

春光がひそんだ納戸からは、対面所の上段の間と下段の間がよく見えた。話し声さえ聞き取れるほどの近さである。

文の主が知らせたように、下段の間には勅使に披露するための品々が次々と運び入れられているが、連判状がどの箱に入れられているかは分らなかった。

「幽斎玄旨、日も暮れたし酒にも飽きた。そろそろ披露を始めよ」

日野輝資が急き《せ》立てた。

幽斎は下段の間に並べられた数々の形の箱の中から、薄い縦長の箱を取り出して膝《ひざ》を折った。

「さしたる品もございませぬが、お申し付けに従い披露させていただきまする」

中には金糸で菊の御紋を縫い取った錦《にしき》の御旗《みはた》がおさめられている。

「これなる御旗は、六代前の備後守頼有《びんごのかみよりあり》が明徳《めいとく》の乱の折に備中の二万山《にまやま》で戦功をあげ、後小松《ごこまつ》天皇より賜わったものでございます」

幽斎は幅一尺、長さ三尺ほどの旗を上段の間に向けて示した。

細川頼有は足利三代将軍義満に仕えて名管領《かんれい》とうたわれた頼之《よりゆき》の弟である。長男頼之が本家をつぎ、頼有は分家して阿波《あわ》を領国とした。幽斎が養子として入った和泉半《いずみはん》国守護《ごくしゅご》家の始祖に当たる男である。

「これがその折に引き出物として賜わった細太刀《ほそだち》でござる」

別の箱から黄金造りの鞘《さや》の細い直刀を取り出した。

「なるほど。光厳《こうごん》帝を擁立して北朝とし、後醍醐《ごだいご》帝の建武のご親政をくつがえしたのもその方の先祖であったな」

日野輝資はにやにやしながら盃《さかずき》を重ねている。

「先祖の功罪は見る者の立場によって異なりましょう。ちなみに姻戚《いんせき》として足利将軍家を支えたのは、大納言さまの日野家でございます」

三代義満以来、将軍の妻は六代にわたって日野家から迎えている。足利家が大樹とするなら、日野家はそれにからむ蔦《つた》のようなものだった。

「身共は何も功罪を論じておるのではない。そちの朝廷工作の見事さは、血筋の良さのなせる業だと感服しておるばかりじゃ」

「こちらの征矢《そや》は、遠祖八幡太郎義家《はちまんたろうよしいえ》が奥州《おうしゅう》征伐の折に用いたものと伝えられております」

幽斎は構わず先をつづけた。

数百年の時を越えて英雄たちの営みを伝えつづける品々に、警固の武士までが目を奪われている。その隙《すき》に小月春光は楽屋の納戸から抜け出し、渡殿《わたどの》の床下に身を隠して対面所の北側に回りこんだ。

対面所は檜皮《ひわだ》ぶきの大屋根でおおわれた一棟の建物だが、北側の屋根は採光のために幅一間《けん》ほどの隙間を開けてある。

その下は白砂を敷きつめた庭になっていた。庭の突き当たりには長廊下があり、廊下の向こうが下段の間である。

昨夜下見している春光は、難なく下段の間が見える位置まで忍び寄り、長廊下の床下から様子をうかがった。だが下段の間の北側の襖《ふすま》は固く閉ざされている。

あたりは薄闇《うすやみ》におおわれ、巨大な行灯《あんどん》に照らされた上段の間ばかりが明るく浮き立っていた。

（遅い……）

春光が焦《じ》れはじめた時、楽屋の納戸でたてつづけに爆発音が起こった。火薬を紙で巻いて作った爆竹に、火縄を結びつけて発火させただけの簡単な細工である。

だが日野輝資や女たちは鉄砲でも撃ちかけられたかと騒ぎ立て、警固の兵が一斉に楽屋へ走った。

用意の火薬袋に火をつけると、春光は上段の間にほうり込んだ。

目つぶしのための毒草をまぶした火薬は猛烈な煙をふき上げ、目を開けていられないほどの痛みを引き起こす。

煙をさけて細川家の者たちまでが庭に飛び出した隙に、春光は下段の間に飛び込み、家宝をおさめた箱を片っ端からひっくり返した。

「曲者《くせもの》じゃ。下段の間におるぞ」

庭で叫び声が上がり、数人が白刃をきらめかせて駆け寄ってくる。

春光は最後の火薬袋に火をつけて庭にほうり投げると、文箱《ふばこ》とおぼしき箱から裏返していった。

散乱する書状の上に、一巻の巻物が転がり落ちた。青い表紙には、「天正十年連判書状」と記されている。

（これだ）

春光は巻物をつかんで長廊下に出ようとした。

「曲者」

下段から抜き打ちに斬《き》りつける者があった。庭から駆けつけた北村甚太郎である。春光は上段の間に転がり込んでかろうじて切っ先をかわした。左の太股《ふともも》が斜めに浅く斬られている。

「突助、貴様か」

甚太郎は煙に痛む目を見開いて二の太刀をあびせたが、目測をあやまって長押《なげし》に深々と斬り付けた。

　春光は長廊下を主殿に向かって走った。

　そのまま玄関に行くと見せかけて庭に飛び下り、物陰にうずくまって甚太郎をやり過ごすと、土塀のきわの松の植込みの陰に身をひそめながら木戸まで引き返した。

　木戸の閂がはずしてあることは、対面所に向かう前に確かめている。二の丸にさえ出れば、たとえ逃げきれなくとも巻物を城外にほうり投げることが出来る。そうすれば必ず石田三成のもとに届けられるはずだ。

「いたぞ。あそこじゃ」

　警固の兵が龕灯《がんどう》を向けた。三つの光の輪が、闇にひそむ春光の姿を浮き上がらせた。

　春光は植込みの陰から躍り出て走り出した。

「対面所に向かったぞ。追え追え」

　今や警固の兵は混乱から立ち直り、完全に包囲網を築きつつある。

　春光は勢子《せこ》に狩り立てられる獣のように、ただひとつの脱出口である木戸に向かって猛然と走った。

　木戸の扉は開いていた。

　奥御殿の側に向かって押すと、高さ四尺幅三尺あまりのくぐり戸がすんなりと開いた。

だが開いたのは拳《こぶし》が入るほどの隙間ばかりで、それから先へは動こうとしない。

(まさか……)

あの地図は罠《わな》だったのか。春光は絶望に萎《な》えそうになる腕に力を込めて、思い切り扉を押し込んだ。

石か何かが邪魔をしていたらしい。扉は重いものを押しのけながらようやく開いた。

春光は腰をかがめて木戸をくぐった。

中腰のまま足を踏み入れた瞬間、左の脇腹を焼けるような衝撃が貫いた。春光は我身に何が起こったか分らないまま、反射的に脇腹を押さえた。

固い手触りがあった。槍《やり》の穂先がけら首のあたりまで腹にめり込み、生温かい血がしたたっている。春光は左手でけら首をつかみ、槍の主を確かめた。

お千代だった。

木賊《とくさ》色の打掛けを着たお千代が、石楠花《しゃくなげ》の植込みの陰から長さ一間半ばかりの手槍を突いたのだ。中条流小太刀《こだち》の名手だけに、女ながら見事な腕である。

「そうか……、お前が」

謎《なぞ》の文を送ったのはこの女だったのだ。自分をあやつって秀吉の密書を盗み出させ、最後にこうして奪い取るためである。

だが、いったい何のために……。

春光はけら首を握りしめて穂先から逃れようとしたが、下から突き上げられた槍はもがけばもがくほど体に深くくい込んでくる。

春光は右手に巻物を握りしめ、血の気の失《う》せた顔をお千代に向けると、唇に皮肉な笑みを浮かべて倒れ伏した。

幽斎が警固の兵とともに木戸口に駆けつけたのはその直後だった。

春光の遺体の側には紐《ひも》の解けた巻物が転がり、五、六寸ばかり白紙がのぞいている。

幽斎は真っ先にそれを拾い上げると、人目に触れるのを恐れるように懐《ふところ》に納めた。

「大殿さま、こちらに」

甚太郎が土塀の側の石楠花の植込みを龕灯で照らした。お千代が体を丸め腹を押さえて倒れていた。

「お千代どの」

幽斎は駆け寄って抱き起こした。石楠花の根元に血に濡《ぬ》れた槍が落ちている。

「手負うたのか。傷はどこじゃ」

「賊は……、賊は」

「そなたが仕留めたのじゃ。すでにこと切れておる」

「腹が、腹が痛みまする」

お千代が下腹を押さえてうめいた。

彼女が身籠《みごも》っていたことに思い当たり、さすがの幽斎も浮き足立った。

腹の子に万一のことがあっては、多門に合わす顔がない。

「麝香を呼べ。主膳正《しゅぜんのかみ》もじゃ」

騒ぎを聞きつけて前田茂勝がいち早く駆け付けた。

「何事でございますか」

「おお、主膳正。お千代どのの一大事じゃ。すぐに城から出して、医師の手当てを受けさせてくれ」

「承知いたしました」

茂勝の家臣たちがすぐに夜具を敷いた戸板を用意し、壊れ物でも扱うようにお千代をその上に横たえた。

「このような時に、申し訳ございませぬ」

「命の大事じゃ。案ずるには及ばぬ」

幽斎が大手門までつき添って歩き、お千代を無事に城外に送り出した。

石田三成が関ヶ原の大谷吉継の本陣を訪ねたのは、九月十一日のことだった。供は近臣数人という相変わらずの身軽さだが、三成の足取りは重かった。

昨夜徳川家康が尾張の熱田に泊ったとの報が、今朝《けさ》早く東海道筋に放った密偵からもたらされた。総勢三万である。

また徳川本隊四万を率いて中山道を進み、信州上田《しんしゅううえだ》城攻撃に手間取っていた徳川秀忠も、攻城を断念して美濃へ向かっているという。

近日中に両軍が到着すれば、東軍は総勢十万に上る。これに対して西軍は大垣城に三万、南宮山とその周辺に三万が布陣しているばかりである。

小早川秀秋の軍勢一万五千は近江に留《とど》まったまま動こうともせず、立花宗茂ら後詰《ごづめ》の軍勢一万五千は突然反旗をひるがえした京極高次の大津城攻略に手間取っている。

それより何より三成を不安と焦燥におとしいれていたのは、豊臣秀頼を奉じて出陣するはずの毛利輝元が、いまだに大坂城を動かないことだった。

大谷勢の本陣となった街道ぞいの大きな民家に入ると、吉継は厚く重ねた円座に座って昼食をとっていた。頭巾《ずきん》の口当てをはずし、やわらかく煮た粥《かゆ》をすすり込んでいる。

「具合はどうだ、刑部」

三成は親友の体調を気づかった。

「案ずるには及ばん。お主の方こそひどく痩《や》せたようではないか」

三成は咄嗟《とっさ》に返事が出来なかった。確かにこの一月ばかりの心労のために、鎧《よろい》が体に合わなくなるほど痩せている。

だが目の見えない吉継にどうしてそのことが分るのか……。

「声じゃ。お主の声は朝鮮での戦の頃《ころ》よりやつれておる」

「刑部……」

三成は胸を衝かれた。

奉行として吉継とともに朝鮮に渡った時も、諸大名の足並みをそろえることが出来ずに血尿が出るほどに苦しんだ。今はその時の比ではないことを、この長年の友は一声聞いただけで察してくれたのだ。

「大津城はまだ落ちぬらしいな」

「三井寺《みいでら》の山から大筒《おおづつ》を撃ちかけるように命じてある。数日のうちには落とせるはずじゃ」

「家康どのは今夜にも清洲城に入られよう。悠長なことを言ってはおれぬぞ」

「分っている。明後日までに落とせなければ、大津城の囲みを解いて関ヶ原に駆け付けるように伝えよう」

「南宮山の様子はどうじゃ。吉川どのも毛利どのも戦評定に下りては来られぬか」

「うむ。たびたび使者を送っても、実のない言い訳ばかりじゃ」

九月七日に伊勢から美濃に入った吉川広家、毛利秀元らの軍勢二万は、大垣城に入るようにという三成の指示を無視して南宮山に陣取った。

これに不審を抱いた三成らは、広家や秀元を大垣城での戦評定に呼びつけて真意を質《ただ》そうとしたが、二人は山を下りようとはしなかったのである。

「輝元どのは間違いなく出陣されるのであろうな」

吉継が粥の椀《わん》を置き、頭巾につけた口当てで口をおおった。

「分らぬ」

本音がぽろりと三成の口をついた。

「分らぬとはどういうことじゃ。間違いなく出陣されると何度も申したではないか」

「輝元どのがそう申された。淀殿も秀頼さまの出陣を許して下された。だから私もその言葉を信じたが……」

「ならば何ゆえ出陣なされぬのだ」

「朝廷じゃ。そなたが北陸におったゆえ今まで知らせることが出来なかったが、これには朝廷が深く関《かか》わっておる」

「子細を申せ」

「先月の十六日に大坂城に勅使がつかわされ、豊臣家はこたびの戦の埒外《らちがい》に立つようにとの勅命が下された」

近衛前久が図った「天下無事の義」によって、今度の戦は豊臣家に対する徳川家康の謀叛《むほん》ではなく、豊臣家内での家康と三成の争いということにされ、豊臣家は中立を保てとの勅命が下った。

淀殿らがこれに従っている以上、秀頼の出陣はおろか、兵糧《ひょうろう》、弾薬、軍資金などの援助さえ期待できないのだ。

三成はこれまで誰にも話せなかった苦しい事情を、感情を抑えた低い声で打ち明けた。

「それは……、丹後の狐《きつね》の差し金か」

「太閤《たいこう》殿下の密書と古今伝授をあやつって、細川幽斎が仕組んだことだ」

「では何ゆえ秀頼さまが出陣されると申した。この私まであざむいたか」

「そうではない。勅命が下った後、大坂城に出向いて淀殿に会った。今度の戦に敗れれば豊臣家は亡《ほろ》ぶと申し上げ、秀頼さまを出陣させる確約を得た。輝元どのの出陣の約束を取り付けたのも、その後のことだ」

だが淀殿は、土壇場になって迷い始めたのだろう。

豊臣家は関白家《かんぱくけ》だ。勅命にそむいて朝廷の後ろ楯《だて》を失っては、天下に君臨する名分を失う。そんな恐れが淀殿に秀頼の出陣をためらわせているのだ。

淀殿が勅命を理由に秀頼を出陣させないのなら、毛利輝元が出陣を見合わせるのも当たり前だった。

「このようなこともあろうかと、西洞院卿《きょう》や広橋大納言どのに勅命をくつがえす工作を頼んでいる。だが近衛太閤の力には及ばなかったのであろう」

吉継は腕組みをしたまま黙って聞いている。その沈黙が三成にはどんな非難よりも辛《つら》く応《こた》えた。

「敵は東とばかり思うていた私が甘かったのだ。織田信長公と同じ道を行こうとすれば、朝廷という敵が立ちはだかることを考えに入れておくべきだった」

信長が近衛前久や細川幽斎の計略によって本能寺で謀殺されたように、自分もこのまま手足をもがれるように葬り去られるのではないか。溺《おぼ》れかけるような焦りが、三成からいつもの冷静さを奪っていた。

「佐吉よ」

吉継は急に膝を打ち、高らかに笑い出した。青年の頃のようなからりと明るい声である。

「相変わらず茶坊主根性が抜けぬなあ。三つ子の魂百までとはよく申したものじゃ」

「なにっ」

「お主もわしも元はと言えば片田舎《かたいなか》の餓鬼ではないか。何を今さらくよよく思い悩むことがあろうか」

「我身を案じているのではない。この戦に敗れれば、私を信じて起《た》ってくれた者たちとその一族が死ぬことになる。刑部、それが辛いのだ」

「その了見が茶坊主根性だと言うのだ。身方の一人一人が己れの才覚でこの戦に賭けておる。たとえ敗れたところで、誰もお主のせいだなどとは思わぬよ」

「しかし……」

「他人が己れの才覚で決めたことにまで責任を負おうとするのは、詰るところ人を低く見ておるからだ。武士は己れのために生き、己れのために死ぬ。自分のせいで死なせたなどと言うのは、その心映えを侮辱するのも同じじゃ。大将が迷えば兵も迷う。少しは殿下を見習ったらどうだ」

秀吉には必要とあらば眉《まゆ》ひとつ動かさずに配下の兵を死地に行かせる度量があった。

また己れが死地におちいっても泰然と笑っていた。多くの武士たちから信頼されたのは、そうした確信の強さがあったからである。

「お主は信長公の天下布武《てんかふぶ》の志を継ごうとして事を起こしたのであろう」

「その通りだ」

「ならば余計な心配などせずに、信じた道を最後まで行け。この苦難を切り抜けられるかどうかは、その覚悟ひとつにかかっているのだ」

「そうだな。刑部、そちの言う通りだ」

三成は落ち込んだ奈落《ならく》から引き上げられたような気がした。

不安や焦燥のあまり、知らず知らずに悲観の袋小路に追い込まれていたのである。

「殿、ご無礼つかまつる」

甲冑《かっちゅう》姿の蒲生源兵衛が許しも待たずに入って来た。

「何事じゃ」

「昨日、石堂多門が徳川勢から離れて都に向かい申した。都からの使者の一行にまぎれておりましたゆえ、手出しもならぬまま様子をうかがっていたところ、昨夜熱田に着く直前に姿を消したとのことでござる」

「行先は都の八条殿じゃ。先回りして待ち伏せよ」

幽斎の意を受けて朝廷工作をしているのは中院通勝と智仁親王である。通勝は勅使として田辺城に出向いているので、多門は必ず智仁親王を頼る。三成はそう考えていた。

「すでに手筈《てはず》を整えてはおりますが、万一多門が八条殿に逃げ込んだ場合はいかがいたしましょうか」

宮殿内に踏み込んでもいいか。源兵衛はそれを確認するために、三成の後を追って来たのだった。

「構わぬ」

三成は即座に許可を下し、ややあって身元を悟られぬようにしろと付け加えた。

石田家の者が八条殿に乱入したと知れれば、朝廷は態度をますます硬化させ、淀殿への圧力を強めるにちがいなかった。

「万一館《やかた》の者に悟られた時には、ことごとく口を封じよ。智仁親王といえども容赦は無用じゃ」

吉継とこの先の計略について打ち合わせた後、三成は大垣城に戻った。

吉継の一言で頭を締め付けるような不安からは解き放たれていたが、城内の将兵の様子は憂慮すべきものだった。

士気が目に見えて落ちている。狭い城内での長の滞陣に倦《う》んだのか、将兵たちは次第に自堕落になり、赤坂の東軍と遭遇することを嫌がって刈田にさえ出ようとはしなくなっていた。

毛利輝元が出陣しないとか、小早川秀秋や吉川広家が家康と通じているという噂《うわさ》が熱病のように広がり、家康が出馬してくれば勝ち目はないという投げ遣《や》りな諦《あきら》めに取りつかれていた。

三成はこうした状況を打開するためにも、秀頼と輝元の出陣を求める使者を何度も大坂城に送った。

関ヶ原までの出陣が無理なら佐和山城までででも良いと懇願したが、大坂からは返答の使者さえよこさなかったのである。

宿所とした本丸御殿に戻ると、島左近が石仏のように表情を消したまま立て文を差し出した。大坂城の増田長盛からのものである。

「来たか」

三成の胸は朗報の期待に一瞬高鳴ったが、いい知らせなら左近がこれほど仏頂面《ぶっちょうづら》をしているはずがなかった。

「ご出馬は……」

「無理でござる」

左近の一言は死の宣告にも等しい。

三成は失望に震える手で書状を開いた。長盛はさまざまの不都合を言い立てて秀頼や輝元は出馬出来ないと記していた。

だが出馬しない真の理由は、淀殿も輝元も勅命に従って中立を保つと決したことにある。

要するに三成らを見捨てたということだ。

それを隠そうとして書き連ねた文章には、毛の先ほどの誠意も真実味もなかった。

「これで豊臣家も終わりじゃ。家康どのの思う壺ではないか」

三成は腹立ちのあまり長盛の書状をずたずたに引き裂いた。

「投げるのはまだ早うござる」

左近が厳しくたしなめた。

「幽斎どのの計略さえつぶせば、朝廷の風向きは変わりまする。また緒戦に大勝すれば、南宮山の毛利や小早川を身方に引き込むことも出来ましょう」

「無論投げたりはせぬ。命のある限り、投げたりはするものか」

三成は北西の岡山にひるがえる東軍の旗をにらみつけて小さくつぶやいた。

石堂多門が今出川通りに面した八条殿にたどりついたのは、九月十三日の未明だった。

細川幽斎の計略に応じるとの誓書を徳川家康から受け取った多門は、熱田に着く直前に都からの使者の一行から離れ、揖斐川をさかのぼり、八草峠《はっそう》を越えて北近江に抜け、若狭街道を南に下って洛中《らくちゅう》に入ったのである。

あたりは夜明け前の青い闇につつまれ、霧雨が宙を舞っていた。洛中は静まり返り、犬の鳴き声さえ絶えている。

表門の前に立った多門は、深編笠《ふかあみがさ》の縁《へり》をわずかに上げて空をながめた。あと半刻ばかりで夜が明ける。それまで待つべきかと迷ったが、思い直してくぐり戸の扉を叩《たた》いた。

東西両軍の決戦は日に日に迫っている。家康の誓書を一刻も早く届けなければ幽斎の計略が崩れかねないだけに、屋敷の眠りをさまたげることをはばかっている場合ではなかった。

二度三度と戸を叩くと、門番がくぐり戸についた小さなのぞき窓を開けた。

「細川幽斎どのの使者、石堂多門と申す者でござる。至急大石甚助どのにお取り次ぎ願いたい」

小声で告げると、すぐにくぐり戸が開けられた。

「お待ち申しておりました。急ぎ奥へ」

門番とも思えぬ身なりの武士が、手燭《てしょく》で足元を照らした。

今日明日にでも戻るものと、人を配して待っていたのだろう。多門は役目を果たし終えた安堵《あんど》にほっと気をくつろげて戸をくぐった。

案内の武士は先に立って遠侍《とおざむらい》へと入っていった。いつもはここで待たされたものだが、今日はそうした遠慮は無用だという。

「ただし、腰の物はこちらの刀掛けに置いていただかねばなりません」

「ならばここで待たせていただく。甚助どのを呼んで下さらぬか」

多門は鉈正宗《なたまさむね》を手放すことに本能的な危険を感じた。

「遠慮は無用と申されております」

「地下《じげ》の身で宮さまの館に足を踏み入れるのは、あまりに畏《おそ》れ多い。それにこの刀は長年の相棒でござる。相棒の行けぬ所には、それがしとて行くわけには参りませぬ」

「さすがにご立派なお心掛けじゃ。ならばそのままでお進み下され」

中年の武士は事もなげに言って遠侍から対面所へと進んだ。

八条殿は古《いにしえ》の寝殿《しんでん》造りにならった雅やかなもので、中心に主殿を置き、西の対屋《たいのや》に当たる位置に奥御殿、東の対屋に対面所を配していた。対面所から南に渡殿が延び、広々とした池に面した釣殿《つりどの》とつながっている。

池には小さいながらも中島があり、朱塗りの橋がかかっていた。

遠侍にも対面所にも人がいなかった。暗く静まり返った廊下を、案内の武士だけが手燭をかかげて進んでいく。

男が対面所を抜け、主殿につづく渡殿に進もうとするのを見て、多門は足を止めた。宮家の者なら地下人をこれほど簡単に主殿に入れるはずがない。格式にやかましい牛首一族の生まれだけに、反射的にそう感じていた。

「いかがなされた？」

案内の武士が渡殿の入口に立ってふり返った。

幅二間ばかりの渡殿の両側は板壁と舞良戸《まいらど》でふさがれている。奥行きは六、七間ばかりだろう。

「遠侍にも対面所にも、宿直《とのい》の方がおられぬようだが」

「人手が足りぬゆえ、宿直は主殿だけに詰めているのでござる。宮さまも待ちかねておられますゆえ、お急ぎ下され」

(罠だ)

多門ははっきりとそう悟った。

幽斎の計略には智仁親王は一切関わっていない。何者かが屋敷ごと乗っ取って罠を張っているのだ。

「脛巾《はばき》の紐がほどけております。しばらく待たれよ」

腰をかがめて紐を直しながら、多門はあたりの気配をうかがった。渡殿の左右に人を伏せてある。中に誘い込み、前後をふさいで討ち取る手筈にちがいなかった。

(退路は……)

長廊下の両側にも人を伏せているはずだ。

敵の意表をついて庭に下り、池の向こうの築地塀《ついじべい》を越えるしかない。多門は白く明け染めていく庭を見やってそう決した。

池の南側は石庭となり、塀の側には足場に使えそうな石がいくつも並んでいる。

「お待たせいたした。参ろうか」

二、三歩進むと、多門は案内に立った武士を渡殿の中に突き飛ばした。と同時に対面所の廻廊《かいろう》に出て庭に飛び下りようとしたが、襖の陰にひそんだ男が立ちはだかった。正眼《せいがん》の構えから間髪を入れずに突きをくり出してくる。多門は横っ飛びに切っ先をかわし、庭に転がり下りた。

そこを目がけて渡殿の陰にひそんでいた二人が左右から襲った。

刀を逆手に持ち、全体重をかけて突き刺そうと高々と宙を飛ぶ。相討《あいう》ちを覚悟の捨て身の刀法である。

だが多門の動きは彼らが予想したよりはるかに速かった。二人は多門の残像を追って地面を突き刺し、またたく間に鉈正宗の餌食《えじき》になった。

多門には敵の正体を確かめている余裕はない。ともかく塀を乗り越えようと池に向かっていると、僧形の男が先回りして行手をはばんだ。

蒲生源兵衛郷舎《さといえ》である。

「相変わらず逃げ回るしか能がないようだな」

三尺近い大刀をすらりと抜いた。右八双《はっそう》の構えを取り、膝を軽くまげて腰をおとしている。渾身《こんしん》の一撃で敵を鎧ごと斬ろうとする戦場の剣だった。

「幸い追って来るのが木偶《でく》の坊《ぼう》でな。体はでかいが頭は弱い」

多門も鉈正宗を右八双に構えた。

源兵衛とは金沢で一度刃《やいば》を交じえている。正面から戦っては利がないことは分っていた。

「へらず口も相変わらずか」

「まだ首と胴がつながっているんでね」

「武士の情けじゃ。差しの勝負でけりをつけてやろう」

「宮さまはどうした。手にかけたのではあるまいな」

「ならばどうする」

「斬る」

「親王や帝《みかど》など、もはや無用の長物じゃ。いっそ刀の錆《さび》にしてやるつもりで乗り込んだが、あいにく我らがここに着いた時にはもぬけの殻であった」

「…………」

「もはやお前が持参した書状を届ける相手もおらぬ。おとなしくこちらに渡したらどうじゃ」

「欲しければ、この首をはねてから取ることだな」

多門は左右に目を走らせて脱出の道をさぐった。

庭の東側は釣殿につづく渡殿、西側は能舞台の橋掛りでふさがれている。やはり中島にかかる橋を渡って池を横切るしかなかった。

「無駄なことじゃ。もはや逃げ道はない」

源兵衛は多門の肚《はら》を読んでいる。腰を落としたまま一気に間合いを詰めると、右八双から斜め一文字に斬り下ろした。

多門は飛びすさって切っ先をかわし、源兵衛のがら空きになった右腕を狙った。

だが源兵衛はかわされた瞬間に刀をぴたりと止め、刀の峰で鈍正宗をはね上げた。

多門の両腕は上段の構えでも取ったように天に向き、胴が隙だらけになった。

源兵衛は左足を大きく踏み出して体を深々と沈め、長刀を真横にふるった。

源兵衛の動きは力強く無駄がない。防御を鎧にまかせて相手をなぎ倒すことだけを考えた、まさしく戦場の剣である。

この一撃で並の武士なら脇腹から背骨まで両断され、臓物をまき散らして絶命しただろう。

だが多門には長年己れの力だけで修羅場をくぐり抜けてきた実戦の勘と、生まれつきの素早さがある。鈍正宗をはね上げた力に逆らうことなく真後ろに倒れた。

長刀がうなりを上げて空を切る。その間に後ろ返りに立ち上がり、釣殿に向かって一散に走った。

家康の密書を大石甚助に届けなければ、大坂屋敷で死んだ千丸との約束が果たせない。その一心から脱出口をさぐったが、釣殿の側にも源兵衛の配下が刀を伏せて待ち構えていた。

五人。いずれも屈強の武士が、正眼の構えを取って行手をふさいでいる。

斬り付けて来ようとはしないが、間合いに踏み込めば捨て身の双手突《もろて》きをくり出して来ることは明らかだった。

ふり返ると対面所や奥御殿にも、同じ構えの者たちが配してあった。

「これで分ったか。お前にはわしを倒すしか逃げ道はないのだ」

源兵衛は多門との戦いを楽しんでいた。追って追ってようやく追い詰めた多門を、ねずみとみなしていたぶっている。それだけ力量の差に自信を持っていた。

「ならば倒すまでだ」

多門は格下にでも対するように鉈正宗を右手に下げて歩み寄った。つけ込む隙があるとすれば、源兵衛の過剰なばかりの自信だけだった。

「たわけが」

源兵衛は初太刀と同じように八双からの一撃を放った。錣《しころ》を狙うためか、計ったように正確に首筋を目がけて斬り付ける。

だが正確なだけにかえって見切りやすい。

多門は半歩身を退《ひ》いて切っ先をかわすと、喉元《のどもと》を狙って双手突きを出した。源兵衛のはね上げる力に負けないように、体ごとぶつかっていく。

この突きを、源兵衛は上体をわずかに傾けてかわした。首の皮すれすれの所で見切り、右手で鉈正宗の柄《つか》をつかんだ。

「わしの勝ちじゃ」

大きな手で多門の両手ごと柄をつかみ、万力のように締め上げながら引き寄せる。身動きをとれなくして、腰の鎧通しで脇の下を突き刺すのだ。これも鎧の防御の弱点を知り抜いた戦場の剣である。

多門は引こうとはしなかった。力では敵《かな》わないことは分っている。いったん強く引き、引き戻そうとする相手の力を利して、鉈正宗の鍔《つば》で思い切り顎《あご》を突いた。

顎の皮が破れて血が噴き出したが、源兵衛は握った柄を離そうとはしない。

多門は組み打ちのように組み合って池のほとりまで転がり、ようやく源兵衛の手をふりほどいた。

多門の息は上がっている。体力の差は歴然としている上に、昨夜一睡もせずに若狭街道を歩きつづけたのだ。

勝負が長引くほど不利になるばかりだった。

「それくらいの腕では、戦場では物の役にも立たぬわ」

源兵衛は息ひとつ乱してはいない。常に八貫（約三十キロ）近い鎧をつけて戦っている源兵衛と多門とでは、戦い方の質が根本的にちがっていた。

「さあて、どうかな」

多門はじりじりと横に動いた。

源兵衛はそうはさせじと中島にかかる橋の前に回り込んだが、送り足を小石にすべらせてわずかに構えの均整を崩した。

その瞬間を狙いすまして、多門は捨て身の突きを放った。

「馬鹿《ばか》が」

源兵衛は大刀を左下段に落とし、突きをかいくぐりながら抜き胴を放った。

骨を断つ鈍い音がして、多門の左腕がどさりと落ちた。

源兵衛は背骨まで両断したと信じた。それほど充分な手応えがあった。その過信がしばし源兵衛を勝利に酔わせ、抜き胴の姿勢を立て直すのを遅らせた。

だが斬ったのは、左の二の腕と鉈正宗の朱鞘《しゅざや》だった。

多門は源兵衛の心の隙に付け入るために、わざと朱鞘を脇にかい込んで腕を斬らせたのである。

斬らせながら源兵衛の横をすり抜け、中島にかかる橋を渡り、池の南側に出て築地塀を乗り越えようとした。

（馬鹿はどっちだ）

雀躍《こおどり》しながら庭石を踏み石にして塀を飛び越えようとした時、背後でおびただしい銃声がした。

十や二十ではない。百挺《ちょう》近い鉄砲がいっせいに火を噴き、多門の背中を撃ち抜いた。

多門は海老《えび》ぞりになって塀に叩きつけられたが、右腕一本でかろうじて塀にぶら下がり、懸命によじ登ろうとした。

その背中に向けて再び銃弾が炸裂《さくれつ》し、多門はもんどり打って地上に落ちた。

いつの間にか左右の建物に忍び寄っていた鉄砲隊が、源兵衛の配下にも容赦のない銃撃をあびせていた。思いがけない敵の出現に、刀しか持たない者たちはなす術《すべ》もなく倒されていく。

源兵衛だけは火薬の臭《にお》いが鼻をかすめた瞬間に池に飛び込み、橋の下にもぐり込んでいた。

橋を楯にしながら中島にたどりつき、倒れ伏した多門の懐から家康の密書を奪おうとした。

「そこにいるのは分っています」

女の声がして銃声がとどろいた。

源兵衛の頭上を数発の鉛弾《なまりだま》がかすめてゆく。鉄砲を構えた五、六人が、池の南側に回り込んでいた。

「蒲生源兵衛さま、もはや逃れることは出来ますまい。水浴びなどやめて、出て来られてはいかがですか」

勝ち誇った声はお千代のものだ。そう気付いた源兵衛はおとなしく池から上がった。

二百人近い兵がぐるりと周りを取り囲み、鉄砲の筒先を向けている。その一角を割って紫色の頭巾をかぶったお千代が姿を現わした。

「思いがけない所で出会ったものだな」

「ええ、本当に」

「金沢では世話になった」

「そう思われるなら、ここで恩を返していただきましょう」

「わしをどうする。なぶり殺しにでもして、うさを晴らすか」

「京都所司代さまに引き渡し、八条殿乱入の責任を取っていただきます」

「そうか。昨夜八条殿を襲わせたのはそなたであったか」

お千代は源兵衛を下手人として差し出すことで、八条殿を襲った罪を石田三成になすりつけようとしているのだ。

「しかし分らぬ。細川幽斎と盟約している前田家が、何ゆえ八条宮を襲うのじゃ」

「どうせ打ち首になる身でございましょう。知ったとて致し方ありますまい」

お千代は包囲の輪を縮め、源兵衛に縄をかけるように命じた。

「無用じゃ。今さら悪あがきなどいたさぬわ」

源兵衛は大小の刀を投げ捨て、腕を取ろうとした兵の手を荒々しく払った。

「死すべきと定まった時には舌をかみ切ってでも死ぬ。生きて京都所司代の前に引き出したければ、子細を申せ」

「すべて芳春院さまのお申し付けでございます」

「前田家は幽斎に与《くみ》せぬということだな」

「お察しのとおり」

「八条殿を襲ったのは何ゆえじゃ」

「太閤さまの密書を添えた連判状を、奪い取るためでございます」

連判状は田辺城内にはなかった。智仁親王の使者大石甚助に託した古今伝授の箱に納めてあったのだ。

幽斎はそれを隠すために連判状が城内にあるふりを装っていたのである。

小月春光を使ってそのことを確かめたお千代は、腹が痛むふりをして田辺城を出て京都所司代の前田玄以に伝えた。すでに家康に内通していた玄以は、お千代に二百の兵をさずけて八条殿から連判状を奪い取らせたのだった。

源兵衛らが多門を待ち伏せするために八条殿に入ったのは、それから半刻ばかり後のことだった。

「わたくしを田辺城につかわされたのは、前田利長さまのご署名のある連判状を奪い取り、後日の禍根を断つためでございます」

「ついでに家康の誓書まで奪い取ろうというわけか」

「それが、いかなる戦場働きにも勝る手柄でございますもの」

お千代がそう言った時、東側の渡殿のあたりで爆発がおこり、屋根や板壁が爆風でふき飛ばされた。瀕死《ひんし》の重傷をおった源兵衛の配下が、焙烙弾《ほうろくだま》に火をつけて自爆したのだ。

突然の異変に気を取られた兵たちの隙をついて、源兵衛はお千代に襲いかかった。素早く背後に回り込み、左腕を首にまいて締め上げた。

「どうする。このまま首をねじ切ってやろうか」

お千代は声を上げることも出来なかった。

「撃っても無駄じゃ。この女を助けたければ、火縄をはずして鉄砲を置け」

大声で一喝した。兵たちは互いに顔を見合わせ、仕方なげに従った。

「さすがは所司代どののご配下じゃ。物分りがよい。ついでに、わしの大小を取ってもらおうか」

源兵衛は鉄砲を持った者がいないことを確かめてから刀を受け取った。

「連判状はどこにある」

首を締め上げて迫ったが、お千代は殺されても口を開かぬ覚悟と見える。

「まあよいわ。前田家が裏切り、連判状がその方らの手に渡ったとなれば、幽斎の計略は崩れたということであろう。それが分っただけでも上々じゃ。そなたとは金沢での誼《よしみ》があるゆえ、殺しはせぬ」

源兵衛はお千代の着物の裾《すそ》を割り、股《もも》のあたりをそろりとなで上げると、渡殿の破《や》れ目から悠然と歩み去った。

霧雨はいつの間にかあがり、比叡山の上空が明るくなっていた。朝陽《あさひ》が放つ白い光が、無数の線となって薄い雲の切れ間を突き抜けている。

お千代は中島にかかる橋を渡って多門に駆け寄った。多門はあお向けに倒れたまま身動きひとつしない。

「天下さま、多門さま」

胸をゆすって呼びかけると、かすかに息を吹き返した。

「千代でございます。芳春院さまのお申し付けにより、かような仕儀と相成りました」

「ああ、聞こえていた」

多門は小さく呟《つぶや》いた。すでに痛苦は失せている。炎が消えていくように意識が少しずつ遠ざかっていた。

「何事も前田家安泰のためでございます。お許し下されませ」

お千代は泣いていた。涙を流して詫《わ》びながら、多門の懐をまさぐり、さらしに巻いた家康の密書を奪った。

「済まぬが……、わしの左腕を取ってはくれぬか」

多門の視界はすでに闇《やみ》に包まれ始めていた。しんと静まり返った闇の中に、着飾った女たちの群れが見えた。

織田信長の軍勢に捕えられ、断崖《だんがい》の上に立たされた牛首一族の女たちだ。

晴れの衣裳をまとった女たちが鉄砲の一斉射撃をあび、色鮮やかな袖《そで》をひるがえして谷底へと落ちていく。

美しい鳥のように音もなく落ちていく。

「天下さま」

源兵衛に斬り落とされた左腕を、お千代は多門の胸の上に置いた。

「かたじけない。腕がなければ、あの世で千丸どのを守ってやることも叶《かな》わぬでな」

多門は右手で手首をつかみ、指を組み合わせた。左腕は多門よりひと足先に冷たくなっている。

「児《やや》が、児が出来ました」

「…………」

「天下さまのお子が、この腹に宿ったのでございます」

「そうか……、産んでくれるか」

「ええ、必ず」

お千代は多門の手をしっかりと握りしめた。お千代の手は柔らかく温かい。生命の血汐《ちしお》に満ちている。

「ならば、名は千丸とつけてくれ。千丸どのの……、千丸じゃ」

多門の幻影はいっそう鮮やかになった。

つるべ撃ちの銃声が響きわたり、何千、何万という鳥たちが色鮮やかな滝となって落ちていく。それはこれまで戦で死んだ者たちかもしれず、これから戦に臨もうとする者たちの末路かもしれなかった。

多門もいつしか鳥となってこの滝にのみ込まれていた。翼を広げてはばたこうともがいたが、体は縛りつけられたように動かない。

今はただ目くるめく落下に身を任せる以外に、なす術はなかった。

朱色の鞠《まり》が薄曇りの空に高々と舞った。

鞠は宙の一点で静止し、ほぼ垂直に地面へと落ちる。落下の寸前、

「はいなー」

日野輝資が革沓《かわぐつ》をはいた足の甲で高々と蹴《け》り上げた。

朝廷伝統の蹴鞠である。

初めは十人近くで輪になって鞠を蹴り合い、受け損ねた者は輪からはずれていく。最後は上手の二人だけが残って勝負を決する。勝負には莫大《ばくだい》な金品を賭けているので、一種の賭博《とばく》である。

幽斎は日野輝資らを城中に引き止めるために、酒宴、茶会、能会、歌会など、持てる技のすべてを尽くして接待に努めたが、輝資がもっとも熱中したのは蹴鞠だった。

都では「蹴鞠の大納言」と異名を取るほどの腕前だけに、細川家の家臣の中にかな

う者はいない。何度やっても最後は輝資、幽斎、中院通勝の三人が残り、輝資が勝ちを納めることになった。

そのたびに輝資は賭け物の金品、宝物、選《よ》りすぐりの侍女を手に入れる。

城を明け渡すと決めた九月九日から十四日までの間に、幽斎は細川家の家宝の三分の一と長岡《ながおか》にある二千石分の所領を失っていた。

(多門よ)

早く戻ってくれぬと、わしは蹴鞠の大納言どのに身ぐるみはがされてしまうではないか。幽斎は心の内でぼやきながら、果てしなく続く蹴鞠の相手を務めていた。

徳川家康の誓書を受け取ったので、九月十三日までには八条殿に届ける。多門が尾張の熱田から送ってきた文にはそう記されていた。

八条殿に家康の誓書が届けば、大石甚助が近衛前久に取り次ぎ、前久は細川新家を皇室所領の管領家に任ずるという勅命を田辺城に伝える。

幽斎はそれを待って悠然と城を出るつもりだったが、十四日になっても勅命はおろか、八条殿に到着したという多門からの知らせさえなかった。

(多門よ。何をしておるのだ)

幽斎は疲れ果てていた。四十半ばの輝資には、もはや体力では及ばない。蹴鞠が長びくにつれて膝ががくがくになって、立っているのも辛いほどだった。

「ほいなー」

幽斎の疲れを見透かした輝資は、鞠に強烈な回転をかけて蹴り上げた。これを受けるには逆の回転をかけて蹴り上げるしかなかったが、すでに幽斎にその力はない。何の工夫もなく出した足に当たった鞠は、見当ちがいの方にそれていった。

「またまた身共の勝ちじゃ。錦の御旗はいただいたぞ」

輝資が満足気に首筋の汗をぬぐった。

幽斎はこの勝負に、細川頼有が後小松天皇から拝領した錦の御旗を賭けていたのである。

「幽斎どの」

勝負の間席を立っていた通勝が、急ぎ足に歩み寄ってきた。

「都から甚助の使者が参りました」

通勝の表情は暗い。幽斎は酒宴の用意を命じてくると輝資に断わって奥に入った。

甚助の使者は夢丸だった。

いつもの中間《ちゆうげん》姿ではなく、女髷《おんなまげ》を結い、朱鷺《とき》色の鮮やかな小袖を着ている。これでは通勝ほどの目効きでさえ夢丸と気付かないのも無理はなかった。

「多門はどうした」

幽斎は真っ先にそうたずねた。

「大津の寺で別れて以来、消息が分りません」

大津の寺で別れたいきさつを夢丸は手短かに語った。

その後、傷がいえて歩けるようになったので、八条殿の近くの旅籠《はたご》で多門の帰りを待っていたが、大石甚助に頼まれ、使者として戻ったのだという。

「去る十二日の深夜、八条殿が何者かに襲われ、宮さま以下端女《はしため》に至るまで拉致《らち》されました」

「宮さまが……、連れ去られたと申すか」

幽斎はそう問い返した。この国にそのような狼藉《ろうぜき》を働く者がいようとは信じられないことだった。

「ですが翌朝、近くの破れ寺に押し込まれておられるところを所司代の手の者が見つけ出し、無事に八条殿にお移し申し上げました。宮さまにも他の方々にもお怪我《けが》はございませぬ」

「賊は何者じゃ。物盗《ものと》りか」

「盗られた物は何ひとつございませぬ。古今御伝授の書物一式も無事でございました」

十三日の未明、八条殿で激しい銃撃の音がした。まるで合戦でも始まったような騒動で、異変に気付いた近所の者が様子を見に行こうとしたところ、京都所司代の役人たちが辻々《つじつじ》に立って行手をさえぎった。

それから半刻ほどして、三十近い遺体が八条殿から荷車で運び出された。

役人たちは八条の宮さまを襲った狼藉者だと答えたばかりで、死者たちの正体もどこへ運ぶのかも明かさなかったという。

「その中に、多門は入っておるまいな」

「さあ、そこまでは」

夢丸が長い睫毛《まつげ》を哀《かな》しげに伏せた。

「そのような姿になったのでは、もはや鳥見役は務まらぬな」

「本日限り、お暇《いとま》を頂戴いたしとう存じます」

「多門のせいか」

「分りませぬ。ただ、これからは本当の自分を生きてみたいのでございます」

「わかな丸は、どうした」

「勝手ながら、丹後に戻る途中に野に放ちました」

「そうか。致仕の儀、許す。遠路大儀であった」

夢丸は女髷をゆった頭を深々と下げて立ち去ってゆく。ふと上空に目をやると、わかな丸が二度、三度と輪を描き、いずこへともなく飛び去っていった。

幽斎は急に疲れを覚えて、膝が萎えたように床に座り込んだ。

「賊の狙いは、連判状でしょうか」

通勝がたずねた。

古今伝授の箱に連判状が入っていることを知っているのは、通勝と幽斎、それに通勝からすべてを打ち明けられた近衛前久だけである。たとえ奪われたとしても甚助らが気付かないのは当然だった。

「それ以外には考えられぬ」

「しかし、いったい何者が」

「分らぬ。天魔の所行と思うしかあるまい」

すべてはお千代の仕業であろうとは察していた。幽斎の手元にある巻物が偽物《にせもの》だと知ったお千代は、智仁親王に渡した伝授の箱に本物が入っていると見破ったのだ。

芳春院の意を受けたお千代が裏切ったということは、加賀の前田家も徳川方に付くということだった。

「要するに、家康どのの一人勝ちということじゃ。これでわしも大納言どのの蹴鞠に付き合う必要もなくなった」

幽斎は膝をさすりながらつぶやいた。

関ヶ原の合戦で大坂方が大敗したのは、翌十五日のことである。

〈陣ノ義笑止ナリ〉

西洞院時慶は怒りを込めて日記にそう書き付けている。

朝廷工作に敗れた石田三成らに勝ち目がないことは分りきっていた。笑止とは、それでもなお決戦を挑んだ愚を指しているのだろう。

智仁親王に伝えられた「古今伝授」は、やがて後水尾天皇に相伝され、御所伝授となって朝廷の存続に大きく寄与していく。

また秀吉の密書をそえた連判状は、「関ヶ原連判状」と呼ばれて加賀藩に秘蔵されていたというが、その行方は杳《よう》として知れない。

# 解説

清原康正

石田三成《いしだみつなり》の西軍と徳川家康《とくがわいえやす》の東軍の戦闘、〝天下分け目の関ヶ原《せきがはら》〟の合戦は、慶長《けいちょう》五年（一六〇〇）九月十五日に行われた。兵力の数で圧倒していたはずの西軍がわずか半日で大敗したのは、政治外交に長《た》けた家康が西軍方の武将たちに内応の手筈《てはず》をすでにつけていたからで、三成は戦う前から敗《ま》けていたというのが一般的な歴史解釈となっている。エポック・メーキングな合戦だっただけに、戦いの詳細な推移はもちろんのこと、合戦に至るまでの水面下でのさまざまな謀略も、これまでに数多くの作家たちによって描き出されてきた。

本書も、関ヶ原合戦前夜に繰り広げられた一つの計略を軸にさまざまな男女の人間群像を描き出した長篇である。軸となる計略の中心にいたのは、丹後《たんご》十二万石の大名だった細川幽斎《ほそかわゆうさい》である。この幽斎が「古今伝授《こきんでんじゅ》」を武器に朝廷を動かして、石田三成と徳川家康の両者に対抗する計略をめぐらせる。「古今伝授」に加えて、秀吉《ひでよし》の密書を添えた「連判状」の存在を物語のキーポイントとする壮大かつ骨太な構想で、〝関ヶ原もの〟の中でユニークな位置を占める異色作となっている。

物語は、秀吉が死んで一年半、天下が再び大乱の兆しを見せはじめている慶長五年三月、京都・阿弥陀《あみだ》ヶ峰《みね》の山頂から始まる。背中に金色の龍《りゅう》が描かれ、「天下布武《てんかふぶ》」と銀糸でぬい取りがある黒い濡羽《ぬれば》色の袖《そで》なし羽織を着用している身長五尺五寸ばかりの石堂多門《いしどうたもん》が、先《ま》ず派手に登場してくる。

多門は、加賀白山麓《かがはくさんろく》の牛首谷《うしくびだに》の出身で、白山神社直属の戦闘集団・牛首一族であった。二十年前の天正《てんしょう》八年（一五八〇）、信長《のぶなが》が加賀の一向一揆《いっこういっき》を制圧した時に、一揆に加わっていた牛首一族の大半が殺され、里は焼き払われた。当時十四歳だった多門は山中に逃れ、以後、諸国を流れ歩きながら生き抜いてきた。三年前に一族の主・榊一《さかきいっ》心斎《しんさい》に命じられて、一族再興のために組織された傭兵《ようへい》稼業の一員に組み込まれ、細川幽斎のもとを訪ねよとの指令を受けて京へやって来たのだった。

その多門が、武家の娘・お千代《ちよ》から包みを奪って逃げる男を鉈正宗《なたまさむね》でなぐりつけて、包みを取り戻してやる場面から、物語が始まる。この後の展開で、多門はお千代と深く関《かか》わっていくこととなるのだが、この後の波瀾《はらん》を予感させる秀逸な書き出しとなっている。

細川幽斎は信長と同年生まれの六十七歳。足利《あしかが》十二代将軍義晴《よしはる》の実子で、義輝《よしてる》、義昭《よしあき》は異母兄弟にあたる。嫡男《ちゃくなん》・忠興《ただおき》に家督を譲った隠居の身で、八条宮智仁親王《はちじょうのみやとしひと》に『古今和歌集』の解釈の秘伝を伝える「古今伝授」を始めた。この古今伝授に関しては、物語展開に応じて幾度か詳述され、幽斎の計略の基となっていることが示されている。

この時期、秘伝は三条西実枝《さんじょうにしさねき》を歌道の師とした幽斎だけに受け継がれていた。古今伝授は単に歌道だけの問題ではなく、朝廷の正統性を保証し、権威を保つ上で必要なもの、と幽斎は考えていた。当代一流の武人であり、老獪《ろうかい》な政治家でもある幽斎は、智仁親王への古今伝授で朝廷の後ろ楯《だて》を得ることで独自の動きを密《ひそ》かに画策する。それは三成派と家康派に割れていた加賀の前田《まえだ》家に目をつけ、天下大乱が起こった時、徳川方にも豊臣《とよとみ》方にも与《くみ》せず、細川家と前田家とが結束して独自の第三勢力を作ることであった。

幽斎は前田家の当主・利長《としなが》の実母・芳春院《ほうしゅんいん》を人質として江戸へ差し出して家康と和解することを勧め、利長に宛《あ》てた芳春院の密書を金沢へ届ける策を練る。お千代は芳春院の侍女で、二番家老・横山大膳《よこやまだいぜん》の一行とともに金沢《かなざわ》へ向かう途中であった。お千代から密書と思われる包みを奪ったのは、三成派の一番家老・太田但馬守《おおたたじまのかみ》の一味であった。三成はこの但馬守と図って前田家を身方につけるよう、蒲生源兵衛郷舎を金沢へ送り込む。この源兵衛は多門の剣のライバルともなり、二人の剣の対決場面もたっぷりと用意されている。

幽斎は古今伝授のほかにもう一つ、切り札となる武器を持っていた。公《おおやけ》になれば豊臣家の威信が失墜するほどの秘事が記された秀吉の密書とそれに添えられた大名の連判状である。これは豊臣家寄りの大名たちを切り崩す強力な武器になる、と幽斎は考えていた。

前田家を動かし、朝廷をも巻き込んだ幽斎のこの遠大な計略が、どんなふうに展開されていくか。秀吉の密書に何が記されているのかというミステリアスな要素が内包されているだけに、その全貌《ぜんぼう》をここで明かしてしまうわけにはいかない。家康の会津《あいづ》征伐、幽斎の田辺《たなべ》城籠城《ろうじょう》、勅命による和議など情勢が刻々と変化していく中で、幽斎、三成、家康、前田家、朝廷の動向に加えて、多門やお千代、蒲生源兵衛に三成の警固番をつとめる小月次郎春光《おづきじろうはるみつ》などの動きが絡み合って、関ヶ原合戦を迎えるまでが描き出されていく。

本稿の冒頭部で触れたように、関ヶ原合戦に至るまでには武将たちのさまざまな謀略があった。幽斎の計略もその一つであったわけだが、三成か家康かの二者択一ではない第三の道を考え出した幽斎の計略という大胆な着想が、従来の歴史常識を覆して読む者に歴史の裏の裏を探る興奮と快感を与える。ちなみに、作者は本書に先行する長篇『風の如く　水の如く』では、家康と虚々実々の謀略戦を展開した黒田如水《くろだじょすい》が選択する〝第三の道〟、家康と三成を取り除いて切支丹《きりしたん》の国、神の国を作ろうとする計略を描き出していた。

本書は、一九九四年十一月から一九九六年三月まで「中日新聞」に計四〇四回連載された新聞小説である。初版本は一九九六年十月に刊行された。作者は荒山徹《あらやまとおる》との対談「『歴史』という虚構をひっくり返せ！」（「小説すばる」二〇〇四年六月号）の中で、連載当時の状況を次のように語っていた。

「四十歳ころに、東京に住んでいるのが嫌になって、そのうちに書けなくなってしまった。新聞連載の最中だったから、これはいかん、場所を変えよう、と伊豆《いず》の天城湯ヶ島《あまぎゆがしま》町へ行ったんです。そしたらすいすい筆が進んだということもあって」

「あのときは本当に、途中でパタッと書けなくなって大変でした。僕は、わりと信じているんですが、半島の中心地って特別のオーラがある気がします」

その特別のオーラを得て、作者は壮大なスケールの物語を書き継いでいったわけで、最大の魅力である古今伝授を「ワクワクしながら読みました」と言う荒山徹に、次のように答えていた。

「確かに日本の文化の蓄積と継承たるや、すごいものがありますよね。だけど一般の人には認知されがたいところがある」

「日本の歴史小説は、史実の奥にある因果関係やからくりといったものを掘り起こそうとしている作品は、そんなに多くないような気がしますね」

「作家の情念としては、何もかもひっくり返したくなる。その匙《さじ》加減を上手にして魅力的な物語にすることが、歴史時代小説を書いていて直面する難しさですね」

歴史をひっくり返して見せる「匙加減」のありようを本書で堪能《たんのう》することができるのだが、作者は「近況」と題するエッセイ（「新刊ニュース」一九九九年九月号）の中で、「朝廷」について触れて本書にも言及している。

「日本人にとって朝廷とは何か？

その疑問はずっと昔からあった。左翼思想に惹《ひ》かれていた若い頃《ころ》には否定的な立場から、歴史小説を書くようになってからは史論的な興味から、さまざまなアプローチをくり返してきた。

『彷徨《さまよ》える帝』で後南朝時代を描いたのも、『関ヶ原連判状』で古今伝授をあやつる細川幽斎を主人公にしたのも、そうした疑問が根底にあったからである。

後者の中で、本能寺《ほんのうじ》の変は時の太政大臣近衛前久《だじょうだいじんこのえさきひさ》が、朝廷と足利幕府の復興を目ざして仕組んだことだと書いた」

また、「私のデビュー作・缶詰になる歓び」（「新刊ニュース」二〇〇一年八月号）では、戦国三部作について触れている。

「このたび『信長燃ゆ』を上梓《じょうし》した。本能寺の変を織田信長と近衛前久の対立という視点から描いたものだ」

「公武の対立という視点から歴史をとらえ直したいという思いは『彷徨える帝』を書いた頃からあったが、『関ヶ原連判状』『神々に告ぐ』に本書を加えた戦国三部作の完成によって、一応目標は達成できたと感じている」

朝廷を後ろ楯にしようとした幽斎、という作者の着想がどのような思考の過程から生み出されたものであるかが分かる。

関ヶ原ものということで言えば、先行作品として司馬遼太郎《しばりょうたろう》の長篇『関ヶ原』がある。作者はインタビュー「この人に注目」（「週刊朝日」二〇〇七年一月十九日号）の中で、この先行作と自作について語っていた。

「司馬さんの『関ヶ原』は学生時代に読みました。偉大な先行作品とは違う関ヶ原を書きたいと思い、『関ヶ原連判状』では朝廷の動きに注目しました。それが田辺城の細川幽斎からの朝廷への働きかけです。幽斎は戦国諸大名の連判状を持っているともいわれた。家康でもなく三成でもない第三の勢力を目論《もくろ》んだという見方もある。豊臣秀頼《ひでより》が出陣すれば三成側に勝算が移ったが、朝廷は秀頼に局外中立を命じました。朝廷の言うことには豊臣家も逆らえない。家康の政治工作も大きかったが、これで家康の勝利は固まった」

当時の朝廷の動きに注目し、古今伝授を足がかりとして朝廷を組み込もうとした幽斎の政治的意図を物語の軸に据えた本書は、作者の着想と構成の力量を存分にあらわしているのだが、本書の魅力はこれだけではない。多岐にわたる登場人物それぞれのキャラクターの描き分け、幽斎・忠興のギクシャクした父子関係、武家と公家の思惑など、戦国期を生きる人間の苦悩と葛藤《かっとう》のさまが生き生きと描き出されている点も見逃せない。戦国武将の生きざまの描写に添って、戦国期の女たちの戦いのさまも加えられている。

「殿方は御家を守るために命をかけて戦に出られます。女子とて御家の大事とあらば、我身をささげるのは当然ではございませぬか」「どんな恥を忍んでも生き抜くことが、武家に生まれた者の務め」（お千代）

「侍《さむらい》は家を立てること第一なり。（中略）人質に行くからは覚悟あり。かまえて我ら

の事など思いて家をつぶすべからず。つまる所は我らをば捨てよ。少しも心にかくるな。家を立てる所を専《もっぱ》らにせよ」（芳春院）
「愚かな男どもが何十万もの人間を殺して成し遂げることを、女子《おなご》はたった一人の子を産むことで出来るのです」（淀殿《よどどの》）
幽斎、三成、家康の虚々実々の駆け引きとともに、戦国期を生きた女たちの戦いのありようにも注目して、この壮大な謀略ドラマを楽しんでいただきたい。

（きよはら　やすまさ／文芸評論家）

# 解説

末國善己

壬申の乱（六七二年）後、激戦地の近くに作られた不破関は、鈴鹿関、愛発関《あらちのせき》と共に古代の三関の一つに数えられている。交通の要衝にあった不破関の近郊は、南北朝時代、京を目指す南朝とそれを阻止する室町幕府が戦った青野原の戦い（一三三八年）、豊臣秀吉の没後、徳川家康（東軍）と石田三成（西軍）が天下の覇権をかけて争った関ヶ原の戦い（一六〇〇年）と何度も有名な合戦の舞台になっている。

家康と三成が激突した〝天下分け目〟の一戦は、九月十五日に始まり僅か半日で東軍が勝利した。ただ激戦地になったのは、不破関近くのいわゆる関ヶ原だけではない。東北では、三成の盟友だった直江兼続率いる上杉軍が、東軍の最上義光を攻め、最上が伊達政宗に援軍を求めたため戦線が拡大した慶長出羽合戦（北の関ヶ原）、西軍の大友義統が東軍支配下の豊後・杵築城を攻め、東軍の黒田如水（官兵衛）が救援に向かった石垣原の戦い（南の関ヶ原）など、全国各地で局地戦が行われている。

関ヶ原の周辺でも、今川義元の人質だった少年時代から家康に仕える側近の鳥居元忠が約二千弱で伏見城に籠城し、一万近くの三成軍と戦った伏見城の戦い、西軍の北陸方面軍に加わっていた京極高次が寝返り約三千で居城の大津城に籠城、それを毛利元康、立花宗茂ら約一万五千が攻めた大津城の戦いなどの前哨戦が繰り広げられた。上洛命令を拒否した上杉景勝を討伐する家康軍に参加していた細川忠興の丹後田辺城を、小野木重次、前田茂勝ら西軍の約一万五千が攻め、留守を預かっていた忠興の父・細川幽斎（藤孝）が寡兵で城を守った田辺城の戦いも、前哨戦の一つである。

誰もが知る関ヶ原の戦いだが、広く知られている合戦の顛末は後世に書かれた軍記物語がベースになっていて、必ずしも史実を伝えていないとされる。西軍と東軍の勝敗を決したのは小早川秀秋の裏切りで、激戦が続いているのに旗幟を鮮明にしない秀秋に苛立った家康が小早川隊に鉄砲を撃ちかけた「問鉄砲《といてっぽう》」のエピソードも有名である。「問鉄砲」は一次資料に記述がないこともあって疑問視する研究者が少なくなかったが、近年は、秀秋は開戦とほぼ同時に西軍に襲いかかり合戦は通説の七、八時間より早く決着していたとの新説も出てきている。新説の登場で様相が変わってきている関ヶ原の戦いだが、まだまだ諸説ある謎も少なくない。

関ヶ原の戦いは、家康率いる上杉討伐軍が東北へ向かい、その隙に三成が挙兵、引き返してきた東軍と関ヶ原でぶつかって起きたが、これが東西から家康を挟み撃ちにする三成、景勝の戦略だったのか、偶発的に起きたのか見解が分かれている。

家康は、豊臣恩顧ながら文治派の三成を憎む武断派の武将（加藤清正、福島正則ら）を身方に付け、来るべき決戦を有利に進めようとしていた。その家康が最も恐れていたのは、大坂城にいる秀吉の息子・秀頼が出陣し、武断派の武将が離反することだった。当然ながら三成は秀頼の出陣を求めるが、実母の淀殿が秀頼を危険にさらすわけにはいかないとして強硬に反対したという説が、よく知られている。ただ当時は三成が敗れたら豊臣家の存続が危ぶまれる極限状態だっただけに、織田信長、浅井長政、柴田勝家ら名将を間近で見てきた淀殿が、不合理な判断を下したのは不可解ではある。

一方、自分を憎む武断派を引き止めたい三成は、大坂に残る武将の妻子を人質にしていたが、危害を加えれば離反が加速することを理解していた。それなのに、細川忠興の妻・玉（キリシタンで洗礼名ガラシャ）だけ命を落としたのは、なぜか。

西軍主力の毛利家は、当主の輝元が大坂城を動かず、現場指揮官になった安芸宰相秀元は有利な南宮山に布陣するも、前方にいた同族の吉川広家隊が邪魔で兵を動かせなかった。秀元は、戦闘参加を求める長束正家の使者に、兵に食事をさせていると弁明したことから後世に「宰相殿の空弁当」の故事を残すが、輝元隊、秀元隊が参戦していれば西軍が有利になった可能性もあるので、毛利の動きも不合理なのだ。

関ヶ原の戦いに絞った歴史小説が、司馬遼太郎の名作『関ヶ原』以降、合戦の当日の各武将の動きを追った山本兼一『修羅走る関ヶ原』、三成の真意に迫る岩井三四二《みよじ》『三成の不思議なる条々』、関ヶ原以外の場所で発生した東軍、西軍の争乱を描く吉川永青『裏関ヶ原』、三成の腹心・島左近を主人公にした谷津矢車《やつやぐるま》『某には策があり申す 島左近の野望』、小早川秀秋の動きに着目した矢野隆『我が名は秀秋』、大津城の戦いを石垣を積む職能集団・穴太衆《あのう》と鉄砲を作る国友衆の戦いとして切り取った今村翔吾『塞王の楯』、家康と毛利輝元の対立として関ヶ原の戦いを再構築した伊東潤『天下大乱』、立花宗茂がなぜ家康が関ヶ原の戦いに勝利できたのかを語る羽鳥好之『尚、赫々たれ 立花宗茂残照』など枚挙に遑《いとま》がないのは、独自の歴史解釈で数多い謎に挑めるため歴史小説作家としての腕が存分に振えるからではないだろうか。

関ヶ原の戦いの前哨戦の一つと考えられていた田辺城の戦いをクローズアップした本書『関ヶ原連判状』は、従来の家康と三成ではなく、細川幽斎と三成という新たな対立軸を作り、そこに『古今和歌集』の秘伝の解釈である古今伝授と朝廷の動きを加えることで、まったく新しい歴史観を提示し、関ヶ原の戦いをめぐる多くの謎に合理的な解決を与えている。本書の単行本が刊行されたのは一九九六年十月（新潮社）なので約四半世紀ほど前になるが、物語を駆動するエンジンに独自の歴史解釈を使った本書は、派手な剣戟と合戦のスペクタクルが連続する面白さと、歴史の常識が覆される知的興奮の両方が楽しめまったく古びていない。それどころか、研究者が増え戦国史が更新されたことで著者の説が輝きを増してきているといっても過言ではないのである。

古今伝授は和歌の秘伝だが、若い読者は刀槍を擬人化した人気ゲーム『刀剣乱舞』に登場するキャラクター古今伝授の太刀のイメージが強いかもしれない。古今伝授の太刀は、田辺城の戦いの時、当時、古今伝授の唯一の伝承者だった幽斎を守るため朝廷が和議の勅使として三条西実条、烏丸光広らを派遣、和議の成立後、幽斎が光広に贈ったとの伝承がある。幽斎が講和の勅使を迎える場面は、本書のクライマックスといえる。細川家と名刀といえば、忠興の愛刀・歌仙兼定も『刀剣乱舞』のキャラクターになっている。歌仙の銘は、幽斎が高名な歌人だったからとも、忠興が三十六人を手打ちにし三十六歌仙にちなんで付けられたからともされているが、作中で描かれる苛烈な忠興を見ると、三十六人くらい手打ちにしていてもおかしくないと思えるだろう。その意味で本書は、刀剣好きや『刀剣乱舞』のファンも間違いなく楽しめるはずだ。

幽斎は後陽成天皇の弟・八条宮智仁親王に古今伝授を始めるが、それは歌道の伝統を守るだけでなく、朝廷を動かし豊臣とも徳川とも異なる第三の勢力を作る謀略戦の一端でもあった。まず幽斎は、太閤秀吉の没後も豊臣政権で重責を担う加賀の前田家を身方に引き入れようとするが、その前に三成派の一番家老・太田但馬守が立ちはだかる。家康に難癖を付けられた前田家は、幽斎の交渉で芳春院（前当主・利家の正室で、現当主・利長の母）を人質として差し出す条件で和解した。幽斎は芳春院の手紙を穏健派の前田家二番家老の横山大膳に託し、利長を叛意させようとする。幽斎が、信長に攻められた白山神社の戦闘集団・牛首一族の生き残りの石堂多門を大膳の護衛に付ければ、三成は名将・蒲生氏郷の配下で侍大将を務めた蒲生源兵衛郷舎に芳春院の手紙を奪うよう命じる。武芸の腕も優れていれば頭も切れる多門と源兵衛が繰り広げる死闘と頭脳戦が物語を牽引するだけに、息つく暇がないほどである。

もう一つの幽斎の切り札が、それが公になれば秀吉の威光にも豊臣家の威信にも傷が付くという太閤秀吉の密書に、幽斎に賛同する大名が署名血判した連判状である。密書の内容が不明のまま多門と源兵衛による連判状の争奪戦が激化する展開は、三巻が揃うと幕府はもとより朝廷さえも脅かす大秘事が明らかになる武芸帳を剣豪、忍者が入り乱れて奪い合うも、なかなか大秘事が何かは明かされない五味康祐《ごみやすすけ》の名作『柳生武芸帳』を彷彿させる。

五味は、近代批判と古代礼賛を軸に日本の伝統への回帰を主張した日本浪漫派の指導的立場だった保田與重郎《やすだよじゅうろう》に師事しており、幕府と朝廷を巻き込む陰謀劇は、幕府を象徴する武・俗、朝廷を象徴する文・雅の相克《そうこく》と位置付けられていた。著者も、武力がなければ生き残れなかった戦国時代には発言権が弱かったと考えられていた朝廷が、大名が大身になるほど欲しがる官位の発給権などを使って政治的な影響力を保持していた事実を掘り起こしていく。著者は、秀吉が武士の頂点である征夷大将軍ではなく、天皇を補佐する関白として天下に号令したため、豊臣政権は朝廷の意向が無視できず、代替わりした秀頼も補佐する三成も朝廷の方針に縛られていたとする。歴史研究でも、秀吉が権力を掌握する過程において朝廷が果たした役割や、豊臣政権と朝廷の関係などが明らかになってきているので、著者は最新の研究成果をいち早く物語に取り込んだといえる。それだけに、朝廷が持つ文化、伝統といったソフトのパワーを巧みに利用し、幽斎が自分が有利になるように秀頼、三成、淀殿、毛利の諸将を操っていく中盤は、一種の天皇制論としても、ミステリとしても秀逸である。

幽斎ほど有職故実に通じていないが謀略には長けている三成は、幽斎の手を読み、それを封じる朝廷工作を仕掛ける。多門と源兵衛の戦いが、次第に三成派の公家と幽斎派の公家による暗闘にまでスケールアップするだけに、関ヶ原の戦いの結末を知っていても先が読めず圧倒的なサスペンスに引き込まれてしまうだろう。

宗教学者の山折哲雄は『日本文明とは何か　パクス・ヤポニカの可能性』の中で、太平の世が三百年以上続いた平安時代、江戸時代を分析し、日本には神道と仏教、公家と武家と寺社などの異なる価値観を、決定的な対立に至る前に調停する寛容なシステムがあり、その役割を朝廷（天皇）が担ってきたことを明らかにした。東軍とも西軍とも別の第三勢力を作り、そのための協力を朝廷にお願いする幽斎の策は、山折が描いた日本文明論を想起させる。伝統と文化の力で戦国末期から江戸初期の政治を動かそうとした幽斎の戦いは、日本の伝統をこれからどのように生かすべきかを考えるヒントも与えてくれるのである。

幽斎から古今伝授を受けた八条宮智仁親王は、それを後水尾天皇に伝えた。江戸幕府を開いた徳川家は、公家諸法度で朝廷と公家の統制を目論んだが、それに文化の力で抗ったのが後水尾天皇である。後水尾天皇と幕府の暗闘は、本書の続編的な性格もある隆慶一郎《りゅうけいいちろう》『花と火の帝』に詳しいので、併せて読むことをお勧めしたい（著者の死で、天皇の文化的闘争が描き切れていないのは残念）。戦国大名と朝廷の関係は著者のライフワークになっていて、本書にも需要な役割で登場する近衛前久の視点で信長を描く『信長燃ゆ』などを読むと、著者の歴史観がより深く理解できるはずだ。家康を主人公にした二〇二三年のNHK大河ドラマ『どうする家康』は、三方ヶ原の戦いで徳川軍が武田信玄を追撃した理由、長篠の戦いで武田勝頼が馬防柵を張りめぐらせて待ち受ける織田・徳川連合軍に突撃した理由など、諸説ある歴史の謎は通説の中から一つを選ぶことで物語を進めている。恐らくドラマのターニングポイントになる関ヶ原の戦いも、歴史好きは脚本家がどの説を選ぶか楽しみにしているのではないか。幽斎の怪しい動きや朝廷の役割が取り上げられる可能性は低いが、本書を先に読んでおくと省略された部分も分かるので、戦国史の奥深さに触れることができる。

(すえくに　よしみ／文芸評論家)

関《せき》ヶ《が》原連判状《はられんぱんじょう》　下巻《げかん》

朝日文庫

2023年8月30日　第1刷発行

著　者　安部龍太郎《あべりゅうたろう》

発行者　宇都宮健太朗
発行所　朝日新聞出版
〒104-8011　東京都中央区築地5-3-2
電話　03-5541-8832（編集）
03-5540-7793（販売）
印刷製本　大日本印刷株式会社



ISBN978-4-02-265115-0

朝日文庫

永井　路子
## 歴史をさわがせた女たち
日本篇

古代から江戸時代まで日本史を動かした魅力的な女性三三人を深掘り。歴史小説の第一人者による傑作歴史エッセイ集。《解説・細谷正充》

永井　路子
## 王者の妻　上
秀吉の王室おねねの生涯

一介の草履とりだった秀吉に一四歳で嫁いだ妻おねね。仲睦まじい夫婦だったが、地位があがるにつれ、秀吉の浮気と権力欲におねねは苦しめられる。

永井　路子
## 王者の妻　下
秀吉の王室おねねの生涯

秀吉の死後、徳川との対立に心を痛め奔走するが、豊臣家は滅びる。乱世を逞しく生きたおねねの生涯を描いた長編。《解説・尾崎秀樹、大矢博子》

火坂　雅志
## 黒衣の宰相（上）
徳川家康の懐刀・金地院崇伝

強靭な意志と磨き抜かれた叡智で京都南禅寺住職に出世した崇伝。家康の知恵袋として幕政に参画した異能の男の人間的魅力に迫る長編歴史小説。

火坂　雅志
## 黒衣の宰相（下）
徳川家康の懐刀・金地院崇伝

豊臣家滅亡を狙う家康の意を汲み、方広寺鐘銘事件を画策。悪に徹し幕府中枢に食い込んだ崇伝が目指したものとは？《解説・島内景二／末國善己》

今井絵美子／宇江佐真理／梶よう子／北原亞以子／坂井希久子／平岩弓枝／村上元三／菊池仁編
## 江戸旨いもの尽くし
朝日文庫時代小説アンソロジー

鰯の三杯酢、里芋の田楽、のっぺい汁など素朴で旨いものが勢ぞろい！　江戸っ子の情けと絶品料理に癒される。時代小説の名手による珠玉の短編集。